김강현 신무협 장편소설
ORIENTAL FANTASYSTORY & ADVENTURE

황금공자

黃金公子

7

dream
books
드림북스

황금공자 7 포천회

초판 1쇄 인쇄 / 2012년 1월 13일
초판 1쇄 발행 / 2012년 1월 20일

지은이 / 김강현

발행인 / 오영배
편집팀장 / 신동철
책임편집 / 오승화
편집디자인 / 신경선
펴낸 곳 / (주)삼양출판사 · 드림북스

주소 / 서울특별시 강북구 송천동 322-10호
대표 전화 / 02-980-2112 팩스 / 02-983-0660
편집부 전화 / 02-980-2116 팩스 / 02-983-8201
블로그 / blog.naver.com/dreambookss

등록번호 / 제9-00046호
등록일자 / 1999년 3월 11일

값 8,000원

ISBN 978-89-542-4691-0 (04810) / 978-89-542-4523-4 (세트)

* 지은이와 협의하에 인지는 생략합니다.
* 잘못된 책은 구입한 곳에서 바꾸어 드립니다.

黃金公子

황금공자

김강현 신무협 장편소설

ORIENTAL FANTASYSTORY & ADVENTURE

7

포천회

dream books
드림북스

黄金公子

황금공자

목차

제1장 혈뇌마검 ·

제2장 금룡장에서 · 041

제3장 패검방 · 079

제4장 일곱 번째 단계 · 109

제5장 습격 · 135

제6장 개파대전 · 157

제7장 장사로 가는 사람들 ·

제8장 포천회 · 207

제9장 혈무련주 · 241

제10장 전야 · 277

제1장
혈뇌마검

혈뇌마검은 두려운 눈으로 금철휘를 바라봤다. 버리고 싶은 자신의 과거를 이렇게 명확히 아는 사람이 어디서 나타났단 말인가.

'대체 누구지?'

도저히 이해할 수 없었다. 자신의 과거를 명확히 아는 사람은 이제 다섯 명도 남지 않았다. 원래 다섯이었지만 혁련진이 죽으면서 넷으로 줄었다.

그중에서도 자신이 찌질이라 불렸다는 사실을 아는 건 두 명뿐이었다. 혁련진도 알고 있었지만 이미 죽었으니 신경 쓸 필요가 없었다.

한데 그런 자신의 과거를 아는 저 뚱땡이는 대체 누구란 말인가.

'그보다 인간이 저렇게 뚱뚱해도 되는 거야? 한데 저 몸으로 움직여서 날 깔아뭉갰다고?'

저 거대한 엉덩이에 깔리던 순간을 생각하면 지금도 식은땀이 났다. 화가 치밀었고 치욕스러웠다.

화예지를 잡기 위해 도약해서 손을 뻗는 순간 당했다. 그녀의 목덜미를 움켜쥘 수 있다고 자신했고, 실제로 손가락 끝이 목에 닿기도 했다.

하지만 그게 전부였다. 기척도 느끼지 못했는데 육중한 엉덩이가 뚝 떨어졌다. 그리고 자신은 찍소리와 함께 파묻혔다. 어찌나 무거웠는지 그저 툭 깔렸을 뿐인데 몸이 땅으로 파고들었다.

빠르게 앞으로 나아가고 있었기에 땅속으로 파고든 상태에서 온몸이 뒤틀리는 고통까지 겪었다.

"네놈은 대체 누구냐!"

혈뇌마검의 외침에 금철휘는 피식 웃고는 손을 쭉 뻗었다. 혈뇌마검은 금철휘의 손이 자신의 목을 휘어잡는 모습을 현실감 없이 그저 지켜보기만 했다.

'이, 이 무슨……!'

단전의 내공이 거칠게 휘몰아쳤다. 그런데도 전혀 반응할 수 없었다. 또한 금철휘에게 목을 잡힌 순간부터 움직이는 것조차 할 수 없었다. 말도 나오지 않았다.

"일단 난 아무 질문도 받지 않아. 질문을 하는 건 나야."

금철휘의 눈빛에 어린 서늘한 기운에 혈뇌마검은 자신도 모르게 침을 꿀꺽 삼키며 고개를 끄덕였다. 어찌나 심한 압박감을 받았는지 자신이 다시 움직일 수 있게 되었다는 사실조차 인지하지 못했다.

"찌질이, 여긴 왜 온 거지?"

혈뇌마검은 찌질이라는 말에 반사적으로 발끈했다. 하지만 이번에는 감히 그에 대해 뭐라 말을 하지도 못했다.

"그, 금룡장을 지워 버리기 위해서……."

"훗, 금룡장을 지워? 너 따위가?"

혈뇌마검은 입을 꾹 다물었다. 사실 솔직히 말하면 자기 혼자서라도 금룡장을 지우라면 당장 지울 수 있었다. 다만 금철휘 같은 괴물이 없다면 말이다.

"누가 시켰어?"

"그, 그건……."

그것만은 절대 말할 수 없었다. 일종의 금제가 걸려 있어서 몇 가지 사항에 대해서는 이런 식으로 말하는 것이 불가능했다. 혈뇌마검은 그나마 다행이라고 여겼다. 만일 금제가 아니었다면 자신은 모든 사실을 다 말했을 것이다.

'그랬다가는…….'

식은땀이 흘렀다. 그랬다가는 곱게 죽지도 못한다. 아마 억겁의 시간 동안 극한의 고통을 경험해야 할 것이다. 포천회주는 그렇게 만들고도 남을 사람이었다.

"왜? 말을 못하겠어?"

혈뇌마검은 입을 다물었다. 상대의 유도신문에 넘어가 사소한 동작이나 눈짓으로 비밀이 조금이라도 드러나면 금제를 어긴 것과 같은 꼴을 당한다.

금철휘는 혈뇌마검의 정수리에 손을 얹었다. 살이 투실투실 찐 손이라 워낙 무거워져서 혈뇌마검은 순간적으로 목뼈가 부러지는 줄 알았다.

혈뇌마검이 질린 눈으로 자신을 바라보자 금철휘는 씨익 웃어 주고는 천령신공을 일으켰다. 지극히 조심스럽게 기운을 다뤘기에 혈뇌마검은 금철휘가 뭘 하는지조차 몰랐다.

'역시.'

금철휘는 만족스런 표정으로 고개를 끄덕였다. 현재 천령신공은 여섯 번째 단계의 막바지에서 일곱 번째 단계로 넘어가려고 발버둥 치는 중이었다.

만일 완벽하게 일곱 번째 단계로 올라갔다면 이렇게 손을 댈 필요도 없이 알아볼 수 있었겠지만, 아직 단계를 건너뛰는 과정에 있었기에 이렇게 손을 대야만 내부를 살펴볼 수 있었다.

차근차근 혈뇌마검의 머릿속이 금철휘의 뇌리에 그려지기 시작했다. 금철휘는 그러면서 동시에 그 안에 맺힌 기운들을 살폈다. 역시나 예상했던 대로 음습하기 짝이 없는 기운들이 곳곳에 샘물처럼 고여 있었다.

그것들이 어떤 역할을 하는지 대강이나마 알 수 있었기에 눈살을 찌푸렸다. 보통 금제가 아니었다. 또한 그중에는 아주 익숙한 기운도 섞여 있었다.

'예전 그놈들을 처리할 때 느꼈던 기운이 여기 숨어 있었군.'

오래전 항주에 들어온 십검을 처리할 때, 이런 기운을 본 적이 있었다. 또한 같은 기운을 혁련진이 죽을 때도 경험했다. 그것과 똑같은 기운이 혈뇌마검의 머릿속에도 있었다.

'희한하군.'

다른 기운들은 대충 파악이 가능했다. 한데 그 기운은 상당히 난해했다. 그냥 보통 기운이라고 하기에는 그 성질이 너무나 달랐다.

'이건 마치…… 혼백 같구나.'

만일 금철휘가 죽음을 한 번 경험하지 않았다면 그 기운의 존재를 파악하는 것도 쉽지 않았을 것이다. 꼭 혼백을 뜯어서 강제로 심어 놓은 듯했다. 물론 정말로 그런 건지는 알 수 없다. 또한 금철휘 자신이 지금 제대로 느끼고 있는지도 알 수 없었다.

'어쨌든 대충 어떤 방식으로 걸어 놓은 금제라는 정도는 알겠군.'

금제의 방식을 알아내면 그것을 풀어내는 것도 가능하다. 금철휘의 천령신공은 상당한 수준이었기에 거의 모든 기운을 자유자재로 다룰 수 있었다.

머릿속에 있는 기운을 선택해서 소멸시키는 것쯤 일도 아니었다.

파바바박!

잔벼락이 번득였다. 아니, 마치 그런 것 같았다. 혈뇌마검은 머릿속에서 벼락이 친다는 것이 바로 이런 것이라고 느꼈다. 뇌리가 번쩍번쩍했고, 이마에서 김이 솟았다.

"크으으."

"참아. 금제 푸는 중이니까. 혁련진은 그래도 금제가 몇 없는 거 같던데, 넌 왜 이리 많아?"

"크윽."

혈뇌마검이 굴욕적인 눈으로 이를 악물었다. 혁련진과 자신을 비교하면 당연히 그럴 수밖에 없다.

혈뇌마검은 포천회주의 신뢰를 얻지 못했다. 반면 포천회 초기부터 함께 해 왔고, 중요한 사건이 있을 때마다 참여했기에 지켜야 할 비밀이 많았다.

금철휘는 마지막 하나, 혼백을 닮은 기운을 제외한 모든 음습한 기운을 제거했다. 말 그대로 소멸시킨 것이다.

"자, 이제 무슨 말을 해도 괜찮을 거다. 아마도."

"아마도? 그런 불확실한 말을 믿으란 말이냐?"

"믿든 말든 상관없어. 어차피 말은 해야 할 테니까. 난 네가 말을 최대한 많이 할 수 있도록 준비한 것뿐이니까."

혈뇌마검이 입을 쩍 벌렸다. 말인즉슨 말을 하다가 자신이 금제에 걸려 죽어도 상관없다는 뜻 아닌가.

"자, 이제 다시 묻지. 누가 시켰어?"

금철휘의 손이 혈뇌마검의 목을 휘어잡았다. 목을 통해 밀려드는 어마어마한 고통에 혈뇌마검이 비명을 내질렀다.

"끄아아아악!"

"말을 하면 편해질 거야."

"천혈문주가 보냈다! 천혈문주!"

"호오. 천혈문주라."

혈뇌마검은 숨을 헐떡이며 질린 눈으로 금철휘를 바라봤다. 고통은 어느새 씻은 듯이 사라졌다. 하지만 그 고통에 대한 두려움만은 뼛속 깊이 새겨졌다. 다시는 겪고 싶지 않았다.

"천혈문주가 포천회에서 어떤 위치에 있지?"

"부회주다."

"부회주? 그거 혹시 혁련진이 하던 건가?"

"그렇다."

금철휘는 점점 포천회라는 조직에 대한 궁금증이 커졌다.

"포천회에 예전 천혈문의 사람들이 몇이나 있는 거지?"

혈뇌마검은 설마 그런 질문을 할 줄은 몰랐다는 듯 놀란 눈으로 금철휘를 바라봤다. 하지만 이내 체념하듯 고개를 젓고는 대답했다.

"나까지 다섯이다."

"다섯?"

생각보다 많았다. 사실 천혈문 자체가 완벽하게 몰살당했다고 믿었는데, 이렇게 생존자가 있다는 사실도 놀라웠다. 한데 하나둘도 아니고 다섯이라니.

"혁련진이 죽어서 다섯이 되었다. 원래는 여섯이었지."

"많이도 살아남았군."

혈뇌마검이 고개를 끄덕였다.

"그래. 많이 살아남았지. 그게 산 건지 죽은 건지는 모르겠지만."

혈뇌마검의 말은 의미심장했다. 금철휘는 그 말에 깃든 의미를 대번에 알아챘다.

"역시 너도 목이 잘렸군?"

"헉! 그, 그걸 어떻게⋯⋯!"

"만져 보면 알지. 하여튼 신기한 놈들이야."

금철휘는 어렴풋이 감이 왔다. 혈뇌마검의 머릿속에 있던 그 혼백을 닮은 기운이 아마 이들을 죽음에서 되살린 것이리라.

"설마 사실은 천혈문이 몰살당했는데, 포천회주가 그중 몇 명만 되살린 건가?"

혈뇌마검의 표정이 딱딱하게 굳었다.

"그 표정 보니까 정말인가 보네?"

혈뇌마검의 뇌리가 복잡하게 헝클어졌다. 그리고 눈앞에서 자신의 목을 쥐고 서 있는 금철휘의 정체가 궁금해졌다. 대체 뭐 하는 놈이기에 이런 것들을 다 알고 있단 말인가. 또한 그런 비상식적인 사실을 아무렇지도 않게 받아들일 수 있단 말인가.

"너…… 정체가 뭐냐?"

금철휘가 씨익 웃었다.

"뭐 같아?"

혈뇌마검은 입을 꾹 다물었다. 전혀 예상할 수 없었다. 설마 자신처럼 죽었다 살아난 사람도 아닐 테고 말이다. 금철휘는 그저 금룡장의 소장주일 뿐이었다.

"몇 가지 정보를 말해 주면 나도 속 시원히 다 말해 주지."

혈뇌마검이 마른침을 꿀꺽 삼켰다. 금철휘는 그를 지그시 쳐다보며 다시 한 번 씨익 웃고는 말을 이었다.

"내가 가진 비밀에 대해서."

혈뇌마검은 미친 듯 궁금했다. 정말로 금철휘가 가진 비밀에 대해서 알고 싶었다. 그리고 금철휘 옆에서 그 모든 대화를 듣고 있던 화예지도 혈뇌마검과 같은 심정이었다.

"자, 알고 싶으면 비밀을 털어놔. 포천회에 대해서 뭐든 내가 모르는 걸 말해 봐."

혈뇌마검은 맹렬히 기억을 더듬었다. 그리고 금철휘가 모를 만한 것을 하나 떠올렸다.

"천혈문에서 살아난 놈들이 누군지 알려 주지."

금철휘가 손을 내저었다.

"그건 됐어. 어차피 다 만날 것 같으니 굳이 알 필요 없잖아?"

혈뇌마검은 몸이 달았다. 다시 머리를 굴려 이것저것 떠들어대기 시작했다. 하지만 금철휘가 듣기에 영양가 있는 정보는 하나도 없었다.

"그런 것뿐이야? 좀 더 새로운 거 없어? 예를 들어 공월보가 포천회의 돈줄이라든가, 그런 것들 말이야."

"공월보가 포천회의 돈줄이라고? 그럴 리가……."

금철휘가 피식 웃었다.

"뭐야? 그런 것도 몰랐어? 너 설마 포천회에 대해서 나보다 더 모르는 건 아니겠지? 따돌림이라도 당하는 거냐?"

"이익! 그런 게 아니다!"

혈뇌마검은 금철휘를 노려보며 외쳤다.

"네놈이 잘못 알고 있는 거다! 공월보라니! 우리 포천회의 돈줄은 패검방이다!"

"패검방?"

금철휘가 의외라는 듯 쳐다보자, 의기양양해진 혈뇌마검이 큰 소리로 말을 이었다.

"그래. 패검방."

"남경에 있는 그 패검방?"

"그래. 그 패검방이 맞다."

금철휘는 고개를 갸웃거렸다.

"패검방에 그렇게 돈이 많았나? 내가 알기로는 그닥 부유한 곳이 아닌데?"

금철휘가 화예지를 쳐다보자, 그녀가 즉시 대답했다.

"공자님의 말씀대로 돈이 많은 곳은 아닙니다. 하지만 근방의 암흑가를 모조리 장악하고 있으니 세상의 눈을 속이고 돈을 벌어들일 수는 있겠죠."

화예지는 그러면서도 회의적인 표정을 지었다. 고작 그 정도로 포천회의 돈줄이 될 리 없었다. 만일 혈뇌마검의 말이 진짜라면 둘 중 하나였다.

혈뇌마검이 뭔가 잘못 알고 있거나, 아니면 패검방이 굉장한 능력을 가지고 있어, 자신들의 실체를 교묘하게 가리고 있거나 말이다.

"정말 확실해? 패검방?"

"그래. 확실하다. 그러니 이제 네 비밀을 말해라."

금철휘가 고개를 저었다.

"그것만으로는 좀 모자란 것 같은데?"

혈뇌마검이 시뻘게진 얼굴로 소리쳤다.

"웃기지 마라! 내가 가진 가장 큰 비밀까지 말해 줬는데 모자라다니! 그따위 말이 어디 있단 말이냐!"

금철휘는 그 말에 고개를 저었다.

"그건 내가 결정해. 그러니까……."

금철휘는 혈뇌마검의 귓가에 얼굴을 가져가며 조용한 목소리로 속삭였다.

"포천회주에 대해서 딱 하나만 알려 줘. 그놈 인상착의라거나, 아니면 이름이나, 혹은 세상에 알려진 별호도 괜찮고. 어때? 아는 거 있지?"

혈뇌마검의 안색이 딱딱하게 굳었다. 알아도 절대 말할 수 없었다. 그걸 말하는 순간, 자신의 목이 잘라질 테니까 말이다. 혈뇌마검은 자신도 모르게 스스로의 목을 쓰다듬었다. 아니, 그러려 했다. 하지만 그렇게 할 수 없었다. 금철휘의 억센 손이 여전히 그의 목을 움켜쥐고 있었으니까.

"이것 좀 놔주면 안 되겠느냐?"

"내가 왜?"

"끄응. 내가 말을 말지."

혈뇌마검의 투정에 금철휘가 다시 은근한 목소리로 말했다.

"딱 한 가지만 말해 봐. 네 금제 내가 다 풀었다니까? 아마 말해도 될 거야."

금철휘는 그렇게 혈뇌마검을 살살 구슬리면서 천령신공을 최대한 펼쳤다. 그의 뇌리에 박힌 혼백을 닮은 기운에 대한 정체를 어떻게든 알아내고 싶었다.

어차피 혈뇌마검은 여기서 죽는다. 그러니 그런 비밀을 하나쯤 토해낸 다음 죽어 주는 것이 좋지 않겠는가. 금철휘는 은근한 목소리로 연방 혈뇌마검을 구슬렸다.

혈뇌마검은 금철휘의 말을 듣다 보니 내심 고개가 끄덕여졌다. 생각해 보면 자신이 방금 전에 한 말들은 몽땅 금제에 걸려 있던 것들이었다.

'그런데도 괜찮았단 말이지.'

어쩌면 정말 금철휘의 말대로 금제가 싹 풀렸을지도 모른다는 생각이 들었다.

"좋아. 포천회주의 이름은……"

푸확!

혈뇌마검의 목에서 피분수가 뿜어져 나갔다.

금철휘는 급히 천령신공을 이용해 혈뇌마검의 머릿속을 들여다봤다. 혼백을 닮은 기운이 넓게 퍼져 나가고 있었다. 마치 뭔가가 속박하고 있었는데, 그것이 사라져 버린 듯한 모습이었다.

쉬아악!

마치 혼이 빠져나가는 듯했다. 시커먼 기운이 혈뇌마검의 백회를 통해 밖으로 쭉 뿜어져 나갔다.

금철휘는 서둘러 천령신공을 그물처럼 넓게 퍼트렸다. 그리고 어딘가로 날아가는 검은 기운을 확 낚아채 감쌌다.

"역시 똑같군."

검은 기운은 말끔히 소멸되었다. 그리고 혈뇌마검의 목이 마치 날카로운 검에 잘린 것처럼 툭 떨어졌다. 단면이 어찌나 매끄러운지, 꼭 원래 둘로 분리되어 있는 듯했다.

금철휘는 무심한 눈으로 잘린 목의 단면을 살폈다. 그리고 고개를 끄덕였다. 마치 지금 잘라낸 것처럼 잘라냈을 때의 흔적이 고스란히 남아 있었다.

'산하에게 죽은 모양이군.'

산하는 혈룡귀갑대 중 가장 뛰어난 쾌검을 쓰는 녀석이었다. 금철휘는 혈뇌마검의 잘린 목에서 산하의 흔적을 확인했다.

이로써 확실해졌다. 정말로 죽었던 사람들이 살아난 것이다. 포천회주는 인간의 범주를 넘어서는 힘을 가진 자가 분명했다.

'이름을 말하려는 순간 금제가 발동해 죽었다 이거지? 즉, 이름이 절대 밝혀지면 안 되는 사람이라는 뜻이지.'

그 얘기는 누구나 이름만 들으면 알 정도로 유명한 사람이라는 뜻이기도 하다. 아니면 조심성이 지나치거나.

가만히 서서 생각에 잠긴 금철휘 옆으로 화예지가 조심스럽게 다가갔다. 그녀는 그의 팔을 살짝 잡았다.

금철휘가 돌아보자, 얼굴을 붉히며 고개를 한 번 꾸벅 숙인 화예지는 무서운 일을 겪은 사람답지 않은 환한 미소를 보여 줬다.

"고마워요. 정말로 이젠 끝이라고 생각했거든요."

금철휘가 씨익 웃으며 화예지의 머리에 손을 턱 얹었다.

"내가 그렇게 내버려 둘 리가 있어? 내 사람인데."

화예지의 얼굴이 홍시처럼 붉어졌다. 금철휘가 말한 내 사람이라는 것이 무엇을 의미하는지는 잘 안다. 하지만 그 말이 가지는 어감과 느낌이 그녀의 가슴을 설레게 만들었다.

사정없이 두근거리는 심장을 억지로 진정시킨 화예지가 허둥거리며 말했다.

"이, 일단 여기를 정리해야겠네요."

화예지가 서둘러 움직이려 하자, 금철휘가 그녀의 팔을 잡았다. 놀란 눈으로 금철휘를 바라본 화예지의 속눈썹이 파르르 떨렸다. 뭔가 일이 벌어질 것 같은 기대감에 그녀는 몸에서 살짝 힘을 빼고 지그시 눈을 감았다.

하지만 이어지는 금철휘의 말은 그녀의 기대와는 많이 달랐다.

"그 일을 왜 네가 해? 할 놈들 많은데. 안 그래?"

금철휘가 한쪽을 쳐다보며 말하자, 그곳에서 검은 그림자 하나가 툭 튀어나와 부복했다.

화예지는 깜짝 놀랐다. 누군가가 모습을 감추고 숨어 있다는 사실 자체를 아예 모르고 있었다. 그 말은 방금 모습을 드러낸 사람이 자신보다 훨씬 높은 경지에 있다는 뜻이었다.

"영곤?"

화예지는 더 믿기 어려운 표정으로 부복한 사내를 쳐다봤다.

영곤은 어색하게 웃으며 자리에서 일어나 혈뇌마검의 시체를 향해 후다닥 달려갔다.

"이거 정리하면 되는 거죠? 얼른 해치우겠습니다."

영곤이 서둘러 자리를 정리하는 동안 화예지는 잠시 멍하니 있다가 고개를 홱 돌려 금철휘를 바라봤다. 그녀의 눈동자에 진한 열망이 어렸다.

"공자님이죠?"

"뭐가?"

"영곤을 저렇게 만든 분이 공자님 아닌가요?"

금철휘가 씨익 웃으며 품에서 뭔가를 꺼냈다.

"저놈이 열심히 해서 저렇게 된 거지, 내가 뭘 어떻게 해 준 거라곤 이거 하나 넘겨준 것밖에 없는데?"

화예지는 금철휘의 손에서 펄럭이는 비급을 바라봤다. 눈을 뗄 수가 없었다. 영곤보다 더 재능 있고 뛰어난 정보원은 수도 없이 많았다. 한데 지금의 영곤을 따라갈 수 있는 사람은 단연코 금향각 내에 없었다. 심지어는 화예지 자신조차 그러했다.

"자, 조건은 내가 처음 준 보법을 완성하는 거야. 무슨 뜻인지 알겠어?"

화예지가 정신없이 고개를 끄덕였다. 지금은 비급을 받는 게 우선이었다. 나머지는 그 뒤에 생각하면 된다.

금철휘가 비급을 휙 던지자, 화예지가 화들짝 놀라며 그것을 사뿐히 받아냈다. 그리고 조심스럽게 펼쳤다. 순식간에 비급에 빠져든 화예지를 보며 한 번 웃어 준 금철휘는 이내 시선을 영곤에게로 돌렸다.

영곤은 어느새 혈뇌마검의 시신을 깔끔히 정리하고 주변에 흩어진 싸움의 흔적을 싹 없앴다.

"끝났습니다."

영곤이 다가와 보고를 하자, 금철휘는 가볍게 고개를 한 번 끄덕이고는 화예지를 쳐다봤다.

비급은 길지 않았기에 화예지도 순식간에 비급을 다 읽고 외워 버렸다. 그리고 왜 먼저 익힌 보법을 완성해야 하는지 깨달았다. 그렇게 하지 않으면 아예 이해 자체가 안 되는 보법이었다.

"대충 알겠어?"

화예지가 고개를 끄덕였다. 그녀의 눈빛에 고마움이 듬뿍 담겼다.

"다 외웠으면 금향각에 제대로 보급해. 내가 예전에 알려 준 심법은 꾸준히 익히고 있지?"

"예."

화예지는 그렇게 말하며 금철휘에게 보여 주려는 듯 심법을 극한까지 운용했다.

화아악!

은은한 기파가 사방으로 퍼져 나갔다.

"호오!"

금철휘는 나직이 감탄했다. 상당히 열심히 수련한 티가 났다. 이 정도로 영향력을 넓게 퍼트릴 수 있을 줄은 몰랐다. 화예지의 영향력이 거의 숲 전체를 아울렀다.

그리고 근처에 있던 영곤은 완전히 날벼락을 맞았다.

"허어어억!"

온몸의 진기가 썰물 빠져나가듯 사라져 버렸다. 대체 이게 뭐가 어찌 된 일인지 알 수가 없었다.

금철휘는 그런 영곤을 힐끗 한 번 쳐다보고는 화예지에게 설명을 시작했다.

"딱 보이지?"

"예. 한 명이 있네요."

화예지는 이 심법을 운용할 때마다 정말로 신기했다. 처음에 멋모르고 했다가 근처에 있던 정보원들을 기겁하게 만든 이후로 운용보다는 수련에 더 힘을 썼다.

그녀 자신도 설마 이렇게 범위가 늘어나 있을 줄은 몰랐다. 또한 이렇게 선명히 보법을 익힌 사람의 존재감이 느껴질 줄도 몰랐다.

"수준까지 알 수 있을 것 같아요. 상당한 수준이네요."

화예지는 너무나 신기했다. 이런 경험은 처음이었다. 영곤의 수준은 확실히 자신보다 위였다. 상위의 보법을 어느 정도 수준까지 익혔으니 그건 당연했다.

하지만 화예지는 결코 영곤의 경지가 탐나거나 그가 두렵지 않았다.

"막상 해 보니까 뭘 어떻게 해야 할지 알겠지?"

"예. 공자님께서 왜 제게 이 심법을 주셨는지도 알겠어요. 회수가 가능하군요."

"회, 회수? 서, 설마 제 보법을 회수하시겠다는 말씀이십니까?"

영곤이 기겁을 했다.

화예지는 그런 영곤을 보며 생긋 웃었다.

"내가 왜 그런 일을 하겠어? 누구보다 충성스러운 수하인데. 그냥 감을 잡았을 뿐이야."

"그, 그렇죠? 제가 얼마나 충성심이 강한지 잘 아시잖습니까. 안 그렇습니까?"

영곤이 이번에는 금철휘를 바라보며 동의를 구했다. 그만큼 그가 느끼는 압박감이 엄청났다.

"대충 확인했으면 그만해라."

화예지가 배시시 웃으며 심법을 거뒀다. 영곤은 안도하며 그 자리에 주저앉아 헐떡였다. 정말로 너무나 힘들었다. 마치 내공을 전혀 쓰지 않고 십 리쯤 전력으로 달린 것처럼 숨이 찼다.

"허억. 허억. 이, 이거 왜 이러죠?"

"심법의 영향을 받아서 그래. 아마 내공이 금제된 상태로 온몸을 혹사당하는 거랑 비슷할 거다."

영곤이 질린 눈으로 금철휘와 화예지를 번갈아 바라봤다. 그리고 그제야 완전히 이해할 수 있었다. 대체 왜 이렇게 어마어마한 무공을 아무런 조건 없이 금향각의 정보원들에게 무분별하게 풀었는지 말이다.

'만일 이걸 유출한 사람이 있다 하더라도⋯⋯.'

금향각에 미치는 문제는 아무것도 없다. 각주인 화예지만 있다면 말이다. 화예지는 그들의 보법을 회수할 수 있으며, 그들을 구속할 수 있다.

영곤은 새삼 존경스러운 눈으로 금철휘를 바라봤다. 역시 자신이 온몸을 바쳐 모실 만한 분 아닌가.

"자, 슬슬 돌아가자. 금룡장을 건드리려던 놈들한테 한 방 먹여 주려면 준비가 많이 필요할 테니까."

금철휘가 화예지를 덥석 들었다. 화예지는 깜짝 놀랐지만 비명을 지르거나 하지는 않았다. 이렇게 안겨서 다시 보니 금철휘의 몸이 정말 이해가 안 갈 정도로 비대해졌다.

"공자님, 한데 살은⋯⋯."

"아, 이거? 좀 쪘어. 왜? 싫어?"

화예지가 단호히 고개를 저었다.

"아뇨. 전 공자님이 어떤 모습이건 상관없어요."

마치 고백 비슷한 꼴이 되었지만 화예지는 부끄러워하지 않았다. 오히려 그 말을 들은 금철휘가 슬쩍 그녀의 시선을 피했다.

'이거 점점 골치가 아파 오는 느낌이야.'

금철휘는 한숨을 푹 쉬고는 훌쩍 몸을 날렸다. 그의 몸이 허공에 둥실 떠올랐다. 그리고 밤하늘을 가르며 빠르게 날아갔다. 마치 한 마리 거대하고 뚱뚱한 새 같았다.

모두가 잠들어야 할 시각임에도 금룡장은 곳곳에 환한 횃불이 밝혀져 있었다. 또한 부산스럽게 돌아다니는 수많은 사람들 때문에 소란스럽기 그지없었다.

"다들 바빠 보이네."

금철휘의 느긋한 말에 화예지가 쓴웃음을 지으며 대답했다.

"아무래도 오늘 심각한 일이 있었으니까요. 오늘 온 자객들 실력이 보통이 아니던데, 그래도 피해가 크지 않은 것 같아 다행이네요."

"고작 그따위 놈들에게 우리 금룡장이 당할 리 없지."

화예지가 금철휘를 바라보며 물었다.

"그 사람들 공자님께서 처리하신 건가요?"

"지나가는 길에 보여서 가볍게 눌러 줬지."

눌러 줬다는 말이 무슨 뜻인지 몰라 잠시 고개를 갸웃거리던 화예지가 이내 경악한 눈을 치켜떴다.

금철휘가 씨익 웃으며 화예지의 머리에 손을 턱 얹었다.

"허약해서 한 번 깔리니까 일어나질 못하더라고."

"그 많은 사람들을 다 그렇게 했다고요?"

"나중에 기회 되면 한 번 보여 줄게."

금철휘가 그렇게 말하며 씨익 웃자, 화예지가 질린 눈으로 바라봤다. 그러면서 다른 한편으로 꼭 금철휘가 그들을 깔아 뭉개는 모습을 보고 싶었다.

"자, 가자."

금철휘가 먼저 걸음을 옮겼다. 화예지는 그런 금철휘의 등을 바라보며 한 번 생긋 웃고는 그 뒤를 따랐다.

정문에 도착하니, 사람들의 시선이 금철휘에게 집중되었다. 워낙 비대했고, 그 옆에 너무나도 아름다운 화예지가 서 있으니 사람들의 시선을 모을 수밖에 없었다.

금철휘는 주변을 슥 한 번 둘러봤다. 그러자 저 멀리서 여인 두 명이 빠르게 달려왔다.

"공자님!"

한서연과 화영이었다. 두 여인은 금철휘와 헤어진 지 고작 몇 시진 되지도 않았는데 마치 십 년은 못 만난 것처럼 반가운 표정으로 달려왔다.

그리고 금철휘의 품에 덥석 안겼다.

금철휘는 피할 생각도 못한 채 황당한 눈으로 자신의 품에 매달린 두 여인을 쳐다봤다.

"뭐야? 너희들 뭐 잘못 먹었어?"

"아이, 공자님은 꼭 이런 순간을 그렇게 표현하셔야 돼요?"

화영이 고개를 들어 금철휘를 바라보며 살짝 눈을 흘겼다. 자신의 배에 착 붙어서 고개만 들어 바라보는 그 모습은 그야말로 아찔할 정도로 귀여웠다.

금철휘가 묵묵히 그녀의 얼굴을 보고 있자, 분위기가 달라진 걸 느꼈는지 한서연도 화영과 똑같이 고개를 들었다.

그리고 그 옆에 서 있던 화예지의 입이 점점 벌어졌다.

"뭐, 뭐가 어떻게 된 거지?"

화예지는 문득 여행이 너무 길었다는 생각이 들었다. 벌써 몇 달인가. 그 오랜 시간 동안 함께했으니 친밀해지는 게 당연하지 않은가.

'내가 직접 갔어야 하는데!'

물론 당시에는 그게 불가능했다. 한창 성장하는 금향각을 안정시켜야 했기에 결코 자리를 비울 수 없는 시기였다.

"이, 이렇게 사람들이 많이 보는 데서 꼭 이래야 하나요?"

화예지가 할 수 있는 건 고작 그런 말을 해 주는 것뿐이었다. 물론 화영과 한서연은 콧방귀도 뀌지 않았다. 어차피 그동안 좁은 가마 안에서 매번 금철휘의 품에 안겼었다. 그때도 이렇게 비대한 몸이었다.

"자자, 이게 그만."

금철휘가 두 여인의 뒷덜미를 잡았다. 화영과 한서연의 머리가 팽팽 회전했다. 그냥 가만히 있으면 정말로 꼴사나운 모습을 보일 것 같았다.

두 여인이 순순히 금철휘에게서 떨어졌다. 그래서 금철휘는 잡았던 뒷덜미를 그냥 놓아 버렸다. 만일 두 여인이 떨어지지 않았다면 뒷덜미를 잡아 대롱대롱 들고 안으로 들어가려 했다.

한서연과 화영은 등줄기에 식은땀을 흘리며 어색한 미소를 지었다. 조금만 대처가 늦었으면 어떤 꼴을 당했을지 파악한 것이다. 상상만 해도 끔찍했다. 아마 당분간 얼굴을 못 들고 다녔을 것이다.

금철휘는 뒤뚱거리며 금룡장 안으로 들어갔다. 원래 가마를 타고 가려 했지만 상황이 상황인지라 그냥 걸어가기로 했다.

그런 금철휘를 바라보는 사람들이 질린 눈으로 고개를 저었다. 지금까지 태어나서 이렇게 뚱뚱한 사람을 본 적이 없었다. 대체 어떻게 하면 이렇게 살이 찔 수 있단 말인가.

금철휘 주위를 거의 둘러싸듯 함께 이동하는 세 미녀도 사람들의 시선을 받았다. 저렇게 대단한 미녀들이 대체 왜 저런 뚱땡이에게 관심을 주는지 이해할 수가 없었다.

사람들의 시선에도 금철휘는 물론이고 함께하는 세 여인조차 전혀 신경 쓰지 않았다.

사람들의 시선은 오래 이어지지 않았다. 이내 인적이 없는 곳으로 접어들었기 때문이다.

금룡장의 내원에는 사람이 많지 않았다. 더구나 지금은 내원에 있는 사람들도 밖으로 바쁘게 움직이기 때문에 더 한적했다.

내원에 들어선 금철휘는 강렬하지만 부드러운 기운 하나가 빠르게 다가오는 것을 느꼈다. 누군지는 뻔했다. 백검화였다.

"공자님……."

백검화는 촉촉하게 젖은 눈으로 금철휘를 바라봤다. 금철휘는 백검화의 모습에 조금 당황했다. 그녀의 감정이 여과 없이 가슴에 부딪쳤다.

"왜 이렇게 늦으셨어요."

금철휘는 그런 백검화를 보며 씨익 웃었다. 그녀의 몸에 흐르는 기운이 순탄치 않았다. 혼자서 고군분투하며 십검들을 막았으니 당연했다. 내상도 심각했고, 옷에 가려 보이지는 않지만 외상도 상당했다.

"고생 많았네."

금철휘의 말에 백검화가 그대로 품에 안겼다. 금철휘는 미소 지으며 그녀를 가볍게 안아 주었다. 하지만 표정이나 행동과 달리 내심은 상당히 당황스러웠다.

'대체 오늘 왜들 이러는 거야? 무슨 날이야?'

금철휘는 속으로 투덜거리며 백검화를 안은 손을 슬슬 움직였다. 마치 그녀의 등판을 쓸어내리며 희롱하는 듯한 모양새였다.

옆에 서 있던 세 명의 여인이 일제히 눈을 동그랗게 뜨고 그 광경을 지켜봤다. 설마 자신들이 보는 앞에서 이렇게 노골적인 행동을 할 줄은 몰랐다. 특히 백검화의 제자인 한서연은 그대로 얼어붙어 버렸다.

금철휘의 손은 백검화의 어깨에서부터 엉덩이 아래까지 거침없이 움직였다. 금철휘의 품에 안긴 백검화도 그쯤 되니 당황하지 않을 수 없었다.

금철휘의 손길이 지나갈 때마다 그 부분이 잔벼락이라도 맞은 듯 짜릿거렸다. 조금이라도 방심하면 달뜬 신음을 흘릴 것 같았다. 그녀는 속에서 이를 악물고 신음을 참았다. 하지만 풀어지는 눈동자와 표정은 어쩔 수 없었다.

"자, 됐다."

백검화가 더 참지 못하고 신음을 흘리려는 순간, 금철휘가 그렇게 말하며 그녀를 자신의 품에서 슬쩍 떼어냈다.

백검화는 당황스러운 눈으로 금철휘를 바라봤다. 이렇게 달아오르게 만들어 놓고 손을 떼면 어쩌잔 말인가. 거기까지 생각한 백검화는 흠칫 놀라며 정신을 차렸다.

'내, 내가 이 무슨 추태를……!'

다른 여인들이 두 눈 똑바로 뜨고 지켜보는 상황이었다. 게다가 그중에는 제자까지 있었다. 한데 그런 민망스런 짓을 했다니, 자신이 순간적으로 머리가 어떻게 된 건 아닌가 하는 생각마저 들었다.

금철휘는 백검화의 몸을 차분히 훑어봤다. 물론 천령신공을 이용해 그녀의 몸에 흐르는 기운이 막힘없이 흐르는지 관찰하는 것이었다.

하지만 주변에서는 전혀 그렇게 보지 않았다. 마치 금철휘가 욕망에 찬 눈으로 백검화의 몸을 훑어보는 것처럼 보였다. 다들 입을 쩍 벌렸다. 그리고 당황스런 눈으로 금철휘와 백검화를 번갈아 바라봤다.

'어떻게 이럴 수가 있어? 내 눈앞에서……'

화영과 한서연은 살짝 원망이 담긴 눈으로 금철휘를 바라봤다. 화예지도 마찬가지였다. 그녀는 과연 자신이 백검화와 금철휘 사이에 들어갈 틈이 있을까 하는 생각에 시무룩해졌다.

금철휘는 주변 시선이 어떻게 변해 가는지 전혀 신경도 쓰지 않았다. 그저 백검화의 몸을 살피는 데 여념이 없었다. 이내 금철휘가 만족스런 표정으로 고개를 끄덕였다.

"좋아. 잘 됐군."

"뭐, 뭐가요?"

억지로 입을 열어 질문을 한 것은 백검화였다. 어떻게든 이 이상한 분위기를 바꾸고 싶었다. 또한 금철휘가 자신의 몸을 더듬던 모습을 지켜본 세 여인의 기억을 지우고 싶었다.

'뒤통수를 세게 후려치면 기억을 잃지 않을까?'

순간적으로 그런 생각을 했을 정도로 부끄러웠다. 하지만 내심 오히려 잘 됐다는 생각도 들었다. 어쨌든 이렇게 되었으니 금철휘가 자신을 받아들인다는 뜻 아니겠는가.

백검화는 기대감이 어린 눈으로 금철휘를 바라봤다. 만일 금철휘가 원한다면 오늘 밤은 그와 함께 보내도 상관없다는 생각마저 들었다.

"운기해 봐."

"예?"

"혹시 막히는 곳 있나 확인해 보라고."

백검화는 그제야 자신의 몸 상태를 점검했다. 그리고 경악한 눈으로 금철휘를 바라봤다. 아직 운기를 통해 확인하지는 않았지만 그저 느껴지는 것만으로도 몸이 확연히 좋아졌다.

'그럼 그게……'

생각해 보니 짜릿한 느낌이 든 부분이 바로 내상을 입은 부분이었던 것 같았다. 백검화는 서둘러 운기를 시작했다. 굳이 가부좌를 틀거나 할 필요는 없었다. 그저 단전을 한 번 두드리는 것만으로 거침없이 내력이 온몸의 기혈을 따라 흘러갔다.

백검화는 믿을 수 없는 눈으로 금철휘를 바라봤다. 내상이 완치되었다. 의원으로부터 최소 한 달은 요양하지 않으면 치료가 불가능하다는 말을 들었다. 또한 자신이 점검해 본 바로도 그러했다.

한데 그걸 단숨에 치료한 것이다.

"대체 어떻게 하신 거죠?"

백검화의 물음에 금철휘가 씨익 웃으며 말했다.

"사실 외상도 치료해 주고 싶지만, 그러려면 몸을 좀 주물럭거려야 하거든. 그건 너도 곤란하지?"

금철휘가 양손을 들어 뭔가를 주무르는 시늉을 했다. 백검화는 물론이고 나머지 여인들도 순간적으로 소름이 쫙 돋았다. 하지만 그건 그야말로 한순간이었다. 이내 그녀들은 그것도 나쁘지 않겠다는 생각이 들었다.

그리고 그중 가장 적극적인 사람은 백검화였다.

"옷을 다 벗고 하는 건가요?"

한 발 금철휘에게 다가가며 자신의 옷섶을 쥐는 백검화의 모습에 금철휘가 깜짝 놀라 뒤로 한 발 물러났다. 마치 당장이라도 옷을 벗을 것만 같은 분위기였다.

"자, 잠깐! 여기서 벗을 필요는 없고……."

금철휘는 그렇게 말하고는 주위를 둘러봤다. 백검화를 제외한 세 여인이 분한 표정으로 자신을 바라보고 있었다.

"저도 내상 입었어요! 치료해 주세요!"

가장 먼저 나선 것은 화예지였다. 그녀는 단숨에 금철휘의 품으로 달려들었다. 백검화와 똑같은 모습으로 안기기 위함이었다.

하지만 이미 그 상황을 예견하고 있던 금철휘가 당할 리 없었다. 금철휘는 훌쩍 위로 몸을 띄웠다.

그리고 허공에 올라선 채로 멈췄다. 하늘에 뜬 것이다.

"보아하니 외상은 그리 심각하지 않네. 금창약 잘 바르면 흉터도 안 남을 것 같은데? 나머지 사람들도 내상은 없어 보이니까 난 이만 가 볼게."

금철휘는 그 말을 남기고 훌쩍 몸을 띄웠다.

네 여인은 그야말로 닭 쫓던 개 지붕 쳐다보는 것처럼 사라져 가는 금철휘를 하염없이 바라보기만 했다.

"휴우. 이거 뭔가 요상하게 돌아가는 분위긴데?"

금철휘는 고개를 절레절레 저었다. 네 명이나 되는 여자들이 한꺼번에 달려드니 정말 당할 수가 없었다.

"대체 무슨 생각들인지, 원."

금철휘는 허공에 떠서 아버지인 금일청의 집무실로 향하며 혈뇌마검에 대해 생각했다.

'죽은 놈을 살려서 쓴단 말이지.'

보아하니 뭔가 조건이 있는 듯했다. 하지만 조건이 있든 없든 한 번 죽은 사람을 다시 살린다는 건 정말로 대단한 일이었다.

"포천회주라, 포천회주⋯⋯."

혈뇌마검은 포천회주의 이름조차 말하지 못했다. 지독한 금제가 걸려 있는 것이다. 혈뇌마검으로부터 금철휘가 얻어낸 것은 두 가지였다.

하나는 예전 천혈문 사람들 몇 명이 되살아나 포천회를 이끌고 있다는 것이었고, 다른 하나는 포천회의 돈줄 중 하나가 바로 패검방이라는 사실이었다.

혈뇌마검은 공월보에 대해서는 전혀 모르고 있었다. 그 말은 아무리 천혈문 출신의 사람들이라도 포천회의 모든 것을 알 수는 없다는 뜻이었다.

"좋아. 일단 난 돈줄을 말려 버리는 것부터 시작하지, 뭐."

일단 금철휘는 패검방부터 건드리기로 결정했다. 혁련진으로부터 알아낸 포천회의 돈줄은 오대세가와 금룡장의 힘으로 처리하면 된다. 그렇게 진행되는 사이 금철휘가 패검방까지 정리해 버리면 아마 포천회도 상당한 타격을 입을 것이다.

'어쩌면 들고 일어날지도 모르지.'

문파를 이끌어 나가는 데 있어서 손꼽힐 정도로 중요한 것이 바로 돈이다. 돈이 풍족하지 못하면 문파가 흔들릴 수밖에 없다.

금철휘가 노리는 것이 바로 그 점이었다. 포천회는 돈줄이 마르면 필히 뭔가 행동을 취하게 되어 있다. 그때를 노려 포천회에 대해 파악을 해야만 한다.

그렇게 계획을 세우는 사이 어느새 금룡장주의 집무실에
도착했다. 금철휘는 가볍게 땅에 내려서며 아버지가 있는 곳
을 쳐다봤다. 금철휘의 입가에 따스한 미소가 어렸다.

제2장
금룡장에서

"왔느냐?"

금일청은 집무실에 들어서는 아들의 모습을 보며 고개를 한 번 끄덕였다. 그리고 자리에서 일어나 다탁에 앉았다.

"너도 앉거라."

금철휘가 금일청 앞에 놓인 의자에 앉았다.

의자가 부서질 것처럼 비명을 질러댔다. 하지만 용케 금철휘의 그 막대한 무게를 견뎌냈다. 당연히 천령신공 덕분이었다.

"여행은 어땠느냐?"

"제법 괜찮았습니다."

"그래. 그러면 되었다."

사실 금룡장이 겪은 일이 훨씬 큰 문제였지만 금일청은 그에 대해 일언반구도 꺼내지 않았다. 금철휘는 그것이 참으로 금일청답다는 생각이 들었다.

"양 처가는 어떻더냐?"

"뭐, 여전하더군요."

금철휘가 대수롭지 않다는 듯 대답하자, 금일청이 잠시 눈살을 찌푸렸다. 그렇게 잠시 뜸을 들이다가 금철휘를 똑바로 바라보며 질문을 했다.

"무슨 생각을 하는 것이냐?"

"제가 무슨 생각씩이나 하고 움직이겠습니까?"

"네 부인들을 말하는 것이다."

"왜요? 또 무슨 사고라도 쳤습니까?"

금일청이 고개를 저었다.

"그건 아니다. 하지만 네가 그 아이들을 집에 들인 것은 뭔가 이유가 있어서 아니더냐. 난 그 이유를 알고 싶을 뿐이다. 보아하니 그 아이들에게 마음이 있는 것 같지는 않고……."

금철휘는 하마터면 그 여자들을 선택한 건 내가 아니라고 말할 뻔했다. 하지만 그럴 수는 없었다. 어쨌든 그 여자들을 선택한 건 자신이었다. 물론 혼이 아니라 몸의 얘기지만 말이다.

'이건 뭐 둘러댈 말도 없군.'

사실 몇 가지 안배를 해 놓은 것은 있다. 하지만 아직 결정을 내리지 못했다. 지금 당장이라도 유혜련과 채명화를 쫓아낼 수도 있었다. 또한 조금만 계략을 쓰면 그녀들의 가문까지 무너뜨릴 수 있었다.

하지만 아직까지 굳이 그럴 필요를 느끼지 못했다. 자신이 한 일은 아니지만, 어쨌든 원래의 몸 주인과 혼례를 올린 사이 아닌가.

금철휘는 금일청을 쳐다봤다. 자신이 대답하기만을 기다리고 있었다.

"일단 조금 더 두고 보죠."

금일청은 말없이 금철휘를 바라봤다. 그러더니 가볍게 고개를 끄덕였다.

"어차피 네가 알아서 할 일이니 그렇게 해라. 하지만 난 여전히 이해할 수가 없구나."

금철휘가 난감한 표정을 지었다. 딱히 설명할 말이 없다는 게 문제였다. 물론 그런 걸로 금철휘가 곤란을 느끼거나 하지는 않았다.

금일청은 금철휘를 가만히 바라보다가 갑자기 묘한 미소를 지었다.

"그건 그렇고 요즘 묘한 소문이 많이 들리더구나."

"묘한 소문이요?"

"널 쫓아다니는 여자들이 그렇게 많다면서?"

금철휘가 쓴웃음을 지었다. 이 말이 한 번쯤은 나올 거라 예상했다.

금일청 입장에서야 관심을 갖는 것이 당연했다. 아들의 일이기도 했고, 금철휘가 제대로 된 부부 생활을 못하고 있다는 걸 알기에 더더욱 신경이 쓰였다.

"뭐, 좀 있습니다."

"좀이 아니던데? 백검화야 그렇다 치고, 금향각주도 네게 마음이 있는 모양이더구나."

금철휘는 굳이 대답하지 않았다. 금일청은 그런 아들을 보며 말했다.

"내가 겪어 보니 화 각주가 참으로 마음에 들더구나. 제대로 내조를 할 수 있을 것 같아."

금철휘가 살짝 놀란 눈으로 금일청을 보자, 금일청이 멋쩍은 표정으로 슬쩍 시선을 피했다.

"뭐, 내 생각이 그렇다는 말이다. 크게 신경 쓸 것 없다."

말은 신경 쓰지 말라고 하면서 풍기는 분위기는 정작 압력을 꽉꽉 넣고 있었다. 금철휘는 왠지 이런 상황 자체가 참으로 즐거웠다.

"참, 그보다 포천회와 싸우는 일은 잘 되어 가고 있습니까?"

금일청이 눈을 빛냈다. 금룡장과 포천회의 싸움은 극비에 속한다. 물론 정보를 다루는 사람들에게는 공공연한 비밀이

긴 하지만 이렇게 쉽게 알아낼 수 있는 것이 아니었다.

'금향각에서 직접 얘기해 줬다는 뜻이겠지. 어쩌면 내가 생각했던 것보다 더 가까운 사이일 수도 있겠구나.'

금일청은 그렇게 자기 좋을 대로 판단을 내렸다. 평소와 달리 판단의 근거가 지극히 미약하다는 사실도 그냥 무시해 버렸다.

"화 각주가 알려 주더냐?"

금철휘는 금일청의 그 은근한 눈빛에 또 쓴웃음을 지었다. 이렇게 노골적인 걸 보면 화예지가 그동안 얼마나 금일청을 구워삶았는지 알 수 있었다.

'하여튼 보통이 아니야.'

금철휘는 금일청의 질문에 어떻게 대답할까 잠시 고민하다가 이내 사실대로 말하기로 했다. 생각해 보니 굳이 숨길 이유가 없었다.

"금향각의 진짜 주인이 접니다."

금일청은 잠시 머릿속이 헝클어졌다. 금철휘가 한 말이 무슨 뜻인지 얼른 받아들이지 못한 것이다. 하지만 이내 그게 무슨 말인지 정리가 되자 눈이 휘둥그레졌다.

"그, 그게 정말이냐?"

"그래서 말씀드리지 않았습니까. 금룡장의 정보조직처럼 쓰라고 말입니다."

금일청은 할 말을 잊었다. 자신의 아들이 얼마나 대단한지 새삼 느꼈다. 이건 하늘을 훨훨 날다 못해 천하를 날개로 뒤덮을 기세 아닌가.

"하면……"

"화 각주가 아버지께 살갑게 구는 건 원래 당연한 겁니다. 거기에 흔들리지 마십시오."

금일청은 연방 입맛을 다셨다. 사정을 알았지만, 그래도 화예지가 마음에 들었다.

'하긴, 정보를 쥐고 있으니 내조도 기가 막히게 하겠구나. 역시 며느릿감으로 손색이 없어.'

금일청은 그렇게 생각하며 금철휘를 바라봤다. 지금 그 얘기를 했다간 오히려 더 반감을 살 것 같았다. 물론 금철휘가 그런 걸로 엇나가거나 하지는 않겠지만 그래도 때를 맞추는 게 훨씬 낫지 않겠는가.

"알았다. 하여튼 너도 참으로 대단하구나. 천하제일의 정보조직을 직접 만들다니, 누구도 쉽게 하기 어려운 일을 해냈어."

금철휘가 씨익 웃었다.

"그렇게 많은 돈을 주셨는데, 고작 그것도 못하면 말이 안 되죠."

금일청은 그 말에 허허 웃었다. 하지만 그도 알고 있다. 아무리 돈이 많다 하더라도 결코 쉽게 할 수 없는 일이라는 것을 말이다. 만일 그게 가능했다면 금일청이 벌써 나서서 했을 것이다.

하지만 금일청은 천하제일의 정보조직을 만드는 건 고사하고 사해방의 눈을 피해서 정보조직을 구성하는 것조차 하지 못했다.

"어쨌든 금향각의 정보는 잘 쓰마. 덕분에 포천회와의 싸움에서 유리한 고지를 차지했어."

너무나 유리한 고지를 차지했기에 앞으로는 별다른 이변이 없는 한 그들이 무너지는 건 기정사실이었다. 다만 시간이 얼마나 걸리느냐의 문제일 뿐이었다.

'그나저나 재산이 또 늘어나게 생겼구나.'

금일청은 이번에 포천회와의 싸움에서 벌어들이게 될 재산의 절반 정도를 금철휘에게 전해 주고 싶었다. 흑백총관이라면 아마 그 돈을 훨씬 더 유용하게 쓸 수 있을 것이다.

그것을 제외하고도 금룡장은 삼 할 정도의 재산이 더 늘어나게 될 듯했다.

"그럼 전 이만 일어나겠습니다. 아버지도 오늘 큰일도 겪으셨는데 좀 쉬세요."

"그래. 그러마."

금철휘는 자리에서 일어나 금일청에게 인사를 하고는 밖으로 나갔다. 그런 금철휘의 뒷모습을 금일청이 대견한 눈으로 바라봤다. 그의 눈가에 슬며시 물기가 어렸다.

"이것 참."

금철휘는 머리를 긁적였다. 팔이 워낙 뚱뚱해 쉽지 않았지만 그래도 가능은 했다. 천령신공을 이용해서 말이다.

아버지인 금일청을 만나면 참으로 이상한 기분이 들었다. 엄밀히 따지면 자신의 아버지가 아니다. 하지만 막상 금일청을 만나면 그런 감정은 들지 않았다. 정말로 아버지로 여겨졌고, 그 따스함에 절로 미소가 지어졌다.

사실 처음 금일청을 만났을 때보다 지금이 더 그런 경향이 강했다.

처음에도 따뜻한 감정을 안 느낀 건 아니지만 이렇게 혈육이라는 느낌이 들지는 않았다. 한데 지금은 마치 진짜 혈육 같은 느낌이 들었다.

'천령신공 때문인가?'

그때와 달라진 게 있다면 천령신공이 더 깊어졌다는 것뿐이었다. 자주 만나서 친밀감이 들었을 수도 있지만, 그것만으로 이런 혈육의 감정을 설명할 수는 없었다.

'그러니까 천령신공이 답이로군.'

천령신공 때문에 그런 감정이 점점 짙어진다는 것이 옳았다. 금철휘는 어렴풋이 그 이유를 알 수 있었다.

'영육의 일치로군.'

천령신공을 익혀서 영육을 안정시켰지만 완벽하게 일치한 것이 아니었다. 그저 혼백이 몸을 떠나지 못하게 안착시켰을

뿐이었다.

한데 천령신공이 깊어지면서 진짜로 몸과 혼백이 동화되어 가는 것이다.

'재미있어. 과연 영육이 완벽히 일치하면 난 어떻게 되는 걸까?'

지금 상황을 보면 점점 금룡장의 소장주 금철휘가 되어 가고 있었다. 한데 영육이 완전히 일치하면 어떻게 될까? 과연 그때도 혈룡귀갑대주 금철휘가 이 안에 남아 있을 수 있을까?

금철휘의 눈에 호기심이 어렸다. 어쨌든 죽지는 않을 것이다. 또한 이렇게 선명한 혈룡귀갑대주의 기억이 사라질 것 같지도 않았다.

천령신공이 깊어질수록 혈룡귀갑대주의 기억도 더욱 선명해지는 걸로 봐서는 사라질 리가 없었다.

'금룡장의 소장주도 아니고 혈룡귀갑대주도 아닌, 아니면 둘 모두인 그런 존재가 될 확률이 높군.'

금철휘는 입가에 미소를 지으며 걸음을 서둘렀다. 금룡각이 완공되었다고 했다. 오늘은 그곳에서 푹 쉬고 싶었다. 물론 천령신공을 이용해 전각 자체를 강화한 뒤에 말이다.

'또 무너지는 건 이제 사양이야.'

금철휘의 발걸음이 빨라졌다.

금룡각에 도착한 금철휘는 어이없는 눈으로 전각을 쳐다봤다. 아직 주인인 자신이 도착하지도 않았는데, 먼저 온 손님들이 있었다. 한데 그 손님들의 정체가 문제였다.

"아니, 이젠 밤에도 날 찾아오는 거야?"

손님들의 정체는 백검화, 한서연, 화영, 그리고 화예지였다. 그 네 명의 여인들이 금철휘의 방에 앉아 도란도란 얘기를 나누며 금철휘를 기다리고 있었다.

금철휘는 고개를 절레절레 저으며 금룡각 안으로 들어갔다. 그리고 계단을 올라 자신의 방으로 향했다.

방문을 열자, 다탁에 모여 앉은 네 명의 여인들이 일제히 고개를 돌려 바라봤다. 그들의 표정에 살짝 놀람이 어려 있었다. 금철휘처럼 거대한 사람이 문앞까지 왔는데 아무도 알아차리지 못한 것이다.

"공자님 오셨어요?"

가장 먼저 정신을 차리고 반응한 것은 역시 백검화였다. 무공도 가장 높고 경험도 가장 많은데다가 금철휘에게서 과거 혈룡귀갑대주의 그림자를 보고 있기에 너무나 빠르고 자연스럽게 반응한 것이다.

"여기서 다들 뭐 하는 거야? 밤인데 잠도 안 자?"

그 말에 다들 배시시 웃었다. 네 명이 모여서 그렇게 웃으니 아찔할 정도로 아름다웠다. 물론 금철휘는 그것을 보며 표정 하나 변하지 않았다.

"여기서 자려고요. 괜찮죠?"

화영이 그렇게 말하며 부끄러운 듯 살짝 몸을 꼬았다.

'저 여우!'

다들 속으로 그렇게 외치며 저마다 한마디씩 했다.

"저도 같이 자도 되죠?"

"방도 넓은데 저도 여기서 잘게요."

"안아 주세요."

마지막에 안아 달라는 말을 한 사람은 백검화였다. 나머지 세 여인의 고개가 일제히 돌아갔다. 그녀들은 환하게 웃고 있는 백검화의 얼굴을 보며 멍한 표정을 지었다.

백검화는 고혹적인 미소를 지으며 금철휘에게 다가갔다.

"아무래도 제 상처, 흉터가 남을 것 같은데 공자님이 마저 봐 주시면 안 될까요?"

그 말에 화예지가 후다닥 달려가 백검화 앞을 가로막았다. 백검화가 살짝 눈을 치켜뜨며 화예지를 바라봤다.

"뭐죠?"

화예지는 전혀 당황하지 않고 품에서 금창약을 꺼냈다.

"최근 우리 금향각이 개발한 금창약이에요. 약왕문과 손을 잡고 만든 거니 효과는 확실하죠. 아마 이거 하나면 절대 흉터 따위는 남지 않을 거예요."

화예지는 그렇게 말하며 금창약을 내밀었다. 백검화는 설마 이렇게 나올 줄 몰랐다는 듯 잠시 할 말을 잊었다. 하지만 이내 생긋 웃고는 그것을 받았다.

"고마워요."

백검화의 몸이 살짝 흔들리는가 싶더니 물 흐르듯 움직여 화예지를 지나쳤다. 그녀는 어느새 금철휘 앞에 서 있었다.

백검화는 금창약을 금철휘에게 내밀며 색기 어린 미소를 지었다.

"손이 안 닿을 것 같아서 그러는데, 공자님께서 발라 주세요."

백검화의 행동에 나머지 세 여인이 입을 쩍 벌렸다. 극도의 경각심이 그녀들의 뇌리를 후려쳤다.

"사, 사부님! 제가 발라 드릴게요!"

한서연이 자신도 모르게 나서서 외쳤다.

백검화는 그녀를 바라보며 놀란 표정을 감추지 못했다. 한서연에게 설마 이런 면이 있을 줄은 몰랐다. 다른 여인들 역시 마찬가지였다. 그리고 속으로 안도했다. 그리고 이런 방법을 생각해낸 한서연을 새삼스럽게 바라봤다.

한서연은 콩닥콩닥 뛰는 가슴을 진정시킬 수가 없었다. 주제넘게 나서서 사부님을 제지하다니. 절대 있을 수 없는 일이었다.

이러지도 저러지도 못하고 머뭇거리는 한서연을 구해 준 것은 금철휘였다.

"그러면 되겠네. 난 손이 커서 금창약을 바르는 섬세한 일은 못해."

금철휘는 그렇게 말하고 안으로 휙 들어갔다. 백검화는 금철휘가 어떻게 움직였는지 알아보지도 못했다. 움직인다 싶은 순간, 이미 침상에 앉아 있었다.

"다들 정말 여기서 잘 거야?"

네 여인이 동시에 고개를 끄덕였다.

금철휘는 그 모습에 결국 한숨을 쉬었다.

"하아. 모르겠다. 맘대로 해. 난 먼저 잔다."

금철휘는 침상에 벌렁 누웠다. 천령신공을 이용해 침상부터 강화했기에 무너질 염려는 없었다.

'자면서 할 일이 많군.'

자면서 금룡각을 강화할 생각이었다. 금룡각의 규모가 상당한 만큼 전각을 몽땅 강화하는 데 걸리는 시간도 결코 만만치 않을 것이다.

먼저 천령신공을 이용해 전각의 세부적인 구조를 최대한 자세히 파악해야 한다. 전각을 곱게 가루로 빻아 그 하나하나를 조사한다는 심정으로 해야 하기에 그것만으로도 막대한 시간과 심력이 소모되는 일이었다.

금철휘는 지그시 눈을 감고 천령신공을 펼쳤다. 금룡각의 구조가 속속들이 금철휘의 뇌리에 새겨지기 시작했다.

네 여인은 금세 잠에 빠져든 금철휘를 어이없는 눈으로 바라봤다. 이렇게 아름다운 미녀가 넷이나 있는데 그걸 눈앞에 두고 어떻게 잠을 잔단 말인가.

"목석은 분명 아닌 거 같은데……."

"우리가 그렇게 매력이 없는 걸까요?"

다들 한숨과 함께 고개를 저었다. 그래도 어쩌겠는가. 저 뚱땡이에게 이미 마음을 빼앗긴 것을.

"전 먼저 잘게요."

가장 먼저 나선 것은 화영이었다. 화영은 냉큼 달려가 누운 금철휘 옆에 찰싹 달라붙었다. 다들 그 광경을 어이없는 눈으로 쳐다봤다.

하지만 이내 자리가 그리 많지 않다는 것을 깨닫고 서두르기 시작했다. 백검화가 제일 유리했다. 그녀의 몸이 한 번 깜박인다 싶은 순간, 어느새 화영과 반대쪽에 누워 있었다.

한발 늦은 화예지는 발을 동동 구르다가 몸을 훌쩍 띄워 금철휘의 배 위에 사뿐히 내려섰다. 그리고 그 위에 누워 버렸다.

한서연은 그저 멍하니 입을 벌리고 그 광경을 지켜봤다. 이렇게까지 할 줄은 몰랐다. 결국 한숨을 한 번 폭 내쉰 한서연은 금철휘의 침상 근처에 자리를 준비하고 누웠다.

"아, 진짜!"

잠든 줄 알았던 금철휘가 짜증을 내며 눈을 번쩍 떴다. 그리고 그 육중한 몸을 일으켰다. 그것도 천천히 일어난 게 아니라 벌떡 일어나며 몸을 한 차례 털었다.

"까아악!"

무공이고 뭐고 다 소용없었다. 금철휘가 일어나 몸을 한 번 터니 곁에 붙어 있던 세 명의 여인들이 다 나가떨어졌다. 게다가 아무도 제대로 착지하지 못했다. 심지어는 백검화까지 바닥에 나동그라졌다.

다들 놀란 눈으로 금철휘를 바라봤다. 멀쩡한 사람은 바닥에 자리를 깔고 누운 한서연뿐이었다.

금철휘는 말없이 손을 뻗었다. 양손에 각각 화영과 화예지가 덥석 잡혔다. 두 여인이 뒷덜미를 잡힌 채 대롱대롱 매달렸다.

"고, 공자님!"

두 여인이 다급하게 외쳤지만 금철휘는 창가로 성큼성큼 다가가 창을 열고 둘을 밖으로 휙 던져 버렸다.

"까악!"

날카로운 비명과 함께 두 여인이 밤하늘을 가로질러 날아갔다. 금철휘는 그 모습을 힐끗 쳐다보고는 고개를 돌려 바닥에 앉아 멍하니 자신을 바라보고 있는 한서연과 백검화를 쳐다봤다.

두 여인이 동시에 침을 꿀꺽 삼켰다. 그리고 애처로운 표정을 지었다. 하지만 금철휘에게 예외는 없었다.

성큼성큼 걸어가 두 여인 앞에 선 금철휘의 손이 다시 움직였다. 백검화와 한서연은 어떻게든 그것을 피하려 했지만 아무 소용없었다.

덥석덥석 뒷덜미를 잡힌 백검화와 한서연이 대롱대롱 매달
렸다. 금철휘가 그녀들을 든 채 창가로 걸어가자, 백검화가
다급히 외쳤다.

"고, 공자님! 그냥 나갈게요. 제 발로 걸어서 나간다니까
요?"

금철휘가 잠시 걸음을 멈추고 백검화를 쳐다봤다. 백검화
는 금철휘와 눈이 마주치자 애처로운 미소를 보냈다. 이런 표
정을 보면 뭐든 용서해 주고 싶기 마련이다. 남자라면 말이
다.

하지만 금철휘는 보통 남자가 아니었다. 백검화를 향해 씨
익 웃어 주고는 다시 걸음을 옮겼다.

"고, 공자님!"

당황한 백검화의 외침이 이어졌지만 금철휘는 전혀 개의치
않고 창밖으로 두 여인을 휙휙 던져 버렸다.

비명도 들리지 않았다. 미리 예상을 하고 있었기에 날아가
면서 몸의 균형을 쉽게 찾을 수 있었다.

백검화는 허공에서 몸을 비틀며 근처의 지붕을 박찼다. 그
리고 다시 금철휘에게 날아가려고 했다. 금룡각 정도 높이는
백검화에게 아무것도 아니었다.

하지만 그녀는 그렇게 할 수가 없었다. 지붕을 박차는 순
간 갑자기 몸이 아래로 뚝 떨어진 것이다. 마치 스스로 천근

추를 펼친 것 같았다.

　백검화의 당황한 시선이 금룡각 최상층으로 향했다. 그곳에는 금철휘가 여전히 창밖으로 이곳을 쳐다보고 있었다. 그의미심장한 표정을 본 백검화의 눈이 살짝 커졌다.

　백검화는 바닥에 사뿐히 내려섰다. 그녀 옆으로 한서연이 급히 다가왔다.

　"사부님, 괜찮으세요?"

　백검화는 잠시 금룡각을 올려보다가 고개를 돌려 한서연을 바라봤다. 그리고 더없이 인자하고 부드러운 미소를 지어 주었다.

　"괜찮다. 그보다 넌 괜찮으냐?"

　"예. 공자님께서 사정을 봐주셨잖아요."

　"그래? 하긴 안 그랬으면 이렇게 멀쩡할 리가 없지."

　조금 전 침상에서 나가떨어질 때는 정말로 놀랐다. 몸속의 진기가 전혀 흐르지 않았고, 근육도 마음대로 움직이지 않았다. 그래서 그리도 꼴사납게 나동그라질 수밖에 없었다.

　만일 창밖으로 내던져질 때도 그랬다면 그녀들은 최소한 몇 군데는 부러졌을 것이다. 아니, 금룡각의 높이를 생각하면 목숨을 잃었을 수도 있다.

　두 여인이 그렇게 서 있을 때, 화영과 화예지가 살짝 상기된 얼굴로 다가왔다.

　"여기 계셨네요."

"이제 어쩌실 건가요?"

네 여인이 일제히 금룡각을 바라봤다. 그녀들은 나직이 한숨을 내쉬고는 몸을 돌렸다.

"가요. 우리 오늘 같이 술 한잔할까요?"

백검화의 말에 나머지 여인들이 일제히 고개를 끄덕였다. 그녀들이 향한 곳은 당연히 향화루였다.

그날 향화루의 술이 완전히 동나는 작은 사건이 벌어졌다. 그리고 함께 술을 마신 네 여인의 사이가 급격히 가까워졌다.

금철휘는 아침에 일어나서 늘어지게 기지개를 켰다.

"정말 간만에 잠을 푹 잔 느낌이군."

자기 전에는 네 여인 때문에 조금 짜증이 났지만 싹 정리하고 나니 참으로 편안하게 잠을 잘 수 있었다. 그동안 쌓였던 피로가 말끔히 사라진 느낌이었다. 물론 천령신공을 익힌 금철휘에게 피로가 쌓일 리 없었지만, 그래도 기분이라는 게 있는 법이다.

"오늘은 정말 즐겁게 하루를 보낼 수 있을 것 같아. 그럼 뭘 할지 계획을 세워 볼까?"

금철휘는 가만히 계획을 세웠다. 금룡장에 워낙 오랜만에 왔기에 정리해야 할 일이 제법 있었다. 물론 타지에 있으면서도 금룡장의 일을 소소하게 처리했다. 금향각이 있으니 그쯤은 어렵지 않았다.

그럼에도 금철휘가 직접 움직여야 하는 부분들은 어쩔 수
없이 내버려 둬야 했다. 그 부분들을 오늘 싹 몰아서 정리할
계획이었다.

"그나저나 왠지 내가 할 일이 늘어난 느낌이란 말이야."

예전 파락호로 살 때는 아무 일도 하지 않았다. 그저 술과
여자, 도박으로 세월을 죽이고 살았다. 그래도 아무 문제없었
다.

한데 요즘에는 일이 너무 많았다. 물론 대부분 금향각을
통해 처리하기에 금철휘는 전혀 바쁘지 않았다. 하지만 일이
있다는 사실이 중요했다.

"어쩌다 이렇게 된 건지. 쯧."

금철휘는 천천히 몸을 일으켰다. 그리고 대충 씻고 나갈
준비를 했다. 그 비대한 몸을 이리저리 움직여 씻고 옷을 입는
것이 참으로 신기할 정도였다. 물론 천령신공이 없다면 절대
불가능한 일이었다.

금철휘는 금룡각을 나섰다. 그리고 오랜만에 두 부인을 만
나기 위해 일단 홍련각으로 향했다. 생각해 보니 이렇게까지
살이 찐 이후로는 한 번도 만난 적이 없으니 과연 어떤 반응
을 보일지 기대되었다.

"가만, 이제 슬슬 가마를 이용하는 게 낫지 않을까?"

생각해 보면 이런 비대한 몸을 이끌고 걸어 다니는 건 원래
라면 불가능한 일이었다. 그러니 지금이라도 가마를 준비하

는 게 나았다.

"그게 더 충격적이겠지."

금철휘의 입가에 짓궂은 미소가 어렸다. 유혜련과 채명화의 성정을 잘 알기에 어떤 식으로 하면 더 놀라고 싫어할지 훤히 보였다.

특별히 지시를 내릴 필요도 없었다. 잠깐 서서 기다리자, 영곤이 수배해서 데려온 여덟 명의 가마꾼들이 득달같이 달려왔다. 그들의 손에는 특별히 제작한 가마가 들려 있었다.

금철휘는 가마에 올라타 비스듬히 누웠다. 예전에 이러고 다닐 때가 떠올랐다.

'그때 참 편하긴 했지.'

자신의 발로 걸을 필요가 없으니 편하긴 진짜 편했다. 다만 주변 사람들의 시선을 견뎌야 한다는 단점이 있긴 했지만 금철휘에게 그건 아무런 문제가 되지 않았다. 남의 시선 따위 아예 신경도 안 쓰니 말이다.

금철휘를 태운 가마가 위태롭게 흔들리며 앞으로 나아갔다. 금철휘는 천령신공을 이용해 가마를 강화시켰다.

'가마꾼들 실력이 영 별로네.'

예전 가마꾼들은 정말로 뛰어난 실력을 가지고 있었다. 가마를 타고 누우면 움직이는지도 모를 정도로 안정적이었다. 한데 지금은 그러지 못하니 비교가 될 수밖에 없었다.

금철휘의 시선이 옆에서 모습을 숨기고 따라오는 영곤에게로 향했다.

영곤은 찔끔 놀라 얼른 시선을 돌렸다. 그가 보기에도 이번 가마꾼들은 문제가 좀 있었다. 하지만 어쩔 수 없었다. 그때는 금향각의 정보원들을 데려다 쓴 것이고, 이번에는 진짜 가마꾼이었으니까.

'가마꾼들한테 무공을 가르칠 수도 없고……'

영곤의 얼굴에 짙은 고민이 어렸다. 그는 한숨을 내쉬며 항주 인근에서 동원이 가능한 정보원들을 머릿속으로 추려냈다. 아예 새로 정보원을 영입해서 교육을 명목으로 가마를 들게 할 수도 있었다.

영곤이 이런저런 고민을 하는 동안에도 가마는 느리지만 꾸준히 앞으로 나아갔다.

금철휘는 가마의 흔들림을 나름 즐기며 멀리서 천천히 다가오는 거대한 전각을 쳐다봤다. 유혜련이 사는 홍련각이었다.

가마가 홍련각에 가까이 다가가자, 홍련각 안에서 사람들이 우르르 나왔다. 그들 중 가장 앞에는 설소영이 있었다.

설소영은 황당한 눈으로 가마에 앉은 금철휘를 바라봤다. 그녀의 입이 점점 벌어졌다. 그리고 금철휘가 바로 앞까지 다가오자 더 이상 벌어질 수 없을 정도로 입이 커졌다.

"서, 설마 소장주님?"

"오, 용케 알아보네?"

못 알아볼 리가 없지 않은가. 얼굴에 예전의 흔적이 곳곳에 남아 있는데 말이다. 더구나 금철휘는 그동안에도 상당히 뚱뚱한 채로 살아왔다. 그때의 경험 덕분에 이렇게 살이 많이 쪘어도 충분히 알아볼 수 있었다.

차라리 살이 빠졌을 때가 훨씬 알아보기 어려웠다. 금철휘는 살을 쫙 빼면 정말 몰라볼 정도로 멋진 모습으로 변하니, 그 차이가 너무나 극심했다.

"대, 대체 어, 어떻게 되신 건가요?"

"어떻게 되긴. 여행 다녀오면서 잘 먹었지."

설소영이 불안한 눈으로 금철휘를 바라봤다. 만일 이런 모습의 금철휘를 유혜련이 본다면 그녀는 당장이라도 도망갈지 모른다. 안 그래도 최근 가문으로부터 아이를 언제 낳을 거냐고 압박이 엄청나게 들어오고 있었다.

'지금 모습을 보면 아마 절대 아이를 갖겠다고 덤비지 못할 텐데.'

설소영이 속으로 그런 생각을 하며 마른침만 꼴깍꼴깍 삼키고 있을 때, 금철휘가 물었다.

"남편이 왔는데 부인이라는 사람이 나와 보지도 않네?"

그제야 퍼뜩 정신을 차린 설소영이 다급히 대답했다.

"아, 죄, 죄송합니다. 일단 안으로 드시지요. 아가씨께 모시겠습니다."

"아가씨라……."

금철휘는 설소영이 듣지 못할 정도로 작은 목소리로 중얼거렸다. 방금 그 말이 설소영이나 유혜련이 자신을 어떻게 생각하고 있는지를 단적으로 드러낸다. 물론 새삼스러운 일은 아니었다.

금철휘를 태운 가마가 위태롭게 흔들리며 홍련각 안으로 들어갔다.

유혜련은 얼어붙은 듯 제자리에 서서 새파랗게 질린 얼굴로 가마에 탄 금철휘를 바라봤다.

가마꾼들이 가마를 내려놓자, 금철휘는 그 위에서 데굴 굴러 유혜련 앞에 앉았다. 유혜련은 깜짝 놀라 뒤로 주춤 물러났다.

유혜련의 모습을 확인한 금철휘는 씨익 웃으며 말했다.

"가문에서 아이 만들라고 압력이 대단하다면서? 어때? 지금이라면 시간이 좀 있는데. 합방을 할까?"

금철휘가 마치 크게 선심이라도 쓰듯 말하자, 유혜련이 온몸을 부들부들 떨었다. 저 엄청난 몸을 가진 금철휘와 함께 옷을 벗고 뒹군다는 생각만으로도 토할 것만 같았다.

"우욱."

유혜련은 결국 입을 틀어막고 어딘가로 후다닥 달려갔다. 물론 진짜로 토하지는 않았다. 하지만 얼굴이 창백하게 질린 채로 금철휘의 시선이 닿지 않는 곳에서 헛구역질을 했다.

"아가씨……."

설소영이 안타까운 눈으로 그런 유혜련을 바라봤다.

"가서 저 돼지 당장 내쫓아."

유혜련은 설소영을 쳐다보지도 않고 그렇게 말했다. 자신이 또 금철휘를 보면 이번에는 헛구역질이 아니라 정말로 아까 먹은 밥을 몽땅 토해낼 것 같았다.

나중이라면 몰라도 지금은 절대 아니었다. 좀 더 마음을 추스른 뒤에, 그리고 준비를 단단히 한 다음에 만나야만 했다.

설소영은 고개를 끄덕인 뒤 금철휘에게로 돌아갔다.

"아가씨께서 몸이 좋지 않아 오늘은 더 뵙기 어려울 것 같습니다. 다음에 편하신 날을 잡으시면 그때……."

금철휘가 피식 웃으며 손을 내저었다.

"됐다. 어차피 관심도 없으니까. 그보다 넌 좀 어때?"

"예?"

금철휘의 말에 설소영이 당황했다. 관심이 없다는 말도 당황스러웠고, 자신은 어떠냐고 물어서 뭐라고 대답을 해야 할지 알 수 없었다.

"아칠이 안 만나?"

설소영이 당황하며 얼굴을 붉혔다. 사실 그 때문에 상당한 곤란을 겪기도 했다. 유혜련이 끊임없이 닦달했기 때문이다. 하지만 결과적으로 유혜련도 아칠과 설소영의 사이를 인정할 수밖에 없었다.

아칠과 설소영이 만난다는 이유 하나만으로 홍련각으로 가는 예산이 늘어났기 때문이다. 유혜련도 결국 돈 앞에서는 무너질 수밖에 없었다.

"분위기 보니 잘돼 가는 모양이네?"

설소영이 수줍은 듯 고개를 끄덕였다. 그 모습에 금철휘가 씨익 웃었다.

"엄청 복잡하게 꼬이는구나. 이래서야 쫓아내지도 못하겠네."

금철휘가 그 말을 남기고 몸을 뒹굴 굴러 가마를 탔다. 가마꾼들이 이마와 목에 핏줄이 터질 정도로 힘을 써서 가마를 들었다. 그리고 위태롭게 비틀거리며 홍련각을 떠났다.

설소영은 멍하니 멀어져 가는 금철휘의 뒷모습을 바라봤다. 그녀의 귓가에는 떠나기 전에 금철휘가 한 말이 계속 맴돌았다.

홍련각에서 있었던 일은 즉시 유화각으로 전해졌다. 그래서 채명화는 유혜련에 비해 마음의 준비를 단단히 하고 기다릴 수 있었다.

채명화는 이를 악물었다. 무조건 참아야만 했다. 하지만 딱딱하게 굳은 표정은 어쩔 수 없었다. 거기까지 신경을 쓸 수가 없었다.

그런 채명화에게 금철휘가 말 한마디를 툭 던졌다.

"오늘 합방할까?"

그동안 그렇게 원하던 일이었다. 하지만 채명화는 선뜻 결정을 내릴 수 없었다. 유혜련과 마찬가지로 금철휘와 벌거벗고 그 짓을 한다고 생각하니 토할 것만 같았다.

결국 채명화는 고개를 젓고 말았다. 그래도 유혜련보다는 나았다. 헛구역질을 하며 도망가지는 않았으니까. 하지만 금철휘에 대한 없던 정까지 뚝 떨어져 버렸다.

'그나마 가문의 압박이 줄어들어서 다행이야.'

그동안 끊임없이 들어오던 가문의 압박이 급격히 줄어들어서 결정하기가 편했다. 아마 유혜련만큼 압박이 거셌다면 채명화도 정말로 오랫동안 고민하다가 헛구역질을 했을지도 모른다.

"결정이 빨라서 좋네. 그럼 난 간다."

금철휘는 데굴 굴러 가마에 올라탔다.

채명화는 멀어져 가는 금철휘의 뒷모습을 보며 진저리를 쳤다. 상황을 곱씹어 보니 정말로 치가 떨렸다. 하지만 그럼에도 한마디 불만조차 내비칠 수가 없었다.

'나 같은 게 바로 기생충이지.'

요즘 여러 가지 일로 생각이 깊어지면서 이렇게 자괴감에 빠지는 일이 잦았다. 아무리 생각해도 자신에게는 금룡장에 빌붙어 돈을 빨아먹고 사는 기생충이 딱 맞는 표현이었다.

'황금을 빨아먹는 기생충이니 황금충이라고 해야 하나?'

채명화가 자조적인 표정으로 털썩 자리에 앉았다. 그녀는 고개를 푹 숙인 채 한동안 그렇게 앉아 있었다.

"어떻게 처리할까요?"

영곤이 기대감 어린 눈으로 금철휘를 바라보며 물었다. 그가 마음만 먹으면 유혜련과 채명화를 쫓아내는 것쯤 일도 아니었다. 금향각의 정보력을 이용하면 얼마든지 사건을 만들어 낼 수도 있고, 또 함정에 빠뜨릴 수도 있었다.

아니면 그녀들이 스스로 금룡장을 떠나도록 만들 수도 있었다. 두 여인의 가문인 유가장과 패천보를 압박하면 간단히 해결된다.

금철휘는 잠시 고민하다가 고개를 저었다.

"일단 좀 두자. 뭐, 신경 쓸 정도로 문제가 있는 건 아닌 모양인데."

"하긴 요즘 생활이 그리 쉽지 않아서 딴 생각할 여유도 없을 겁니다."

"생활이 쉽지 않다고? 설마 또 사채 얻어다 엉뚱한 짓 하는 건 아니겠지?"

"그럴 담량이나 있겠습니까? 예전에 그렇게 호되게 당했는데."

"하긴."

금철휘가 고개를 끄덕이자, 영곤이 열을 올리며 말했다.

"생활 자체가 많이 위축되었습니다. 사치를 부릴 돈이 없으니 솔직히 금룡장 소장주의 부인이라고는 상상하기 어려울 정도로 검소한 생활을 하고 있습니다. 뭐, 다 자업자득이지요."

"그래?"

확실히 홍련각이나 유화각의 예산을 확 깎아 놨으니 힘든 생활을 하긴 할 것이다. 그래도 굶지는 않게 조치를 취했다. 어차피 홍련각이나 유화각의 운영비 자체는 금룡장에서 알아서 해결한다.

사치만 부리지 않으면 생활하는 데 아무런 문제가 없을 것이다. 다만 그녀들이 부리던 작은 정보조직까지 운영하려면 정말 쉽지 않을 것이다.

"홍련각과 유화각에 붙어 있는 정보조직은 어떻게 됐지?"

"이미 와해됐습니다."

금철휘가 고개를 끄덕였다. 혹시나 했더니 역시나다. 하면 이제 유혜련이나 채명화는 그야말로 아무것도 못하고 붕 뜬 상태가 된 셈이다.

"그럼 당분간 그냥 내버려 둬도 별 문제가 없겠군."

금철휘의 말에 영곤이 이해할 수 없다는 듯 조심스럽게 물었다.

"한데 왜 그렇게 신경을 써 주시는 겁니까? 제가 공자님이었다면 아마 벌써 내쳤을 것입니다. 더불어 이런 일을 꾸민 유가장과 패천보도 가만두지 않았을 겁니다."

금철휘가 수긍한다는 듯 고개를 끄덕였다.

"확실히 그게 더 나을 수도 있지."

"하면……."

"됐다. 내가 이미 결정한 일이다."

"존명."

영곤은 더 이상 그 일을 거론하지 않았다. 아무리 이상해도 주군이 한 번 정하면 그걸로 끝이다. 영곤은 조용히 허공에 스며들었다.

금철휘는 가마에 비스듬히 누운 채 홍련각과 유화각이 있는 쪽을 슬쩍 쳐다봤다.

'이게 바로 부작용 같은 거지. 단칼에 끊어 버릴 수도 있지만, 그래도 몸 주인의 바람 같은 게 조금 스며들어 있으니까. 뭐, 몸을 대 준 보답하는 셈 치지.'

금철휘는 의미심장한 표정으로 홍련각과 유화각을 다시 한 번씩 쳐다보고는 시선을 앞으로 돌렸다.

"서두르자. 이래서 오늘 중으로 일 다 끝나겠어?"

금철휘의 말에 가마를 멘 가마꾼들이 이를 악물고 힘을 썼다. 그들의 몸으로 금철휘의 천령신공이 슬그머니 스며들었다.

가마꾼들은 왠지 조금 힘이 나는 것 같아 더욱 분발했다.

가마 움직이는 속도가 조금씩 빨라졌다.

　금철휘가 마지막으로 향한 곳은 이설각이었다. 이설각은 백검화가 머무는 전각이었지만, 사실상 백검화보다는 아칠이나 곽한, 곽소미 남매의 거처에 더 가까웠다. 백검화는 그들의 무공을 조금 봐줄 때를 제외하면 항상 추일객잔에 있었기 때문이다.

　백검화가 추일객잔에 가지는 애착은 상당했다. 처음으로 뭔가를 맡아 사업을 하며 돈을 번다는 것이 그녀에게 주는 충족감은 엄청났다.

　그래서 백검화는 주로 추일객잔에서 지냈다. 물론 금룡장에도 자주 들렀다. 가끔 이렇게 금룡장에 뭔가 일이 생기면 자신의 모든 역량을 동원해 도움을 주기도 했고 말이다.

　"제법이로군."

　금철휘가 이설각에서 가장 먼저 찾아간 곳이 바로 연무장이었다. 이설각의 연무장은 금룡장에 있는 연무장 중 가장 활발했다. 곽한과 아칠이 언제나 그곳에서 수련을 했기 때문이다.

　오늘도 두 사람은 수련 삼매경에 빠져 있었다. 금철휘로부터 받은 무공들이 워낙 난해하고 끈기를 필요로 하는지라 하루도 쉴 수 없었다.

　곽한과 아칠의 검이 연무장 곳곳을 누비고 있었다. 보법과

검법의 조화가 뛰어났다. 또한 검을 휘두를 때마다 허공을 가르는 기세와 예기가 상당했다.

금철휘는 두 사람의 수련을 보며 내심 고개를 끄덕였다. 이 정도라면 아마 웬만한 무가의 무사들도 어느 정도 상대할 수 있었다. 무공을 익힌 시간을 생각하면 말도 안 될 정도로 빠른 성취였다.

곽한이야 그 재능을 처음부터 알고 데려왔으니 그렇다 치고, 평범한 재능을 가진 아칠이 여기까지 했다는 사실은 참으로 놀라웠다.

'정말 죽어라 했나 보군.'

아마 나이도 어린 곽한에게 뒤처지기 싫어서 이를 악물고 수련했을 것이다. 겉으로 보기에는 곽한이나 아칠이나 크게 차이가 나지 않았다.

'그래도 여기까지 한 걸 보면 저놈도 제법 끈기가 있다는 뜻이겠지.'

금철휘를 태운 가마가 다시 움직였다. 그러자, 수련을 하던 곽한과 아칠의 집중이 깨졌다. 두 사람은 연무장에 침입한 사람을 확인하기 위해 돌아서며 검을 겨눴다.

가마를 발견한 두 사람의 눈이 화등잔만 해졌다.

"공자님!"

둘이 동시에 외쳤다. 그리고 다급히 인사를 했다.

금철휘는 손을 슬쩍 들어 인사를 받아 주고는 입을 열었다.

"열심히들 하네."

아칠과 곽한이 후다닥 달려왔다. 금철휘는 손을 번쩍 들어 두 사람이 다가오지 못하게 막았다. 둘은 마치 투명한 벽에 부딪히기라도 한 것처럼 멈췄다.

곽한의 눈이 초롱초롱해졌다. 존경심 가득한 눈으로 금철휘를 바라봤다.

"공자님! 대체 어쩌다가 이렇게 되셨습니까?"

아칠이 가마에 앉은 금철휘를 보고 어이없는 표정을 지었다. 대체 뭘 어떻게 하면 사람이 이렇게 망가질 수 있단 말인가. 예전에도 뚱뚱했지만 그때는 지금에 비하면 뼈만 남은 거나 다름없었다.

"세상에! 움직이는 게 힘들어서 가마로 이동하는 겁니까?"

아칠이 기겁을 하자 금철휘가 귀찮다는 듯 손을 내저었다. 강렬한 기의 폭풍이 일어나 아칠을 날려 버렸다.

"으허헉!"

아칠이 꼴사납게 나뒹굴었다. 어찌나 거세게 패대기쳐졌는지, 바닥에 몸이 닿을 때마다 땅이 움푹움푹 파였다. 그렇게 연무장 끝까지 날아간 아칠은 바닥에 누운 채 일어나지 못했다.

곽한은 멍하니 그 광경을 지켜봤다. 그의 눈에 걱정이 어렸다.

"걱정할 거 없다. 안 다쳤으니까."

그제야 곽한의 눈에서 걱정이 사라졌다. 그동안 정이 제법 많이 쌓인 것이다. 처음에 티격태격하던 걸 생각해 보면 상당한 변화였다.

"자. 이제 보여 봐라. 네가 얼마나 발전했는지."

금철휘의 말에 곽한의 안색이 살짝 굳었다. 물론 금철휘가 알아차릴 거라고는 생각했다. 하지만 그래도 마음에 걸렸다. 누군가를 속이고 있었으니 말이다.

"아칠은 아마 당분간 깨어나기 힘들 테니까 걱정하지 말고 해 봐."

곽한이 고개를 번쩍 들고 금철휘를 바라봤다. 자신을 위해 일부러 아칠을 저렇게 만들었다는 뜻 아닌가. 곽한은 무겁게 고개를 끄덕였다. 그리고 천천히 호흡을 정리하며 연무장 한 가운데로 걸어갔다.

조용히 선 곽한의 몸을 중심으로 가벼운 회오리바람이 일어났다. 기의 소용돌이였다. 조금 전까지 보여 주던 광경과는 전혀 달랐다.

곽한의 검이 천천히 움직이기 시작했다. 검에서 새파란 검기가 쭉 뻗어 나왔다.

촤촤촤촤촤악!

검기의 그물이 사방에 펼쳐졌다. 검기의 폭풍이 연무장을 가득 메웠다. 곽한은 그 사이를 누비며 정신없이 검을 휘둘렀다. 곽한의 검이 검기 사이를 파고들 때마다 새하얀 검기가 쭉쭉 뻗어 나왔다.

그러다가 일순 모든 검기들이 곽한에게로 흡수되듯 모였다. 곽한을 중심으로 반구형의 검막이 생겨났다.

쉬이이이!

검막이 사라지며 다시 한 번 기의 회오리가 일어났다. 곽한은 처음 자세 그대로 서 있었다.

한바탕 검무가 끝나자, 곽한은 기대감 어린 눈으로 금철휘를 바라봤다. 하지만 금철휘의 표정은 살짝 굳어 있었다.

"정말로 최선을 다해 노력했나?"

"예. 노력했습니다."

금철휘의 표정이 차가워졌다.

"노력했는데 고작 그거라고?"

금철휘가 연무장 구석에 널브러진 아칠을 쳐다봤다.

"아무래도 저놈 때문에 제대로 수련을 할 수 없었던 모양이군."

금철휘는 그렇게 말하며 아칠을 손가락으로 가리켰다. 아칠의 몸이 한 차례 들썩이더니 이내 잠잠해졌다.

"사흘 주겠다. 그동안 최선을 다해 봐. 이번에도 내 기대에 못 미치면 저놈은 죽는다."

금철휘의 말이 끝나기 무섭게 가마꾼들이 방향을 바꿔 이동하기 시작했다.

불안하게 흔들리며 사라져 가는 가마를 보는 곽한의 눈빛
이 거세게 흔들렸다.

곽한은 금철휘가 완전히 사라지자, 한숨을 푹 내쉰 뒤 아
칠이 쓰러진 곳으로 걸어갔다.

아칠을 일으키려던 곽한의 눈이 커다래졌다. 아칠은 그냥
단순히 정신을 잃은 것이 아니었다. 기의 흐름이 불안정했다.
곽한은 다급히 아칠을 업고 의방으로 향했다.

곽한은 그날 밤부터 미친 듯이 수련에 몰두했다. 아칠은
더 이상 깨어날 생각을 하지 못했다. 그 답이 어디 있는지 알
기에 곽한은 목숨을 걸고 수련을 시작했다.

제3장
패검방

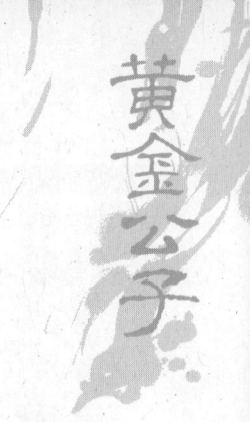

　패검방은 남경에서 제법 이름이 높은 방파였다. 하지만 패검방에 대해 제대로 알려진 사실은 그들이 패도적인 검법을 사용한다는 점과 패검방주에 대한 몇 가지 소소한 것들뿐이었다.

　사실 패검방의 진짜 힘은 끝 모를 재력이었다. 하지만 그걸 아는 사람은 패검방 내에서도 몇 없었다. 그들은 패검방의 힘을 이용해 은밀히 세력을 키웠고, 상권을 잠식했다.

　그렇게 해서 패검방은 실질적으로 강소성 일대와 강소를 넘어 안휘와 절강 일부에까지 폭넓은 영향력을 가지고 있었다.

　패검방이 위치한 남경의 한가운데에 황금루라는 기루가 있었다. 당연히 금철휘가 세운 기루였다. 다른 곳에 있는 황금루와 거의 비슷했다. 엄청난 미모의 기녀들이 잔뜩 모여 남경을 들썩이게 만들었다.

황금루 주변에는 황금루를 한 번 보기 위해 기웃거리는 사내들로 문전성시를 이루었다. 당연히 상권이 성장했고, 남경 상권의 판도에 파문을 일으켰다.

그 황금루 최상층, 금철휘가 느긋하게 앉아 영곤의 보고를 듣고 있었다.

"그러니까 생각보다 조사가 쉽지 않다 이거냐?"

"예. 일단 가능성은 있는데, 공월보와 마찬가지로 포천회와의 연계점을 찾기가 어렵습니다."

금철휘가 고개를 끄덕였다.

"확실히 그렇겠지. 그렇게 허술했으면 알려져도 벌써 알려졌을 거야. 안 그래?"

"그렇습니다."

"하면 패검방에 포천회를 지원할 정도의 재력이 있긴 하고?"

"예. 생각보다 재력이 대단했습니다. 물론 상당히 교묘하게 감춰져 있었지만, 웬만한 건 다 파악했습니다."

만일 패검방이 포천회의 돈줄 중 하나라는 사실을 몰랐다면 그들의 재력이 결코 드러나지 않았을 것이다. 하지만 그 사실을 전제로 하고 다각도에서 정보를 뽑아냈기에 발견될 수밖에 없었다.

"여기도 작업을 시작해야겠군. 여기랑 공월보만 삼켜도 어마어마하겠어."

"예. 어쩌면 그 일로 인해서 공자님의 재산이 포천회의 이목에 걸려들 수도 있다고 했습니다."

"누가 그래?"

"백총관님이 그러셨습니다."

"백총관이?"

금철휘는 고개를 끄덕여 수긍했다. 백총관이 그렇다면 그런 것이다. 그렇다면 뭔가 다른 조치가 필요했다.

"뒤집어쓸 상단 하나를 만들면 어때?"

"상단을 말입니까?"

"이름은…… 월검상단 정도가 좋겠군."

한눈에 보기에도 대충 지은 티가 확 나는 이름에 영곤이 눈살을 살짝 찌푸렸다. 하지만 알 게 뭔가. 어차피 공갈 상단인데.

"그렇게 조치하겠습니다."

"아, 혹시 공월보랑 패검방이 서로에 대해 잘 아나?"

영곤은 금철휘의 질문이 무엇을 의미하는지 잠시 생각하다가 이내 대답했다.

"일단 조사를 해 봐야 알겠지만, 모를 확률이 높지 않겠습니까?"

"그렇겠지? 그러니까 그 찌질이도 몰랐겠지."

혈뇌마검도 공월보가 포천회의 돈줄이라는 사실을 몰랐다. 그러니 공월보와 패검방도 서로에 대해 모를 가능성이 컸다.

"둘이 싸우면 누가 이길까?"

"예?"

"넌 누가 이길 것 같아?"

"그, 글쎄요. 아마 비슷하지 않겠습니까? 재력도 무력도 비슷하니……."

"그렇지? 그럼 일단 싸움을 시작하면 아주 치열하겠네?"

"둘이 싸우게 만드실 생각이십니까?"

금철휘가 고개를 끄덕이며 물었다.

"할 수 있지?"

영곤이 식은땀을 흘렸다. 결코 쉬운 일은 아니다. 하지만 불가능하지는 않다. 다만 확신을 가지고 대답을 할 수가 없었다.

"백총관의 힘을 빌려 봐. 아마 할 수 있을 거야. 그리고 월검상단이 중간에서 어부지리를 취하는 것처럼 만들어."

영곤이 눈을 빛냈다. 그렇게 공월보와 패검방의 재산을 월검상단이 빨아들이고, 그렇게 빨아들인 재산을 교묘한 방법으로 분산시켜 버리면 포천회의 눈을 피할 수 있을 것이다.

"어때? 할 수 있겠어?"

"반드시 해내겠습니다."

영곤은 그렇게 대답하고 사라져 버렸다.

금철휘는 창밖으로 시선을 돌렸다. 번화한 거리 너머 패검방의 웅장한 모습이 눈에 들어왔다.

"포천회라, 포천회……."

조금씩 파내면 파낼수록 점점 더 덩치가 커진다. 대체 포천회의 저력이 어디까지인지 알 수 없었다. 게다가 포천회주가 가진 기이한 능력도 마음에 걸렸다.

'죽은 사람을 살려내다니.'

자신의 예전 몸으로 만든 강시는 생각할수록 소름이 끼쳤다. 그것 역시 포천회주의 작품이리라.

한동안 상념의 바다에서 헤엄치던 금철휘는 이내 창가에서 물러났다.

"슬슬 돌아가야지. 다들 걱정하겠군."

굳이 이곳 남경까지 온 이유는 패검방을 직접 눈으로 확인하고 싶어서였다. 패검방이 풍기는 기운을 느껴 보고 싶어서 여기까지 날아온 것이다.

패검방의 기운은 놀랍게도 공월보와 비슷했다. 공월보 무사들이 익히는 무공과 패검방이 익히는 무공이 완전히 다른데도 불구하고 느껴지는 기운이 비슷하다는 건 뭔가가 있다는 뜻이다.

'패검방에도 포천회로부터 받은 무공이 분명히 있을 텐데.'

공월보의 장로가 예전 혈룡귀갑대의 무공을 펼치는 것을

보고는 상당히 놀랐다. 그 무공은 결코 외부로 유출될 수 없었기에 더더욱 놀랐다.

그 무공의 출처가 포천회라면, 패검방에도 비슷한 수준의 무공이 분명 존재할 것이다.

"대체 포천회가 그 무공들을 어떻게 알아낸 거지?"

금철휘는 그 부분이 가장 이해되지 않았다. 공월보의 장로인 심도추가 익혔던 채홍검법은 혈룡귀갑대 외부로 단 한 번도 빠져나간 적이 없는 무공이었다.

물론 천하를 상대로 싸울 때는 그것을 가끔 펼치는 대원들이 있었다. 그게 아니었다면 채홍검법이 세상에 알려질 일도 없었을 것이다.

한데 포천회는 고작 세상에 알려진 게 전부인 검법을 거의 완벽하게 복원해서 공월보에 알려 주었다. 이게 어떻게 가능하단 말인가.

슬슬 해가 지고 있었다. 금철휘는 조금 더 기다렸다가 어둠이 깔리자, 훌쩍 몸을 띄웠다. 그렇게 허공에 오른 금철휘의 신형이 쏜살같이 나아갔다.

*　　　*　　　*

천하가 시끌시끌해졌다. 공월보와 패검방이 싸움을 시작했기 때문이다.

그저 두 방파의 전쟁이었다면 천하가 시끄러워질 일은 없었을 것이다. 하지만 두 방파는 무력이 아닌 금력으로 싸움을 시작했다.

두 방파의 영향력이 미치는 곳에는 어김없이 돈과 돈이 부딪쳐 튀었다.

이것은 능력이 뛰어난 상인들에게는 다시없을 기회였다. 시기만 잘 잡으면 돈이 튈 때 그것을 싹 쓸어 담을 수도 있었다.

지금 두 방파의 영향력이 상당한 안휘, 강소, 호북 지역은 난리도 아니었다. 수많은 상인들이 이리저리 움직이며 두 집단의 돈 싸움에서 떨어지는 부스러기를 먹으려 애썼다.

물론 그 와중에 오히려 돈을 잃고 파산하는 사람도 심심찮게 나왔다.

사실 대부분의 사람들은 패검방이 얼마 못 버틸 거라고 여겼다. 하지만 막상 뚜껑을 여니 그렇지도 않았다. 패검방은 상상을 초월할 정도의 재력을 쌓아 두고 있었다.

패검방과 공월보 사이의 황금전쟁이 시작된 지 얼마 되지 않아, 그 누구보다 바쁘게 술렁이는 곳이 있었다. 바로 포천회였다.

"대체 이게 어찌 된 일이냐!"

포천회의 부회주인 천혈문주는 붉으락푸르락한 얼굴로 외쳤다. 공월보와 패검방의 싸움은 상당히 진행된 뒤에야 천하에 알려졌다. 그래서 포천회도 미처 그것을 알아차리지 못했다.

황금전쟁은 그만큼 은밀하고 조심스럽게 진행되었다.

"양쪽에 서찰은 보냈느냐?"

천혈문주의 역정에 수하들이 움찔움찔 놀랐다. 천혈문주는 한 번 화가 나면 닥치는 대로 사람들을 죽였기에 언제나 조심해야만 한다. 잠시라도 긴장을 늦추면 그대로 목이 잘릴 수도 있었다.

"일단 보내긴 했습니다만, 아직 답이 오지 않고 있습니다."

천혈문주의 인상이 확 일그러졌다.

"뭐? 아직도 답이 안 와? 어떻게 된 일인지 당장 알아봐!"

천혈문주의 외침에 수하들이 우르르 몰려갔다. 이내 집무실 안에는 천혈문주와 포천회의 총관만 남았다.

"자네가 보기엔 어떤가? 막을 수 있을 것 같은가?"

총관의 안색이 어두워졌다. 그가 판단하기에 이번 일은 막기가 쉽지 않았다. 서로 자존심을 내세워 대립하고 있으며, 각자 상대로부터 얻은 피해가 상당하기에 합의점을 찾기가 어려웠다.

"일단 힘으로 찍어 눌러."

"분명히 반발할 겁니다."

"반발? 지들이 그 정도로 커진 게 누구 덕분인데 반발을 해?"

총관은 입을 다물었다. 천혈문주의 말이 옳긴 하지만 그래도 사람 마음이라는 게 절대 그렇지 않다. 도움을 얻어 힘을 얻긴 했지만 그들도 가만히 앉아서 그렇게 된 건 아니다.

포천회가 은밀히 손을 뻗은 방파는 여럿이지만 그중 성공적으로 자리를 잡은 곳은 몇 안 된 것을 보면 알 수 있다.

"그리고 금룡장에 간 그놈은 어찌 됐어?"

총관이 머뭇거리다가 대답했다.

"아무래도 실패한 모양입니다."

"뭐? 실패?"

천혈문주는 한동안 말을 잊었다. 실패하다니. 그게 말이나 되는가? 십검들만 갔다면 모를까 혈뇌마검이 함께 갔다. 그런데도 실패했다니, 그건 있을 수 없는 일이었다.

"당금 무림에 혈뇌마검을 상대할 만한 놈들이 누가 있지?"

선뜻 대답하기 어려운 문제였다. 총관은 한참을 머뭇거리다가 말했다.

"무림맹주나 혈무련주 정도면 가능하지 않을까 합니다."

"과연 항주에 그 정도 되는 고수가 존재할까?"

"그 정도는 아니더라도 금룡장에는 백검화가 있습니다."

"그러니까 백검화가 혈뇌마검을 죽였다?"

총관은 더 대답할 수 없었다. 아무리 백검화가 대단하다 하더라도 무림맹주나 혈무련주에 비하면 한참이나 모자랐다. 한데 그들보다 더 강할 것이 분명한 혈뇌마검을 죽였다는 건 거의 불가능한 일이었다.

"대체 무슨 수를 쓴 거지? 누가 금룡장을 비호하는 거야?"

천혈문주는 눈살을 찌푸리며 고민했다. 금룡장을 제때 무너뜨리지 못했으니 앞으로 입을 손실이 정말 어마어마할 것이다. 지금 포천회 소속의 상단들은 금룡장 앞에서 맥을 못 추고 있었다.

금룡장의 정보력이 너무 뛰어났다. 사해방을 몽땅 먹어 치우다시피 했으니 당연했다. 포천회도 제법 대단한 정보망을 갖추고 있긴 하지만 금향각에 비하면 많이 모자랐다.

"오대세가 쪽은 어떻게 진행할까요? 일단 방향을 틀어 금룡장으로 보내는 건 어떻습니까?"

천혈문주는 잠시 고민했다. 사실 포천회주로부터 받은 명령은 오대세가에 관한 것뿐이었다. 오대세가를 처리하지 않으면 금룡장을 무너뜨려 봐야 소용이 없다고 본 것이다. 어쨌든 지금 금룡장은 오대세가가 명목상으로 내세운 상인 가문일 뿐이니까.

'한데 왜 금룡장만 생각하면 턱턱 걸리는 거지?'

금룡장만 떠올리면 묘하게 감이 안 좋았다. 건드려선 안 될 것 같은 느낌도 들고, 그냥 둬선 안 될 것 같은 느낌도 들었다. 둘 중 하나의 느낌만 있으면 그대로 할 텐데, 이런 경우는 천혈문주도 처음이라 갈팡질팡했다.

"일단 오대세가를 먼저 쳐라. 아무래도 그놈들을 들쑤셔

놓으면 금룡장도 한풀 꺾이겠지. 오대세가 쪽이 대충 정리되면 모든 전력을 금룡장으로 돌려서 한 번에 치는 게 나을 것 같다."

"그럼 그렇게 조치하겠습니다."

총관은 공손히 허리를 숙인 뒤 나갔다. 천혈문주는 총관이 나간 뒤에도 한동안 금룡장과 오대세가에 대한 생각이 떠나지 않아 고민에 고민을 거듭했다.

"그나저나 정말로 혈뇌마검이 죽은 거라면 문제가 좀 커지는데……."

패검방은 혈뇌마검이 조금씩 뒤를 봐주던 곳이었다. 혈뇌마검은 포천회에 대해서 아는 것이 거의 없지만 오직 패검방에 관한 일만 알고 있었다.

그래서 더 꺼림칙했다. 혈뇌마검이 죽으면서 동시에 패검방과 공월보의 문제가 터졌다. 이건 혈뇌마검을 죽인 자가 벌이는 일이라 봐도 무방했다.

"좀 더 깊이 알아봐야겠어."

천혈문주는 자리에서 일어나 어딘가로 향했다. 그에게는 포천회만 있는 것이 아니다. 그의 진짜 힘은 암천회로부터 나온다. 또한 포천회가 가진 정보력의 팔 할 이상이 암천회에 있다.

매 한 마리가 새파란 하늘로 날아갔다.

          ＊   ＊   ＊

남경에서 항주로 날아가던 금철휘는 중간쯤 기묘한 느낌을 받아 이동을 멈췄다.

"저 숲인가?"

바로 아래에 커다란 숲이 있었는데, 그곳에서 기묘한 느낌이 스멀스멀 올라왔다. 상당히 익숙한 기운들이 몰려 있는 것 같은데, 참으로 모호해서 확실히 알 수가 없었다.

"또 진으로 가려 놓았나 보군."

금철휘의 입가가 슥 올라갔다. 저렇게 어설픈 진으로 가렸다면 그 안에 누가 있을지는 너무나 뻔하다. 예전 같았으면 결코 알아차리지 못했을 텐데 지금은 천령신공이 훨씬 깊어져 어렴풋이 느껴졌다.

"제대로 펼치지도 못하면서 또 회류진이네."

지난번 혈룡귀갑대의 전인들이 머물던 장원에 펼쳐진 진법이 바로 회류진이었다. 예전 진짜 혈룡귀갑대가 만든 절진이 이들 손에서 쓰레기로 다시 태어난 셈이다.

금철휘는 진이 펼쳐진 곳으로 뚝 떨어졌다. 밤하늘에서 기척까지 완전히 죽이고 있었기에 회류진 안에 있는 자들도 전혀 알아차리지 못했다.

쿠웅!

금철휘가 바닥에 내려서자, 마치 지진이라도 난 것처럼 땅이 흔들렸다.

한순간 회류진 안에 있는 자들이 동요했다. 하지만 그들은 금철휘의 모습을 확인할 수 없었다. 땅에 떨어짐과 동시에 모습을 숨겼기 때문이다.

금철휘가 익힌 귀혼보는 모든 보법의 정점에 위치해 있었다. 속도면 속도, 변화면 변화, 어느 하나 떨어지지 않았다. 더구나 은신을 목적으로 펼치면 그 어떤 은신술보다 뛰어난 효과를 발휘할 수 있었다.

회류진 안에 있는 자들은 잠시 동요하다가 이내 잠잠해졌다. 누구도 그들을 발견할 수 없으리라는 자신감 때문이었다.

금철휘의 몸이 회류진 주위를 휘돌았다. 어떤 식으로 펼쳤는지 확인하는 것이다.

별것 아니었다. 핵심이 완전히 빠져 있었다. 이 정도라면 힘으로 부술 수도 있었다.

금철휘의 입가에 걸린 미소가 더욱 짙어졌다.

회류진 안에 있는 자들은 암천회의 돌격조였다. 모두 일백 명으로 이루어진 돌격조로, 같은 무공을 극에 이를 때까지 익힌 자들이었다.

"밖에 어떤 놈이 있는지 확인이 불가능한가?"

조장의 말에 조원들이 눈을 번득이며 주위를 살폈다. 하지만 숲은 지독할 정도로 조용했다.

"반 시진만 버티면 되는데 좀 불길하군."

조장이 눈살을 찌푸리며 중얼거렸다. 반 시진 후에는 오대세가의 거점 중 하나를 공격하기로 되어 있었다.

오대세가가 힘을 모아 만든 거점으로 각 세가의 주력 무사대를 하나씩 파견했기에 그들이 일단 움직이면 어떤 일이든 해결할 수 있었다. 특별히 이번 포천회와의 싸움을 위해 준비한 거점이었다.

그곳을 무너뜨리면 아무리 오대세가라도 흔들릴 수밖에 없었다. 그렇게 거점 몇 군데를 무너뜨린 다음 본격적으로 오대세가가 운영하는 표국이나 전장에 압박을 가하는 것이 이들 돌격조의 임무였다.

앞으로 해야 할 일이 많기에 상당한 준비를 갖추고 나왔는데, 첫 임무에서 이런 일이 생기니 왠지 불안했다.

"똑바로 살펴라."

조장은 그렇게 지시를 내리며 자신도 열심히 주변을 살폈다. 일단 회류진 밖으로 나가지만 않으면 상대가 자신들을 발견할 일이 없었다.

'하지만 시간이 없다는 게 문제지.'

만일 오대세가에서 기습을 위해 뭔가를 준비해 왔다면 상당히 곤란해진다. 반 시진 후에는 회류진을 거두고 나가야 한다. 그 순간 기습을 받으면 아무리 암천회의 돌격조라 하더라도 타격을 입을 수밖에 없었다.

조장이 그런 생각을 하며 눈을 번득이고 있을 때, 진이 크게 요동쳤다.

쿠웅!

지축을 울리는 듯한 소리와 함께 진이 크게 흔들렸다.

"무슨 일인지 알아봐! 어서!"

조장의 외침에 조원들이 부산하게 움직였다. 회류진을 펼친 것이 이들이었다. 당연히 진에 대해서는 빠삭했다.

"진의 소축(小軸) 두 개가 부러졌습니다!"

조장의 얼굴이 일그러졌다. 회류진은 소축 열두 개가 중심축 하나를 둘러싸는 구성이었다. 소축은 중심축을 보호하는 역할이었다. 한데 그 소축이 부러졌다는 건 진이 부서질 수도 있다는 뜻이었다.

쿠웅!

이번에는 더 충격이 컸다.

"소축 다섯 개가 부러졌습니다!"

조원들의 다급한 외침에 조장의 머리가 팽팽 돌아갔다. 판단이 빠르지 않으면 곤란하다. 조장은 즉시 결정을 내리고 명령했다.

"추룡진을 펼쳐!"

추룡진은 돌격조가 다수를 상대할 때 쓰는 검진이었다. 회류진을 발견하는 것도 모자라 그것을 힘으로 부수고 있으니 상대의 수도 많을 거라고 판단했다.

'검진을 이용하는 게 분명해.'

그게 아니라면 말이 안 된다. 회류진을 힘으로 부수는 건 무림맹주가 와도 불가능하다. 상당한 고수가 여럿이 검진을 통해 힘을 모아야 일말의 가능성이라도 생긴다.

쿠웅!

진이 또 흔들렸다. 남은 소축이 모조리 부러졌다. 이젠 중심축 하나만 남았는데, 그마저도 쩍쩍 금이 간 상태였다. 이대로라면 가만히 내버려 둬도 부서질 게 뻔했다.

쩡!

결국 중심축이 산산이 부서졌다.

조장은 눈을 부릅뜨고 사방으로 기감을 넓혔다. 다른 조원들 역시 마찬가지였다. 우선 적을 확인해야 공격을 할 테니 말이다. 일단 위치만 확인되면 추룡진을 이용해 제대로 휘저어 줄 생각이었다.

'대체 어디 있는 거지?'

조장은 당황했다. 아무리 기감을 넓혀도 적의 기척이 느껴지지 않았다. 마치 아무도 없는 것 같았다. 하지만 그럴 리가 없지 않은가. 아무도 없는데 대체 누가 회룡진을 부쉈단 말인가.

그렇게 다들 당황하고 있을 때, 거대한 충격파가 그들을 덮쳤다.

쩌어어어엉!

"크윽!"

조장은 순간적으로 균형을 잃고 비틀거렸다. 아니, 조장뿐 아니라 돌격조의 모든 조원들도 균형을 잃었다. 그들은 오히려 조장보다 더 심하게 비틀거렸다. 아무래도 조장에 비해 무공의 수준이 낮기 때문이었다.

　그렇게 모두 흔들리니 검진이 일시적으로 깨져 버렸다. 물론 균형만 되찾으면 순식간에 다시 검진을 이룰 것이다. 하지만 그들은 그렇게 하지 못했다.

　검진 한가운데로 난입한 한 사람 때문이었다.

　터더더더덩!

　북 두드리는 소리와 함께 수십 명의 조원들이 사방으로 날아갔다. 조장은 그제야 고개를 돌려 난입한 사람을 확인할 수 있었다.

　"저 돼지는 뭐야?"

　이해할 수 없을 정도로 뚱뚱한 사람이 서서 빙글빙글 돌며 두 주먹을 휘두르고 있었다. 그 주먹에 맞은 조원들은 어김없이 허공에 붕 떠서 날아갔다. 그리고 다시는 일어나지 못했다.

　조장은 정말로 이해할 수 없었다. 대체 저 어설퍼 보이는 주먹질에 왜 맞는단 말인가. 또 저렇게 대충 휘두르는 주먹에 맞고 왜 날아가는 것이며, 대체 다시 정신을 차리지 못하는 이유는 뭐란 말인가.

　조장은 자신의 얼굴로 날아오는 커다란 주먹을 보며 그 상황을 이해할 수 있었다. 주먹이 보이는 순간부터 아예 움직일 수가 없었다. 주변의 기운이 마치 벽이라도 된 것처럼 자신의 몸을 구속했다.

그 와중에 맞았으니 몸이 남아날 리 없었다. 조장은 강렬한 충격과 함께 허공에 떠오르며 정신을 잃었다.

"안색이 별로 안 좋아 보이네?"

금철휘의 말에 화예지가 뾰로통한 표정으로 고개를 홱 돌렸다.

"공자님께서 일을 막 벌이시니까 그렇죠."

"내가 일을 벌여? 무슨 일?"

"공월보랑 패검방이요."

"그게 그렇게 어려워?"

"그게 아니라 오대세가와 포천회 쪽 일이랑 겹쳐서 지금 난리도 아니에요."

"아하. 그것도 있었지?"

화예지가 어이없는 눈으로 금철휘를 바라봤다. 자신은 그것 때문에 머리가 빠질 정도로 골머리를 썩고 있는데 마치 지금 떠오른 것처럼 말하니 부아가 치밀었다.

"하아. 제가 무슨 말을 하겠어요. 다 제 능력이 모자란 탓이죠."

화예지가 자책하듯 말하자, 금철휘가 크게 고개를 끄덕였다.

"확실히 조금 그런 면이 있지. 그럼 이번 기회에 실력을 좀 더 키우면 되겠네."

화예지가 숙였던 고개를 번쩍 들고 금철휘를 째려봤다.

"정말 이러시기예요?"

금철휘가 씨익 웃으며 말했다.

"그래서 내가 확실히 수련할 수 있게 해 주려고, 사고 하나를 더 쳤어."

화예지의 안색이 창백해졌다.

"사, 사고요? 지금 이 상황에서요?"

지금도 죽을 것 같은데 여기서 또 사고를 치면 어쩌잔 말인가. 정말로 울고 싶었다.

한동안 멍하니 금철휘만 바라보고 있던 화예지가 결국 한숨을 폭 내쉬었다.

"하아. 그래서 어떤 사고를 치셨는데요?"

자포자기한 목소리였다. 금철휘가 사고를 쳤으면 당연히 자신이 수습해야만 한다. 화예지는 제발 큰 사고가 아니기를 바라며 긴장한 눈으로 금철휘를 바라봤다.

"백 명쯤 인질을 잡았어."

"이, 인질이요? 어디의 인질이요?"

"암천회라고 혹시 알아?"

"예? 암천회요? 포천회가 아니라요?"

"뭐, 보아하니 같은 계열인 거 같긴 하더라."

화예지는 황당한 눈으로 금철휘를 바라봤다. 머릿속이 복잡해졌다. 지금까지 모든 것을 포천회에 맞춰 왔다. 한데 난데없이 암천회라니.

"그래서 그들은 어디다 뒀는데요?"

"남경에서 여기로 오는 중간에 숲이 하나 있어."

"숲이요?"

화예지는 손가락으로 관자놀이를 꾹꾹 눌렀다. 정말로 골치가 아파 왔다. 하지만 내심 금철휘가 얼마나 대단한지 다시금 깨달았다.

"일단 그쪽으로 사람을 보낼게요. 영곤이 함께 있었을 텐데, 왜 처리하지 않은 거람."

화예지가 나직이 투덜거리자, 금철휘가 말했다.

"아, 그놈. 내가 어디 좀 보냈어."

"예? 어딜요?"

"소주."

"유가장 때문에요?"

금철휘가 고개를 끄덕이자 화예지도 더 이상 그 일에 관해서는 말하지 않았다. 대충 유가장이 돌아가는 상황을 알기에 금철휘가 왜 영곤을 보냈는지 짐작할 수 있었다.

"그나저나 그놈들 대충 심문해 봤는데, 오대세가의 거점을 공격하려던 것 같아."

"오대세가의 거점이요?"

화예지의 머리가 팽팽 돌았다. 오대세가의 거점을 공격한다는 건 금력 싸움에서 무력 싸움으로 바꾸겠다는 뜻이다. 그 일이 앞으로 상당한 변수를 만들 것이다.

"일단 심문을 더 해서 다른 자들이 있나 확인해야겠네요."

금철휘가 대충 고개를 끄덕였다. 사실 금철휘의 머릿속은 다른 생각으로 가득했다.

'그놈들도 혈룡귀갑대의 무공을 익히고 있었지.'

무공뿐 아니다. 심지어는 그들이 펼치는 추룡진조차 혈룡귀갑대의 것이었다. 물론 완벽하지는 않았다. 하지만 그에 준할 정도의 위력을 갖고 있었다.

금철휘는 혼란스러웠다. 혈룡귀갑대의 죽음은 자신이 모두 지켜봤다. 또한 모든 시체를 눈앞에서 태웠다.

포천회주가 죽은 자를 되살리는 능력을 가졌다는 건 알지만, 비교적 말끔한 시체가 아니면 안 되는 것 같으니, 혈룡귀갑대원을 되살린 건 절대 아니었다.

하면 대체 그 무공들은 어떻게 익혔단 말인가. 혈룡귀갑대가 아니라면 결코 알아낼 수 없는 무공인데 말이다. 한두 개라면 우연히 비슷한 무공을 만들었다고 생각할 수도 있지만, 그것도 아니었다.

'대체 뭐지?'

알 수가 없었다. 또 알아볼 방법도 마땅치 않았다. 그래서 더 모호하고 답답했다.

"공자님, 무슨 생각을 그리하세요? 설마 또 사고 치시려고요?”

화예지의 말에 퍼뜩 상념에서 벗어난 금철휘가 그녀를 보며 피식 웃었다.

“그래. 사고 좀 치려고 그런다. 어떤 여자랑 사고를 쳐야 잘 쳤다고 소문날지 고민 좀 했다. 왜?”

화예지의 얼굴이 확 붉어졌다. 그녀는 살짝 몸을 틀며 금철휘 곁으로 조금씩 다가갔다.

“앞에 여자를 두고 무슨 고민을 하세요?”

금철휘가 피식 웃으며 자리에서 일어났다. 이렇게 머리가 복잡한 날에는 차라리 수련에 매진하는 게 낫다. 특히 천령신공을 수련하면 효과가 좋았다.

“난 간다.”

“예? 그냥 가시게요?”

“그냥 안 가면?”

“사고는…….”

“그냥 조용히 살란다.”

금철휘는 그 말을 남기고 훌쩍 몸을 띄웠다. 그리고 창을 통해 매끄럽게 빠져나갔다.

화예지는 아쉬운 눈으로 밤하늘 높이 날아가는 금철휘를 바라봤다. 새삼 자신이 그런 대담한 말을 했다는 사실에 얼굴이 달아올랐다.

금철휘는 금룡각에 있는 자신의 방으로 들어와 침상에 앉았다. 그리고 천령신공을 수련했다.

수련은 지지부진했다. 좀처럼 진도가 나가지 않았다. 예전에는 수련을 하면 그래도 계속해서 수준이 깊어졌는데, 이젠 그조차 한계에 달한 듯했다.

더 이상의 발전이 없었다. 마치 사방이 꽉 막힌 듯했다.

'이거 뭔가 특단의 조치가 필요한 시점이로군.'

일반적으로 무공 수련 도중에 꽉 막히면 여러 가지 방법을 시도한다. 보통은 실전이었다. 실제 전장에서 목숨을 놓고 싸우다 보면 자신도 모르게 새로운 수련의 단초를 발견하곤 한다.

하지만 천령신공은 여타의 무공과는 궤를 달리한다. 그런 방식이 통할 리 없었다. 또 마땅히 실전에서 써먹으면서 뭔가를 하기도 쉽지 않다.

금철휘는 이리저리 생각하다가 문득 자신이 살을 찌운 이유에 대해 떠올렸다. 살을 찌운 건 천령신공의 일곱 번째 단계 때문이었다.

살이 찌면 찔수록 마치 자신의 몸이 아닌 것 같은 느낌을 조금씩 받아 그걸 이용해 일곱 번째 단계를 간접적으로 느꼈다. 하지만 그것도 한계가 존재했다.

"더 이상 새롭게 느껴지지가 않아서 그만뒀었지."

한데 만일 살이 이 정도가 아니라 이보다 훨씬 많이 찌면 어떻게 될까? 즉, 인간의 한계를 벗어날 정도로 뚱뚱해지면 뭔가 새로운 길이 열리지 않을까?

생각이 거기까지 이르렀을 때, 금철휘의 입가에 미소가 어렸다. 살을 찌우는 게 어려운 것도 아니고, 나중에 빼면 그게 몽땅 내공으로 쌓인다. 충분히 시도할 만한 가치가 있었다.

"좋아. 그럼 밥을 먹어 볼까?"

그날부터 금룡각으로 끊임없이 식재료들이 들어가기 시작했다. 좀 심하다 싶을 정도로 그 양이 많았다.

순식간에 항주의 식자재값이 뛰었다. 물가가 오를 정도로 많은 식자재를 구입한 것이다. 하지만 금룡각은 그 일을 멈추지 않았다. 오히려 새로운 판로를 개척했다.

금룡장과는 별개로 금철휘가 보유한 상단 중 하나가 그 일로 막대한 이득을 얻었다. 금철휘는 그렇게 밥을 먹으면서도 돈을 벌었다.

＊　　　＊　　　＊

금철휘가 열심히 살을 찌우는 동안에도 천하는 정신없이 움직이고 있었다. 무림 쪽은 여전히 겉으로 평화로웠다. 하지만 상계는 요동쳤다.

특히 공월보와 패검방의 싸움이 그러했다. 지금은 소강상태에 접어들었지만, 한때는 서로 죽일 듯 싸웠다. 물론 무력이 아닌 금력으로 말이다.

양쪽 다 재력으로는 절대 눌리지 않는다고 생각했기에 자
존심 싸움까지 더해져 그야말로 치열하게 싸웠다.

지금이야 포천회로부터의 압박이 들어와 싸움을 멈췄지만,
언제든 계기만 있으면 서로를 물어뜯을 준비가 되어 있었다.
그만큼 서로 감정이 안 좋았다.

패검방주는 눈살을 찌푸리며 총관을 노려봤다.

"월검상단? 그게 뭐 하는 놈들이냐?"

"공월보와 우리 사이에서 교묘하게 이득을 빼먹던 놈들입
니다."

패검방주의 눈썹이 꿈틀거렸다. 심기가 상했다. 공월보와
싸우는 문제도 짜증이 나는데 그 사이에 끼어서 해충처럼 이
득을 쪽쪽 빨아먹었다니 괘씸하기 그지없었다.

"그래서 그놈들이 뭘 어쩐다고?"

"싸움을 도와주겠다고 은밀히 접촉해 왔습니다."

"흥. 싸움을 도와줘? 거머리처럼 우리 돈을 빨아먹은 놈을
어떻게 믿고 손을 잡아?"

"하지만 재력이 제법 됩니다. 그놈들을 이용하면 분명히 공
월보에 제대로 한 방 먹일 수 있습니다."

그 말에는 패검방주도 솔깃해지지 않을 수 없었다. 공월보
때문에 본 손해가 정말 어마어마했다. 또한 그로 인해 패검방

주가 숨겨 둔 자식 하나가 완전히 무너졌다.

"내 자식이 그 지경이 됐는데 그냥 넘어갈 수는 없지."

똑같이 한 방 먹이지 않으면 직성이 풀리지 않을 것 같았다. 한데 총관의 말을 가만히 듣고 보니 충분히 한 방 먹일 가능성이 있었다.

"좋아. 자리를 한번 만들어 봐. 내가 직접 만나 보지. 그리고 공월보주의 자식들에 대해서 샅샅이 조사를 해. 돈이 아무리 많이 들어도 좋으니까 그놈들을 최소 폐인으로 만들 방법을 강구해."

"즉시 처리하겠습니다."

총관이 인사를 하고 나가자, 패검방주의 눈에 새파란 살기가 어렸다. 어렴풋이 공월보의 뒤에 누가 있는지 알 수 있었다. 그래서 더 화가 났다.

'미리 알려 줬으면 서로 이렇게 얼굴 붉힐 일이 없지 않았겠느냐 말이야.'

그게 더 짜증 났다. 어차피 포천회의 등에 올라탔다. 절대 갈아탈 수는 없었다. 그들의 힘을 빌려서 지금의 패검방을 만들었기에 포천회가 얼마나 무서운 힘을 가졌는지 안다.

만일 포천회를 배신하면 패검방은 더 이상 살아남을 수 없었다. 분명히 그렇게 될 것이다. 또한 그것은 공월보도 마찬가지이리라.

"딱 그놈의 자식들만 해치워 버리면 돼. 돈으로 눌러서 말이야. 딱 그 정도면 돼."

패검방주는 그렇게 선을 그었다. 아마 그 정도면 포천회도 그냥 넘어갈 것이다. 물론 이후로 공월보와 계속 껄끄럽겠지만, 뭐 어떤가. 어차피 지금까지도 서로가 한편인지 몰랐는데.

"그나저나 월검상단이라…… 아무래도 이름이 마음에 안 들어."

패검방주는 거머리처럼 돈을 빨아간 월검상단을 떠올리며 그들을 어떻게 이용할지, 또 그들과 만나서 무슨 말을 할지 차분히 정리했다.

공월보주는 손가락으로 관자놀이를 꾹꾹 눌렀다. 두통이 사라지지 않았다. 요즘 연달아 골치 아픈 일들이 터져서 정신을 차릴 수가 없었다.

후계자로 정해졌던 공추근이 무너지는 바람에 후계자 싸움이 다시 일어났다. 그 와중에 패검방과 싸움이 붙었다. 그것도 금력을 이용한 자존심 싸움으로 양상이 번져서 그야말로 막대한 손해를 봐야만 했다.

"총관, 다시 말해 봐. 어디라고?"

"월검상단입니다."

"뭐 하는 놈들이야?"

"패검방과 우리의 싸움 사이에 끼어들어서 막대한 이득을 취한 놈들입니다."

"괘씸한 놈들이군. 그냥 눌러 죽여 버려."

"그러다가 그들이 패검방에 붙으면 곤란할 수도 있습니다. 생각보다 재력이 튼튼합니다."

공월보주가 눈살을 찌푸렸다. 뭐가 이리 복잡하단 말인가. 그냥 돈으로 꽉 눌러 죽인 다음 나중에 다시 그 돈을 회수하는 간단한 방법을 쓰고 싶었다. 지금까지 해 왔던 것처럼 말이다.

"그럼 일단 손을 잡고 패검방을 족친 다음 다시 그놈들을 박살내면 되겠군."

총관이 조심스럽게 물었다.

"그렇게 조치할까요?"

"일단 자리나 만들어 봐. 그 괘씸한 얼굴을 한번 봐야겠으니까."

"알겠습니다."

총관이 밖으로 나가자, 공월보주는 이를 갈았다.

"대체 얼마나 우습게 보였으면 그런 하찮은 것들이 달라붙는 거야? 절대 가만두면 안 되겠어."

일단 이번 일의 원흉인 패검방부터 제대로 눌러 줘야 한다. 그리고 그다음에는 월검상단인지 뭔지 하는 떨거지들을 차근차근 저며 버릴 것이다.

공월보주는 속으로 계획을 세우며 연신 이를 갈았다.

제4장
일곱 번째 단계

금철휘를 노리는 네 명의 여인들은 한동안 바빴다.

일단 화예지는 한꺼번에 터진 일 때문에 아예 향화루에서 나오지도 못했다. 그리고 화영과 한서연은 백검화가 운영하는 추일객잔 별채에서 끊임없이 무공 수련을 해야만 했다. 백검화의 지도 아래에서 말이다.

백검화는 두 여인을 무섭게 몰아쳤다. 물론 백검화가 그녀들을 가르치는 시간은 길지 않았다. 하지만 그 짧은 시간 동안 거의 죽고 싶다는 생각이 들 정도로 고된 수련을 시켰다. 대련을 빙자해서 말이다.

한서연과 화영은 정말 죽지 않으려고 수련에 매진했다. 조금이라도 게으름을 부리면 귀신처럼 알아채고 죽음이 눈앞에 아른거리게 만들어 주니 하루 종일 죽어라 수련하는 수밖에 없었다.

벽검화는 그렇게 잠깐 두 사람의 수련을 도와주는 시간을 제외하면 추일객잔의 일에 매달렸다. 추일객잔은 백검화의 노력에 힘입어 점점 더 크게 성장해 갔다.

그렇지 않아도 항주에서 제일가는 객잔이었는데, 이제는 주변 객잔들 중 매상이 시원찮은 곳들을 하나하나 먹어 치우고 있었다. 그리고 그 객잔들을 추일객잔처럼 바꿔 나갔다.

추일객잔을 통해 번 돈을 대부분 그런 식으로 썼다. 그리고 객잔 하나가 제대로 돌아가면 그보다 더 많은 돈을 벌었고, 그렇게 번 돈을 또 투자했다.

아무튼 그런 생활을 하니 바쁜 게 당연했다. 백검화는 당장이라도 금철휘를 만나러 가고 싶었지만 그렇게 하지 않았다. 남자에게 끊임없이 매달리는 여자보다는 이렇게 뭔가 자신의 일을 하는 여자가 훨씬 더 매력적으로 보일 거라는 계산이었다.

물론 그동안 경쟁자가 될 여자 둘을 수련을 빙자해 잡아 놓는 것도 잊지 않고 말이다.

처음 며칠은 괜찮았다. 하지만 백검화의 계산은 시간이 지날수록 점점 한계에 부딪히고 있었다.

화영은 수련도 좋지만 일단 금철휘를 매일 만나야 한다고 생각했다. 하지만 백검화의 서슬에 그럴 수가 없었다. 자기가 하고 싶은 대로 하려면 일단 강해져야만 했다.

'어느 세월에?'

백검화는 상상을 초월할 정도로 강했다. 얼마나 강하냐 하면, 화영과 한서연이 합공을 해도 십 초를 버틸 수 없을 정도로 강했다.

"힘으로 안 되면 다른 방법을 쓸 수밖에 없지."

화영의 중얼거림을 들은 한서연이 의아한 표정을 지었다.

"다른 방법?"

"네 사부도 함부로 할 수 없는 사람을 움직이면 돼."

"사부님께서도 함부로 할 수 없는 사람? 그런 사람이 있을까?"

화영은 그런 한서연의 의문에 그저 미소로 대답했다.

한서연의 의문은 그날 저녁때 풀렸다. 두 사람을 금룡장주가 부른 것이다. 아무리 백검화라도 금룡장주의 부름을 무시할 수는 없었다.

만일 상대가 차라리 무림맹주였다면 가볍게 무시했을지도 모른다. 하지만 금룡장주에게는 절대 그렇게 할 수 없었다. 금룡장주는 금철휘의 아버지였으니까.

"드디어 우리 공자님을 보러 갈 수 있겠네."

화영이 즐거운 표정으로 얼굴에 곱게 화장을 했다. 오랜만이니 최대한 예쁘게 보이고 싶었다.

"자, 갈까?"

화영이 생긋 웃으며 말하자, 한서연은 고개를 절레절레 저으며 앞장섰다. 그러면서 자신도 화장을 했어야 하는 게 아닌가, 하는 생각을 했다. 하지만 화장도 해 본 사람이 잘하는 법이다. 괜히 어설프게 따라 하다가는 오히려 안 하느니만 못하다.

두 여인이 밖으로 나가자, 언제 왔는지 백검화와 화예지가 기다리고 있었다. 화영은 백검화를 보고는 자신도 모르게 움찔 놀랐다. 하지만 이내 평온한 표정으로 돌아와 살짝 고개를 숙여 주었다.

네 사람은 살짝 들뜬 얼굴로 금룡장을 향해 출발했다. 그리고 앞으로는 최대한 시간을 내서 금철휘를 자주 봐야겠다고 생각했다. 아무리 바쁘다 한들 잠깐 얼굴 볼 시간 정도야 얼마든지 낼 수 있지 않겠는가.

그렇게 마음속으로 몇 가지 다짐을 하고 계획을 세우며 걷다 보니 금세 금룡장에 도착할 수 있었다. 금철휘가 머무는 금룡각은 금룡장의 내원에 있기에 제법 깊이 들어가야 한다.

네 명이나 되는 미인들이 나란히 걸어가는 모습은 상당히 눈을 끌었다. 마주치는 모든 사람들이 그녀들에게서 눈을 떼지 못했다. 남자건 여자건 상관없이 말이다.

그렇게 한참을 걸어가자, 드디어 금룡각에 도착할 수 있었다. 금룡각은 금철휘가 지내는 전각도 전각이지만, 그 주변도 상당한 장관이었다. 또한 넓었다.

각종 기화요초가 가득한 정원 옆에 넓은 연무장이 있어, 수십 명이 동시에 무공을 수련할 수 있었으며, 전각을 중심으로 산책로가 빙 둘러 있었다.

"요즘 올 때마다 느끼는 거지만, 정말 대단한 곳이에요."

한서연이 중얼거리자, 나머지 세 여인도 고개를 끄덕였다. 예전의 금룡각도 대단했지만, 다시 지은 금룡각은 정말로 천하에 다시없을 정도로 아름다웠다.

"그나저나 조경이 또 조금 바뀐 거 같지 않아요?"

"그러게. 저기 바위가 새로 생긴 것 같구나."

"저렇게 큰 바위를 또 어디서 어떻게 가져왔을까요?"

네 여인은 전각 옆에 놓인 바위를 보며 내심 고개를 끄덕였다. 확실히 금룡장 정도 되지 않으면 옮기기도 쉽지 않을 정도로 큰 바위였다. 과장하지 않고 진짜 집채만 한 크기였다. 장정을 백 명쯤 겹쳐 놓으면 저런 크기가 될까?

"근데 느낌이 좀 이상한데요? 바위가 꼭⋯⋯. 움직이는 거 같아요."

넷의 표정이 딱딱하게 굳었다. 느낌이 아니라 진짜 움직이고 있었다. 마치 사람이 숨을 쉬는 것처럼 말이다.

"서, 설마⋯⋯ 공자님?"

한서연의 입에서 흘러나온 말에 다들 경악했다.

"말도 안 돼!"

"어떻게!"

거대한 바위가 꿈틀꿈틀하더니 느릿하게 굴렀다. 그리고 드러난 얼굴에 다들 경악했다. 금철휘가 분명했다. 집채만 한 바위에 얼굴만 폭 박혀 있었다.

다들 입이 떡 벌어졌다. 대체 인간이 이렇게 될 수도 있단 말인가? 사람에게는 골격이라는 게 있다. 아무리 살이 쪄도 그 골격을 벗어날 수는 없다. 한데 금철휘는 그렇게 됐다.

"고, 공자님! 대체 어떻게 되신 거예요!"

"어떻게 되긴, 살 좀 쪘지."

"그, 그게 조금 찐 거예요?"

"아직 조금 모자라는 것 같아서 더 찌우려고 하는데?"

"예? 거, 거기서 더 찌우신다고요?"

다들 말문이 막혀 입을 꾹 다물었다. 금철휘의 모습은 정말로 기괴하기 이를 데 없었다. 거대한 몸에 얼굴이 폭 박혀 있고, 팔다리도 보이지 않았다.

"대체 팔다리는 어디 있는 거예요?"

보다 못한 화예지가 묻자, 금철휘가 씨익 웃으며 대답했다.

"잘 찾아보면 있을 거야. 살에 파묻혔거든."

너무나 어이없는 대답에 네 여인이 일제히 한숨을 푹 내쉬었다. 대체 어쩌자고 이렇게까지 살을 찌웠단 말인가. 살에 파묻혀 팔다리가 보이지 않는 게 말이나 되는가.

"그런데 용케 옷을 입고 계시네요."

화영의 말에 다들 눈이 커졌다. 생각해 보면 정말로 놀라운 일이었다. 저 몸으로 대체 어떻게 옷을 입었단 말인가. 금철휘의 옷은 마치 금철휘를 위해 만든 것처럼 딱 맞았다.

"만든 사람도 대단하지만 입으신 공자님은 더 대단하세요."

금철휘는 굳이 대답하지 않았다. 사실 한 번도 옷을 갈아입지 않았고, 살이 쪄서 옷이 작아질 때마다 천령신공을 이용해 옷을 늘렸다고 굳이 말할 필요가 없었다.

"다들 웬일이야?"

"웬일은요. 공자님 보고 싶어서 왔죠."

"그래?"

금철휘는 네 여인의 표정을 유심히 살폈다. 자신의 몸이 이렇게까지 망가졌는데도 다들 표정 하나 변하지 않았다.

"나도 나름 수련 중이니까 당분간은 찾아오지 마."

금철휘의 말에 네 여인의 얼굴에 실망감이 떠올랐다. 그동안 못 봤으니 반겨 줄 거라 생각했는데 수련에 방해되니 찾아오지 말라는 소리나 듣고 있으면 기분이 좋을 리 있겠는가.

"할 일 없으면 가서 음식이나 좀 가져와. 배고프다."

다들 할 말을 잊었다. 하지만 그래도 금철휘가 배고프다고 하는데 굶길 수는 없지 않은가. 몸이 저렇게 크면 유지하는

데에도 많은 음식이 필요한 법이다.

"요즘 항주 인근의 식재료값이 폭등한 이유가 이거였군
요."

화예지의 말에 다들 질린 얼굴을 했다. 하지만 이내 서둘러
움직였다. 금철휘가 먹을 음식을 가져오러 말이다.

금철휘 앞에 산처럼 음식이 쌓였다. 처음에는 조금씩 가져
오려 했는데, 막상 음식을 가져오려다 보니 묘한 경쟁심이 일
어났다. 네 여인은 최대한 능력이 닿는 대로 음식을 구했다.

그렇게 음식 무더기 네 개가 생겨났다.

금철휘는 만족스러운 표정으로 음식 무더기들을 쳐다봤다.
모인 양이 장난 아니다. 보통 사람이라면 몇 년 동안 먹을 수
있을 정도로 많은 양이었다.

네 여인은 일단 음식을 모아 두고 나니 뭔가 이건 아니라
는 생각이 들었다. 금철휘를 더 살찌우게 할 뿐 아닌가. 지금
도 위태로워 보이는데, 만일 여기서 더 살이 찌면 얼굴까지 몸
에 파묻힐 거 같아 걱정이었다.

"공자님, 그런데 꼭 살을 찌우셔야 하나요?"

백검화가 걱정스런 눈으로 묻자, 금철휘가 고개를 끄덕였
다. 그렇게 살이 파묻힌 채로 고개를 끄덕일 수 있다는 자체
가 신기해 보일 지경이었다.

"조금만 더 찌우면 될 거 같아. 자, 난 이제 이걸 먹어야 하

니까 다들 돌아가."

"혼자 드실 수 있겠어요? 먹여 드릴까요?"

화영이 나서서 색기 어린 미소를 지으며 말했다. 그러자 나머지 여인들도 눈을 반짝였다. 이런 것도 기회라면 기회 아니겠는가.

하지만 금철휘는 조용히 고개를 저었다.

"됐다. 나 혼자 먹을 수 있으니까 다들 돌아가."

"하지만……."

금철휘는 대답 대신 직접 보여 주었다. 자신이 음식을 어떻게 먹는지 말이다.

네 무더기의 음식들 중 한 무더기가 허공에 불쑥 떠올랐다. 음식들이 천천히 날아 금철휘의 입으로 향했다. 금철휘가 입을 벌리자, 그 안으로 음식들이 쏙쏙 들어갔다.

순식간에 음식이 줄어들었다. 먹는 속도가 어마어마했다.

네 여인은 입을 쩍 벌리고 그 광경을 바라봤다. 정말로 상상을 초월하는 광경이었다.

"하아. 알았어요. 돌아갈게요."

네 여인은 결국 힘없이 돌아섰다. 금철휘는 금룡각에서 멀어져 가는 네 여인을 유심히 쳐다보며 쌓인 음식 무더기들을 하나하나 정복해 나갔다.

금철휘는 살이 뿌득뿌득 찌는 걸 느꼈다. 오늘 먹은 음식의 양이 제법 많아 갑자기 많이 찐 것이다. 물론 천령신공과 백토신공이 없었다면 아무리 많은 음식을 먹었다 한들 그걸 모조리 살로 만드는 건 불가능했을 것이다.

살을 찌워서 수련하겠다는 생각은 주효했다. 어렴풋이 뭔가가 잡힐 듯했다. 아직은 안갯속에 있는 것처럼 모호했지만, 그래도 희망이 생겼다.

현재 금철휘는 천령신공 일곱 번째 단계를 어렴풋이 들여다보기만 한 상태였다. 그리고 이번에 살을 찌우면서 좀 더 깊이 들여다볼 수 있었다.

'오늘은 먹은 양이 많아서 그런가? 살이 너무 찌는 거 같군.'

갑자기 몸이 삼 할은 더 불어난 듯한 느낌이었다. 그리고 피부의 통제권이 모호해졌다. 갑자기 살이 쪄서 그런 걸까? 내 살이 아닌 것 같은 느낌이 엄청나게 강해졌다.

하지만 그건 내 몸이 분명했다. 금철휘는 천령신공의 첫 번째 단계를 극성으로 펼쳤다. 순식간에 자신의 몸을 다시 완전히 들여다볼 수 있게 되었다.

그리고 그 순간, 경계를 한 발 넘었다.

슈오오오오.

금철휘의 몸 주위에 있던 기운들이 강렬하게 회오리쳤다. 기의 소용돌이는 금철휘를 완전히 감싸고 더 멀리 있는 기운들을 마구 끌어당겼다.

순식간에 기운이 극도로 밀집해 버렸다. 그리고 근방에는 기의 공백 현상이 벌어졌다.

다행히 허공에 있던 기운만 가져왔지 생명체의 생기는 건드리지 않았다. 만일 그러지 않았으면 근방에 있던 모든 생명체가 말라 죽었을 것이다.

쩌저저저적.

금철휘가 입고 있던 옷이 찢어지고 갈라졌다. 그리고 가루가 되어 버렸다.

몸도 갈라졌다. 피부가 쩍쩍 갈라지고, 살이 파헤쳐졌다. 물론 그렇게 파헤쳐지는 살들은 대부분 비계였다.

갈라져 떨어져 나간 살들이 가루가 되어 흩날렸다. 그리고 기의 소용돌이에 편승해 함께 회전했다.

금철휘의 몸이 순식간에 줄어들었다. 저절로 살이 빠진 것이다. 그리고 그렇게 빠진 살은 가루가 되어 회오리쳤다.

회오리의 반경이 점점 줄어들었다. 하지만 그럴수록 속도는 더욱 빨라지고 모인 기의 밀도는 극도로 높아졌다. 그 안에는 금철휘의 살도 포함되어 있었다.

회오리의 속도가 극에 이른 순간, 그 모든 기운이 금철휘의 모공으로 빨려 들어가기 시작했다. 순식간이었다. 가루가 된 살도 모조리 기운으로 바뀌어 금철휘의 몸에 스며들었다.

금철휘는 가만히 앉아 눈을 감은 채, 그 모든 기운을 받아들였다. 단전이 꽉 찼다가 부서져 새로 만들어지고, 또 꽉 차는 일을 반복했다.

그렇게 얼마나 시간이 지났을까. 금철휘가 천천히 눈을 떴다.

금철휘의 몸은 더 이상 뚱뚱하지 않았다. 모든 살이 싹 빠지고 탄탄한 근육만 남았다. 그리고 단전에 어마어마한 기운이 요동쳤다.

금철휘가 목을 이리저리 꺾었다.

우두둑. 우두둑.

자리에서 일어난 금철휘는 가볍게 몸을 풀었다. 그리고 천령신공을 이용해 스스로의 몸을 관조했다. 최상이었다. 이보다 더 좋은 몸이 되기는 어려울 것 같았다.

내공도 엄청났다. 살을 찌우면서 이 살을 다 내공으로 바꾸면 정말 굉장하겠다는 생각을 하긴 했는데, 막상 그렇게 되고 나니, 상상을 초월할 정도로 많은 기운을 얻었다.

"이러다가 중독되겠어."

살을 한 번 찌웠다가 빼면 이렇게 많은 내공을 얻으니 왠지 또 살을 찌워야 할 것만 같았다. 하지만 당분간은 다시 살을 찌울 생각이 없었다.

"어쨌든 드디어 목표를 이뤘군."

금철휘가 그렇게 얻으려 애쓰던 것, 집채만 하게 살을 찌워서까지 얻고 싶었던 것, 바로 천령신공의 일곱 번째 단계를 얻었다. 아니, 정확히 말하면 아직 완벽하게 얻은 건 아니었다.

하지만 왜 일곱 번째 단계에 오르기가 그토록 어려웠는지는 알 수 있었다.

천령신공 일곱 번째 단계는 타인의 몸을 관조하는 것이다. 즉, 다른 사람의 몸을 마음대로 살필 수 있다는 뜻이다. 기의 흐름을 살펴 기운만으로 짐작하던 것과는 차원이 다르다.

마치 천령신공의 첫 번째 단계에서 자신의 몸을 속속들이 살필 수 있는 것처럼 타인의 몸을 그렇게 볼 수 있다는 뜻이다.

사실 첫 번째 단계와 크게 다를 바 없어 보인다. 그런데도 금철휘는 그것을 얻지 못해 무던히 애를 써야만 했다. 그 이유를 이번에 일곱 번째 단계에 어설프게 발을 걸치면서 알아낸 것이다.

그것은 혼백의 존재였다. 인간에게는 혼백이 있고, 그 혼백이 일종의 방패 역할을 하는 것이다. 아무나 함부로 몸을 들여다보거나 건드리지 못하도록 말이다.

"완전히 방향이 잘못됐으니 제대로 단계가 올라갈 리 없지."

살을 무지막지하게 찌워서 간접적으로 일곱 번째 단계를 경험해 본다는 것도 사실은 잘못된 방향이었다. 실제로 벽이 된 것은 혼백의 문제인데, 그저 남의 몸을 목표로 했으니 말이다.

하지만 결과적으로는 득이 되었다. 작은 깨달음과 함께 일곱 번째 단계에 발을 들인 것이다. 물론 완벽하지는 않았다. 실제로 남의 몸을 제대로 관조하려면 훨씬 더 단계가 깊어져 야만 한다.

"일단 발을 들인 게 중요하지. 어설프긴 해도 일곱 번째 단 계가 된 거니까."

일단 단계가 오른 이상, 앞으로는 수련을 통해 수준이 깊 어지는 게 가능해졌다. 시간만 들이면 해결되는 문제였다.

다만 여덟 번째 단계로 가는 것은 조금 다른 문제였다. 혼 백의 문제 때문이었다. 보는 것보다 건드려 바꾸는 것이 훨씬 어렵다. 방해도 심하고 말이다.

금철휘는 얼른 시험해 보고 싶었다. 단계가 올랐다는 확신 은 있었지만, 그래도 진짜 올라갔는지 빨리 확인하고 싶었다.

그리고 기회는 금방 왔다. 그런 막대한 기의 유동이 있었으 니, 무공 좀 한다 싶은 사람들은 싹 몰려왔다. 그리고 금철휘 를 발견하고 다들 얼어붙었다.

특히 네 여인의 표정은 마치 귀신이라도 본 듯했다.

"다들 왜 왔는지 모르겠지만, 온 김에 잔치라도 열까?"

금철휘가 씨익 웃으며 말하자, 모인 사람들이 어이없는 표 정을 지었다가 이내 풀썩 웃었다. 무슨 일이 있었는지 궁금하 긴 하지만 아무 일 없었으니 된 것 아닌가.

금룡각 앞에서 때아닌 잔치가 벌어졌다. 그날 금룡장의 모 든 사람들이 적어도 한 번씩은 그곳을 거쳤다. 술과 음식을 즐기면서 말이다.

다들 왜 잔치가 벌어졌는지 영문을 몰랐다. 하지만 그게 무슨 상관인가. 이렇게 맛있는 술과 요리가 있고, 즐겁기 그지없는데.

잔치의 의미를 어렴풋이나마 이해한 사람은 금철휘에게서 한시도 시선을 떼지 않는 네 여인이 유일했다.

네 여인이 더없이 사랑스러운 표정으로 금철휘를 바라봤다. 그렇게 어마어마한 살덩어리를 보다가 외모가 확연히 바뀌어 버리니, 마음이 조금 더 가는 건 어쩔 수 없었다.

"오대세가의 일은 언제쯤 마무리될 거 같아?"

"조만간 금룡장은 쏙 빠질 수 있을 것 같아요. 다만 그때부터 오대세가와 포천회의 진짜 싸움이 시작될 가능성이 높아요."

금철휘는 가볍게 고개를 끄덕였다. 어차피 처음부터 둘을 싸움 붙이려고 시작한 일이었다. 오대세가를 무너뜨릴 마음은 없었다. 싸움 와중에 포천회의 몸통이 드러날 것이고, 금철휘의 목적은 바로 그 몸통을 완벽하게 뽑아내는 것이었다.

"공월보랑 패검방 쪽은?"

"본격적으로 싸움을 붙이려 애쓰는 중인데, 쉽게 걸려들지 않네요. 일단 양쪽에 접선을 요청해 놨어요."

금철휘가 고개를 끄덕이며 말을 꺼냈다.

"혹시 두천방이라고 기억나?"

"물론이죠. 상당 부분 조사가 끝난 상태에요."

금철휘가 흥미로운 눈으로 화예지를 쳐다보자, 그녀는 생긋 웃으며 설명을 이어 갔다.

두천방은 예전 금철휘가 우연히 발견한 방파였다. 소속 무사들의 실력이 지나칠 정도로 뛰어나서 뒤를 캐도록 지시를 내렸는데, 결국 그들이 포천회의 작은 조직 중 하나라는 걸 알아낸 것이다.

화예지는 두천방을 속속들이 조사해서 그들과 연결된 대부분의 끈들을 파악했다. 그중 몇 개는 한월상단을 조사하면서 파악한 조직과 겹치기도 했다.

화예지는 두천방과 연결된 조직들을 쫙 읊었다. 그중에는 두천방과 비슷한 성향을 가진 문파들도 적지 않았다.

금철휘는 그 모든 보고를 들으며 무겁게 고개를 끄덕였다.

"포천회, 정말 보통 놈들이 아니네. 대체 언제 이렇게 천하 곳곳에 이런 조직들을 심어 놨지?"

"어쩌면 수십 년 전부터 준비를 해 왔을지도 모른다는 생각이 들어요."

금철휘는 그 말에 심각한 표정을 지었다. 사실 예전 혈룡귀갑대의 일 자체가 포천회의 안배가 아닌가 하는 생각이 최근 강해졌기에 화예지의 말을 그냥 허투루 넘길 수가 없었다.

혁련진을 비롯해 혈뇌마검까지 예전 천혈문의 인물들이 연달아 나타나는 걸 보면 천혈문은 어떻게든 포천회와 관계가 있는 것이 분명했다.

'그럼 혈룡귀갑대도 포천회의 음모와 관계된 것인가?'

포천회에 관해 생각하니 이래저래 머리가 복잡했다. 워낙 오래전부터 얽혀 있고, 음모가 진행된지라 이제는 제대로 파악할 수 있을지도 자신할 수 없었다.

"두천방과 비슷한 다른 방파는 몇 개나 파악했지?"

"지금까지 모두 일곱 개를 파악했어요. 한월상단에 연결된 곳이 둘, 그리고 공월보와 패검방에 연결된 것이 각각 하나씩, 두천방과 연결된 곳이 하나, 그리고 그렇게 찾아낸 곳들을 중심으로 조사해서 발견한 곳이 둘이에요."

"제법 많이 파악했군."

"공자님을 위해 애 좀 썼어요."

화예지가 생긋 웃었다. 그리고 칭찬해 달라는 듯 금철휘를 빤히 바라봤다.

"그래, 그래. 잘했다."

금철휘가 머리를 토닥여 주자, 화예지가 기분 좋게 웃었다. 그리고 나머지 세 여인이 그 모습을 부러운 눈으로 바라봤다.

"자, 그럼 우리, 판을 한 번 짜 볼까?"

"판이요? 또 짜요?"

"또가 아니라, 다시."

금철휘는 그렇게 말하고는 좌중을 둘러봤다. 다들 반짝반짝 빛나는 눈으로 주목했다.

"그놈들 한데 엮어서 지들끼리 치고받게 만들 수 없나?"

금철휘의 말에 다들 당황했다. 사실 그들은 다 같은 조직에 속해 있다. 한데 어떻게 그게 가능하겠는가.

"일단 몇 군데를 습격한 다음에 정보를 조작하면 어떻게든 되지 않을까?"

금철휘의 말에 화예지가 팽팽 머리를 굴렸다. 생각해 보니 아예 불가능할 것 같지는 않았다. 다만 정보를 조작하려면 습격하는 자들의 실력이 엄청나야만 한다. 그래야 습격도 성공하고 원하는 흔적을 남길 수 있을 테니까.

"내가 직접 나서면 그림이 제법 괜찮게 그려질 것 같은데, 아닌가?"

"공자님께서 직접요?"

화예지가 눈을 빛내며 금철휘에게 조금 다가갔다.

"공자님의 정확한 실력을 알았으면 좋겠어요."

뭐든 정확해야 나중에 일을 계획하고 진행하기가 쉬운 법이다. 화예지의 요구는 당연했다. 하지만 무엇보다 방 안에 있는 네 사람은 그것이 예전부터 궁금했다.

다들 두근두근하며 금철휘를 바라봤다.

"정확한 실력이라……."

아직 한 번도 그런 걸 생각해 본 적이 없어서 명확히 얘기하기가 쉽지 않았다. 하지만 한 가지 확실한 건 있었다.

"일단 무림맹주보다는 훨씬 강하지. 무림맹주 열 명이 동시에 달려들어도 단숨에 박살낼 수 있거든."

"정말요?"

다들 깜짝 놀랐다. 금철휘가 강하다는 건 다들 알고 있었다. 하지만 설마 무림맹주 정도 되는 고수 열 명이 동시에 달려들어도 눈 하나 깜짝하지 않을 수준이라는 건 생각도 못했다. 무림맹주는 현 천하제일인 아닌가.

"뭘 그렇게 놀라? 설마 날 그렇게 약하게 본 거야?"

"아, 아뇨. 강하신 건 알았지만……."

"무림맹주가 너무 약한 거지."

"그 약한 무림맹주가 천하제일인이에요."

"고작 그게 천하제일인이라고?"

금철휘는 익히 짐작을 했지만, 막상 이렇게 직접 얘기를 듣고 나니 더욱 실망스러웠다. 정말 무림의 수준이 왜 이리 낮아졌단 말인가.

'제대로 된 무위를 가진 놈들은 포천회뿐이로군.'

거기까지 생각한 금철휘의 등줄기에 순간 소름이 쫙 돋았다.

'설마 이놈들…… 무림 전체를 약화시키려고 혈룡귀갑대를 이용한 건 아니겠지?'

아닐 거라고 고개를 저으면서도 계속 생각이 그쪽으로 흘렀다. 그럼 대체 얼마나 오랫동안 계획을 세우고 준비를 한 거란 말인가.

"서두르는 게 좋을 것 같아. 얼른 계획 하나 그럴듯하게 짜 봐."

"당장 애들 모아서 준비할게요."

화예지는 즉시 일어났다. 금철휘의 마음이 느껴져 왠지 서 두르지 않으면 안 될 것 같았다.

"우리는 뭘 할까요?"

화예지만 금철휘에게 도움이 되는 것 같아서 세 여인이 나 섰지만 사실 딱히 할 만한 것이 없었다.

"다리라도 주물러 드릴까요?"

화영이 환하게 웃으며 달려들었다. 그러자 백검화와 한서 연도 거의 동시에 몸을 날렸다.

금철휘의 몸이 훌쩍 떠올랐다. 조금 전까지 금철휘의 다리 가 있던 공간을 여섯 개의 손이 덮쳤다.

쉭쉭쉭쉭!

세 여인의 눈이 번득였다. 단번에 성공할 거라 믿은 사람은 한 명도 없었다. 여섯 개의 손이 이번에는 허공을 유영했다.

쉭쉭쉭쉭!

금철휘의 몸이 허공에 뜬 채로 핑그르르 돌았다. 손들이 툭 툭 튕겨 나갔다. 그리고 그대로 허공을 쭉 미끄러져 창가로 날아갔다.

"어딜 가시려고요!"

세 여인이 일제히 몸을 날렸다. 가장 빠른 백검화가 일단 창을 막았고, 한서연과 화영이 양옆으로 따라붙어 어떻게든 금철휘를 잡으려 했다.

하지만 금철휘는 허공에서 마치 뱀처럼 몸을 구불구불하게 휘며 그녀들의 손과 몸 사이를 쏙 빠져나가 버렸다.

순식간에 창을 통해 밖으로 나간 금철휘가 하늘 높이 솟 구쳤다. 화려하게 꿈틀거리며 하늘로 치솟는 광경이 마치 승 천하는 용의 모습을 보는 듯했다.

세 여인은 멀어져 가는 금철휘의 모습을 그저 멍하니 바라 보기만 했다.

"하아. 정말이지, 좀처럼 손에 안 들어오는 분이네."

백검화가 한탄하듯 말하자 화영이 공감하는 얼굴로 크게 고개를 끄덕였다.

"맞아요. 벗고 덤벼도 안 되니······."

"벗고 덤벼?"

백검화의 눈이 위로 상큼 올라갔다. 화영은 움찔 놀라며 후다닥 물러났다. 그리고 백검화를 바라보며 배시시 웃었다.

"예전에 공자님을 잘 몰랐을 때예요. 신경 안 쓰셔도 된답 니다."

화영이 살짝 손사래를 치며 말했지만 백검화의 표정을 푸 는 데는 전혀 도움이 되지 않았다.

잠시 화영을 날카롭게 쳐다보던 백검화는 이내 고개를 끄덕이며 시선을 돌려 버렸다.

"하긴, 벗고 덤빌 용기가 있으면 그러는 것도 나쁘지 않겠지."

화영이 놀란 눈으로 백검화를 바라봤다. 방금 한 말의 진위를 파악하기가 힘들었다.

'대체 괜찮다는 건지 아니라는 건지.'

생각해 보니 옷을 벗고 덤비려고 작정한 사람은 자기 혼자만이 아니었다. 예전 한서연도 그런 뜻을 자신도 모르게 내보인 적이 있었다.

한서연과 백검화를 번갈아 바라보던 화영의 얼굴에 불안감이 어렸다.

'설마 이 두 사람, 정말로 벗고 덤비려고 하는 건가?'

만일 그러면 참으로 엄청난 파괴력을 가질 것이다. 백검화나 한서연은 같은 여자인 화영이 보기에도 굉장히 아름다웠다.

'인정하긴 싫지만 나보다 예쁜 건 사실이지.'

화영은 냉정하게 스스로를 평가했다. 객관적으로 따지면 자신의 미모가 조금 모자라는 건 확실했다. 그렇다면 그 모자람을 다른 것으로 메워야만 했다.

'눈을 못 떼게 만들어 주겠어.'

화영은 결연한 표정으로 주먹을 꼭 쥐었다.

세 여인 사이에서 보이지 않는 불꽃이 튀었다.

금철휘는 달라진 모습으로 금룡장은 물론이고 항주 곳곳을 활개 치고 다녔다. 앞으로는 살찔 일이 없었기에 이 모습을 사람들에게 각인시키는 중이었다.

살이 쫙 빠진데다가 탄탄한 근육을 가진 금철휘의 모습은 상당히 훌륭했다. 더구나 살에 가려졌던 외모가 드러나면서 항주에서 손꼽히는 미남이 되어 버렸다.

금철휘가 지나갈 때마다 수많은 시선이 꽂혔다. 일단 금향각을 통해 금룡장의 소장주가 살이 쫙 빠져 새사람이 되었다는 소문부터 냈기에 사람들의 주목을 더 많이 받을 수 있었다.

항주에서 금룡장이 갖는 위세가 워낙 대단했기에 이렇게 그저 걸어 다니기만 해도 효과는 충분했다.

금철휘가 그런 작업을 하는 동안 화예지는 두천방을 비롯한 포천회의 작은 조직들을 진창으로 끌어들일 작전을 세웠다.

간단했다. 금철휘가 기습하고, 적당한 흔적을 남기는 것이었다. 하지만 막상 작전을 세우는 당사자인 화예지는 상당히 애를 써야만 했다.

일단 서로 같은 편인지 모르는 사이인가를 유추해내야만 했다. 화예지는 그것을 위해 어마어마한 양의 정보를 샅샅이 살폈다.

"사람들이 날 보는 시선이 달라진 게 확연히 보이네."

금철휘는 내심 고개를 끄덕였다. 역시 금향각이었다. 단기간에 확실한 결과를 얻었다. 만일 금향각이 아니라 예전의 사해방이 같은 일을 맡았다면 훨씬 더 오래 걸렸을 것이다.

금향각이 사해방과 다른 점이 바로 이것이었다. 금향각은 돈 쓰기를 두려워하지 않는다. 확실한 결과를 위해서는 아낌없이 자금을 쏟아부을 준비가 되어 있었다. 모든 것이 금철휘 때문이었다.

항주의 일을 대충 마무리했으니 이제 본격적으로 두천방을 비롯한 포천회 쪽 조직에 대한 일을 시작할 때가 되었다.

금철휘는 화예지로부터 들은 작전과 정보를 토대로 슬슬 움직일 준비를 했다.

금철휘는 천천히 걷다가 서서히 속도를 높였다. 그리고 차근차근 귀혼보를 펼쳤다. 금철휘의 몸이 흐릿해지더니 이내 안개처럼 흩어졌다.

제5장
습격

금철휘가 가장 먼저 선택한 곳은 두천방이었다. 두천방은 금향각의 지속적인 공작으로 정보가 거의 차단되다시피 했다. 두천방의 하급 무사들을 먼저 건드렸기에 정보 조작을 할 수밖에 없었고, 또한 한월상단과 두천방이 연결되어 있기에 한꺼번에 처리를 해야만 했다.

그렇게 정보를 조작하고 차단해 왔지만, 이제 그것도 거의 한계에 달했다. 그렇기에 두천방을 가장 먼저 처리하기로 결정을 내린 것이다.

"가만있자, 그러니까 두천방과 아예 연결 고리가 없는 곳이…… 여기란 말이지?"

금철휘는 두천방 근처에 모습을 숨긴 채 검을 들어 이리저리 휘둘렀다. 금철휘의 손에서 펼쳐진 검법은 대호검법이라는 것으로, 대호문의 독문 검법이었다.

대호문 역시 포천회에 포섭된 조직 중 하나로, 그들도 두천방 못지않은 강력한 무위를 보유하고 있었다. 물론 그 사실은 전혀 외부에 알려지지 않았고 말이다.

금철휘는 대호검법을 대충 익혔다. 금향각의 정보력은 대호검법의 기본적인 초식들을 알아낼 수 있을 정도로 대단했다. 물론 대호문의 감춰진 무공이 아니었기에 좀 더 수월하게 구할 수 있었다.

대호문 역시 두천방과 마찬가지로 꽁꽁 감춰 둔 무공이 있었다. 그리고 그 무공은 혈룡귀갑대의 무공이었다. 아무리 금향각이 대단해도 그것까지 알아낼 수는 없었다. 그저 금철휘가 흔적을 남길 수 있을 정도의 대호검법을 알아내는 게 전부였다. 물론 그조차 굉장한 일이었지만 말이다.

금철휘는 대호검법이 대충 손에 익을 정도가 되자, 가볍게 몸을 풀고 천천히 걸어갔다. 물론 가기 전에 얼굴에 복면을 쓰는 것도 잊지 않았다.

검은 옷에 검은 복면을 쓴 금철휘의 모습은 어떻게 봐도 수상하기 그지없었다. 그런 수상한 사람이 당당히 정문을 향해 걸어오니, 정문을 지키던 무사들이 긴장하며 각자의 무기에 손을 올렸다.

"누구냐!"

두천방의 최하급 무사들도 웬만한 문파의 장로급 실력을 가졌다. 문을 지키는 수문위사들의 실력이 가벼울 리 없었다. 하지만 상대가 금철휘였으니 그런 모든 것들이 의미를 잃었다.

금철휘의 검이 좌에서 우로 그어졌다.

사아악!

검붉은 검기가 불처럼 일어나 길게 뻗어 나갔다.

수문위사들은 기겁을 하며 각자 무기를 꺼내 그에 맞섰다.

꽈과과과광!

검기와 검기가 부딪치며 폭발했다. 그리고 그 폭발 사이로 금철휘의 몸이 휙 스며들었다.

쉬쉬쉬쉬쉭!

호랑이의 기백을 담은 검이 사방을 휘저었다. 그리고 수문위사 세 명이 뎅겅뎅겅 잘려 목숨을 잃었다.

금철휘는 정문에 검을 찔러 넣었다.

쩌저저정!

문에 거미줄 같은 금이 쫙쫙 가더니 이내 산산조각 나서 흩어졌다. 대호검법의 기본초식 중 하나였지만 그것을 금철휘가 막대한 내공을 바탕으로 펼치니 어마어마한 위력을 발휘했다.

안에서 무사들이 우르르 달려 나왔다. 정문의 소란이 워낙 컸기에 순식간에 소식이 안으로 들어간 것이다.

금철휘는 자신을 향해 무시무시한 살기를 뿜으며 몸을 날리는 열 명의 무사들을 무심한 눈으로 보며 다시 검을 휘둘렀다.

광포한 기세를 담은 검격이 연달아 펼쳐졌다. 달려오던 무사들이 곳곳에 부상을 입고 뒤로 나가떨어졌다. 검격을 맞은 자리는 마치 맹수에게 물어뜯긴 듯 너덜너덜했다.

이런 형태를 남기는 무공은 몇 개 되지 않는다. 쓰러진 무사 중 하나가 멍한 눈으로 중얼거렸다.

"대호문?"

작은 소리였지만 장내에 있던 모든 사람들이 충분히 들을 수 있었다. 금철휘는 즉시 그의 목을 겨냥해 검을 휘둘렀다.

서걱!

목이 잘려 허공에 떠올랐다. 근처에서 보기에는 마치 자신의 정체를 말한 자에게 응징을 가한 것 같았다.

금철휘는 다시 천천히 걸음을 옮겼다. 두천방 안에서 수많은 무사들이 쏟아져 나왔다. 그중에는 두천방의 장로들도 여럿 있었다. 그들의 무위는 엄청났다.

하지만 상대는 금철휘였다. 금철휘는 그렇게 많은 무사들에게 포위당하고서도 전혀 밀리지 않고 한동안 버텼다.

그렇게 반 시진쯤 지났다. 두천방은 엄청난 피해를 입었다. 모두의 눈에서 독기가 자르르 흘렀다.

그리고 딱 그 시점에서 금철휘가 뒤로 몸을 뺐다.

두천방 무사들은 당황하며 금철휘를 잡으려 했다. 하지만 일단 금철휘가 마음먹고 뒤로 쭉 물러나니 아무도 쫓지 못했다. 금철휘의 움직임은 그야말로 신출귀몰했다.

"저놈을 잡아!"

"죽여!"

두천방주가 어느새 나와 악이 받친 목소리로 무사들에게 소리쳤다. 무사들이 그 명령에 분분히 몸을 날렸지만 금철휘는 그들을 비웃기라도 하듯 순식간에 사라져 버렸다.

두천방주는 금철휘가 사라진 자리를 보며 이를 부득 갈았다.

"분명 대호문의 놈이었지?"

아무도 대답하지 못했다. 섣불리 단정할 수 없는 사항이었다. 혹시 대호문을 사칭한 놈일 수도 있지 않은가. 물론 두천방주도 그 점은 충분히 생각했다.

"대호문에 대해 샅샅이 훑어! 기르는 개 새끼까지 싹 조사해!"

무사들이 즉시 고개를 숙이고 물러났다. 이럴 때 괜히 두천방주 근처에 있다가는 큰 화를 당할 수도 있었다.

홀로 남은 두천방주의 눈이 새파랗게 빛났다.

"대호문, 이 씹어 먹어도 시원치 않을 놈들!"

"자, 다음은 어디지?"

금철휘는 개운한 얼굴로 가볍게 걸었다. 오랜만에 한바탕 휘저었더니 체증이 쑥 내려가는 기분이었다.

아직도 남은 곳이 많았다. 최대한 바쁘게 움직여야만 한다. 화예지가 짠 작전은 금철휘가 얼마나 빨리 움직일 수 있느냐가 중요했다. 마치 그들이 거의 동시에 습격을 받은 듯해야 성공 확률이 높아진다.

"그나저나 이렇게 군데군데 퍼져 있으니 이동하는 것만 해도 일이군."

워낙 멀리 떨어져 있어서 이동하는 것만으로도 대부분의 시간을 날려 버린다. 즉, 습격 자체에 쓸 시간이 거의 없다는 뜻이다. 하지만 금철휘는 전혀 걱정하지 않았다. 그에게는 충분히 그것을 이룰 능력이 있었으니까.

금철휘의 몸이 다시 안개처럼 흩어졌다.

* * *

천혈문주는 수하의 보고를 들으며 멍한 표정을 지었다.

"이해가 잘 안 가는구나. 다시 한 번 설명해 봐라."

"두천방과 대호문이 전쟁을 시작했습니다. 양측의 피해가 극심합니다."

"그 둘이 왜 서로 싸운단 말이냐?"

수하가 대답하지 못하고 고개만 푹 숙였다.

"말을 해 보란 말이다!"

"제대로 서로에 대한 정보를 전달하지 못했습니다."

콰앙!

탁자가 산산조각 났다.

"그게 말이 되는 소리더냐! 정보를 전달하지 못해서 같은 편끼리 전쟁을 벌이다니!"

천혈문주의 몸에서 진득한 살기가 흘러나왔다. 그의 수하가 찍소리도 못하고 몸을 벌벌 떨었다. 그리고 그 순간, 무사 하나가 더 집무실에 다급히 들어왔다.

"큰일 났습니다!"

"또 무슨 일이냐!"

"추혼보와 손가장이 전쟁을 시작했습니다!"

천혈문주가 손으로 이마를 턱 짚었다. 대체 이게 무슨 일인가. 갑자기 약속이라도 한 듯 같은 편끼리 전쟁을 시작하다니, 누군가 획책하지 않고서야 이런 일이 가능할 리 없지 않은가.

일은 거기서 끝나지 않았다. 연달아 수하들이 집무실로 달려왔고, 그때마다 전쟁 소식을 알렸다.

천혈문주의 표정이 점점 멍해졌다. 물론 포천회 전체를 생각하면 이번에 전쟁을 하는 곳들은 극히 일부일 뿐이었다. 하지만 작은 것 하나가 큰 것을 무너뜨리는 법이다. 절대 허투루 넘어갈 수 없는 일이었다.

잠시 멍하게 있던 천혈문주는 퍼뜩 정신을 차리고 수하들에게 물었다.

"오대세가는! 오대세가 쪽은 어떻게 되었느냐! 그쪽에 갔던 놈들에게 연락이 왔느냐!"

"아직 없습니다. 그리고 오대세가도 멀쩡합니다."

천혈문주의 얼굴에서 핏기가 싹 가셨다.

"그, 그럴 리가 없다. 다시 알아봐라! 어서!"

수하들이 후다닥 밖으로 튀어 나갔다. 천혈문주의 눈에 어린 살기를 읽었기 때문이다. 이럴 때 괜히 머뭇거리다가는 대번에 목이 잘린다.

천혈문주는 밖으로 도망치는 수하들을 노려보다가 이내 털썩 주저앉았다.

믿을 수가 없었다. 암천회에서 심혈을 기울여 키운 무사들이 고작 오대세가에 당할 리가 없었다. 천혈문주는 불안하기 그지없었지만 그래도 그들의 생존만큼은 굳게 믿었다. 아니, 믿고 싶었다.

"후우. 일단 대비는 해 둬야겠군."

천혈문주가 포천회의 부회주 자리에 앉으면서 가장 중요하게 받은 임무가 바로 포천회를 세상에 공표하는 것이었다. 기반은 이미 만들어져 있다. 그저 알리기만 하면 된다. 한데 그 간단한 일이 계속 지연되고 있으니 답답했다.

"총관을 불러라!"

천혈문주의 명이 떨어지자, 잠시 후, 총관이 허겁지겁 달려
왔다. 분위기가 안 좋다는 걸 알기에 최대한 거슬려선 안 된
다. 천혈문주가 수틀릴 때마다 죽이는 사람에 총관이 포함되
지 말란 법은 없었으니까.

"부르셨습니까!"

"개파대전을 준비해라."

천혈문주의 말에 총관의 눈이 화등잔만 해졌다.

"하지만 아직 준비가……."

"대충 마무리해. 지금은 우선 저지를 때다. 더 늦어지면 너
나 나나 살기 어려워져."

총관은 한숨을 푹 내쉬고는 다 이해한다는 표정으로 고개
를 끄덕였다.

"최대한 빨리 준비하겠습니다."

"준비되면 보고하지 말고 즉시 시행해."

"알겠습니다."

총관이 공손히 인사하고 나가자, 천혈문주는 굳은 표정으
로 걸어가 벽장을 열었다. 그리고 그 안에 있던 전서구 한 마
리를 꺼냈다.

전서구의 다리에 서찰 하나를 묶은 천혈문주는 그것을 하
늘 높이 날렸다. 푸드득 소리와 함께 전서구가 빠르게 어딘가
로 날아갔다.

천혈문주는 멀어져 가는 전서구를 바라보며 차갑게 웃었

다.

"일단 될 때까지 밀어붙여야지."

그날 암천회에 속한 다섯 개 타격조가 일제히 움직였다.

*　　*　　*

포천회는 조직 간의 전쟁을 서둘러 마무리 지었다. 각 조직 사이에 알력이 생겨났고, 불화가 커졌지만 일단 강제로 마무리하는 데에는 아무 문제가 없었다.

하지만 그 와중에 포천회에 자금을 대 주던 대여섯 개의 상단이 몰락하는 걸 막을 수 없었다.

그리고 오대세가와 암천회의 싸움은 진창에 빠져들었다.

처음에는 암천회의 행사가 워낙 은밀해서 오대세가가 정신 없이 밀렸지만, 결국은 오대세가도 함정을 파는 등 여러 방법을 모색해서 암천회에 끊임없이 피해를 강요했다.

그리고 금향각은 그런 포천회의 빈틈을 여지없이 파고들었다.

"작전이 끝났어요."

"어때? 성과가 좀 있어?"

금철휘가 기대감 어린 눈으로 쳐다보자, 화예지의 눈이 곱게 휘었다.

"포천회 내부로 세작을 넣는 데 성공했어요."

"잘했군. 포천회를 우습게보면 안 된다는 거, 알지?"

"물론이에요. 최고의 요원들 중에서도 최고로만 뽑아서 보냈어요."

"좋아. 포천회가 무슨 짓을 하려는지 하나도 놓치지 마."

금철휘는 그렇게 말하면서도 사실 크게 기대하지는 않았다. 포천회는 수십 년 동안 숨어서 천하를 뒤엎을 준비를 해 온 놈들이다. 그리 쉽게 그 실체를 밝혀낼 수 있을 리 없었다.

"벌써 성과가 조금 있어요."

"뭐? 벌써?"

금철휘의 눈이 살짝 커졌다. 설마 이렇게 빨리 성과가 나올 줄은 몰랐다.

화예지는 그럴 줄 알았다는 듯 생긋 웃으며 말을 이었다.

"포천회가 개파대전을 준비하고 있어요."

"개파대전?"

금철휘는 정말로 놀랐다. 이렇게 천하에 스스로의 존재를 공표할 거면 그동안 왜 숨어 지냈단 말인가.

"이름도 포천회 그대로?"

"예. 목표도 천하를 아우르는 걸로 공표할 계획인가 봐요."

"그래서 살아남을 수 있겠어?"

"아시잖아요. 포천회의 힘."

"하긴."

금철휘가 고개를 끄덕였다. 포천회의 하부 조직들만 해도 거의 오대세가에 맞먹는 힘을 가지고 있다. 이번에 금철휘가 습격하고 싸움을 붙인 조직들이 다 포천회의 하부 조직들 아닌가.

포천회가 마음먹으면 오대세가는 물론이고 무림맹과 혈무련까지 한꺼번에 상대할 수도 있을 것이다.

"그나저나 이놈들 돈이 많긴 많은가 보네. 그 일을 겪고도 개파대전을 준비할 정도면."

"음지에서 수십 년 동안 힘을 쌓아 왔으니 그쯤이야 일도 아니겠지요."

"아무래도 더 바짝 말려야겠어."

금철휘가 손가락으로 탁자를 톡톡 두드리며 생각에 잠겼다. 화예지는 옆에서 조용히 앉아 그런 금철휘를 바라보며 기다렸다. 그녀의 눈빛이 아름답게 반짝였다.

"좋아. 일단 포천회에 침투한 세작들한테 지시를 내려. 돈줄 위주로 작업을 하라고."

"돈줄이요?"

"최대한 돈을 말려야겠어. 일단 굵직굵직한 것들 몇 개 없애 버리면 나머지는 무리하다가 자연스럽게 수면 위로 드러나겠지."

확실히 괜찮은 방법이다. 제대로 돈줄을 파악할 수만 있다면 말이다. 화예지는 심각한 얼굴로 고민에 잠겼다. 과연 그들이 그걸 알아낼 수 있을까?

"뭘 고민해? 그저 상단 이름만 알아내면 되는데. 그 정도야 얼마든지 가능하잖아."

"그야 그렇죠."

포천회가 상단에 어떤 도움을 주고 있는지 알아내는 건 상당히 어려운 일이다. 포천회의 힘과 능력을 제대로 파악해야만 얻을 수 있는 정보이기 때문이다. 하지만 상단의 이름만 알아내는 건 그리 어렵지 않다.

더구나 포천회는 곧 개파대전을 연다. 그 말은 곧 포천회가 세상에 드러난다는 뜻이다. 포천회의 일거수일투족을 관찰할 수 있는 여지가 훨씬 더 늘어난다는 뜻이었다.

"느긋하게 가자고, 느긋하게. 아직 시간은 많으니까."

"예."

화예지가 부드럽게 웃으며 금철휘를 바라봤다. 금철휘가 이 말을 왜 하는지 짐작하기에 마음이 더 포근해졌다.

*   *   *

포천회의 비밀조직 중 대부분은 부회주로부터 내려온 명령을 받아들여 자중했다. 전쟁을 멈췄고, 내실을 다지기 위한 준비를 시작했다.

하지만 두천방과 대호문은 다른 조직들과 조금 다른 길을 선택했다.

대호문주는 거대한 검을 이리저리 휘두르며 눈을 빛냈다.

"오늘 두천방을 완전히 끝장낸다."

대호문주의 말에 연무장에 도열한 문도들의 몸에서 칼날 같은 기세가 일제히 뿜어져 나왔다.

대호문주는 자신 있었다. 최근 두천방과 싸워 보면서 확실히 느꼈다. 두천방이나 대호문이나 비슷한 전력을 가지고 있다고 말이다.

그렇다면 먼저 나서서 기습을 하는 쪽이 월등히 유리하기 마련이다. 대호문주가 이렇게 급히 나서려는 이유는 바로 그것이었다.

'두천방은 아마. 회의 명령을 이행하기 위해 자중하고 있겠지. 우리의 기습을 전혀 예상치 못할 게 분명해.'

대호문주는 연무장에 도열한 문도들을 쭉 둘러봤다. 있는 전력 없는 전력 싹 모았다. 이들 중 핵심 전력은 은밀히 이동해 기습할 것이고, 나머지는 그 이후 두천방을 완전히 쓸어버리기 위해 공격할 것이다.

"완벽하군. 좋아. 가자."

대호문주의 명령에 무사들이 더욱 날카로워진 기세를 내뿜으며 소리 없이 이동을 시작했다.

*　　　*　　　*

　대호문도들이 움직이는 모습을 멀리서 지켜보는 사람들이 있었다. 금철휘와 네 명의 여인들이었다.

　"정말로 우르르 몰려가네요? 이제 어쩌죠?"

　금철휘는 자신의 옆에 거의 닿을 듯 바짝 붙어서 말을 꺼낸 화영을 슬쩍 쳐다보며 눈살을 찌푸렸다. 그냥 화예지만 데리고 올 생각이었는데, 어떻게 알았는지 나머지 세 명이 따라붙은 것이다.

　금철휘는 대답 대신 손을 획획 내저었다.

　그 의미를 알아챈 화영이 입술을 삐죽였다. 하지만 절대 멀어지지는 않았다. 어떻게 차지한 자리인데 버린단 말인가. 어떻게든 끝까지 붙어 있을 작정이었다.

　금철휘가 막 뭐라고 말을 하려는 찰나, 나머지 여인들이 움직였다. 그것을 느낀 금철휘가 슬쩍 시선을 돌려 쳐다봤다. 다들 재빨랐지만 그중 가장 빠른 것은 단연 백검화였다. 결국 금철휘의 남은 옆자리 하나는 백검화의 차지가 되었다.

　금철휘는 그 사이에 서서 고개를 몇 번 젓고는 한 발 앞으로 걸었다. 당연히 나머지 여인들이 따라가려 했다. 하지만 그렇게 할 수 없었다. 금철휘의 모습이 그대로 사라진 것이다.

　"아……!"

　다들 안타까운 한숨을 흘렸다. 아무도 금철휘의 모습을

좇지 못했다. 백검화조차도.

"정말…… 종잡을 수가 없는 분이네."

백검화의 중얼거림에 다들 고개를 끄덕였다. 딱 그 말 그 대로였다. 이런 미인 네 명이 달려드는데 도망을 가다니. 그냥 몽땅 취하면 될 것 아닌가.

"부인도 둘이나 있는 남자를 대체 내가 왜 좇아다니고 있는 건지 모르겠어요. 쳇."

다들 또 공감한다는 듯 고개를 끄덕였다.

"이미 늦었어."

벌써 마음을 빼앗겨 버렸다. 그리고 마음을 빼앗긴 이상 다시는 돌이킬 수 없었다. 네 여인의 눈이 아련함으로 물들었다.

금철휘는 대호문도들을 조용히 따라갔다. 누구도 금철휘가 자신들의 뒤를 따른다는 사실을 알아차리지 못했다. 그 정도로 은밀했다.

'가만있자, 두천방의 전력을 생각하면 이대로 기습당하면 거의 궤멸에 가까운 타격을 받을 텐데…….'

결론은 간단했다. 미리 두천방에 이 사실을 알리면 된다. 대호문과 두천방이 싸우는 건 금철휘로서는 권장해 주고 싶은 일 아닌가.

금철휘의 이동속도가 훨씬 빨라졌다. 금철휘는 대호문도들을 훌쩍 지나쳐 두천방이 있는 방향으로 사라져 갔다. 대호문도들은 아무도 그 사실을 몰랐다.

*   *   *

"두천방과 대호문이 완전히 무너졌습니다."

총관의 보고를 받은 천혈문주의 표정이 급격히 어두워졌다. 그리고 이내 그의 눈에 분노가 일렁였다.

"그놈들 설마 서로 전쟁을 한 건 아니겠지?"

총관이 대답하지 못하니 천혈문주의 눈에 불길이 확 일어났다.

"내 말이 우스웠다, 이거로군. 그냥 넘어갈 수 없지. 살아남은 놈들을 몽땅 잡아 와!"

총관이 쓴웃음을 지으며 대답했다.

"생존자가 한 명도 없습니다."

"뭐? 한 명도 살아나지 못했다고? 그게 말이 되느냐?"

"사실입니다."

총관은 그렇게 말하고는 심각한 표정으로 설명을 덧붙였다.

"먼저 기습을 한 것은 대호문입니다. 그리고 두천방이 미리 그 사실을 알고 준비를 한 모양입니다."

"기습?"

천혈문주는 어이가 없었다. 기습이라니. 이건 정말로 자신의 명령을 완전히 무시한 것 아닌가.

"한데 아무리 그래도 그렇지, 한 명도 살아남지 못했다고?"

천혈문주가 이해할 수 없다는 듯 총관을 쳐다보자, 총관이 굳은 표정으로 입을 열었다.

"아무래도 다른 세력이 개입한 듯합니다."

"다른 세력?"

천혈문주의 눈이 화등잔만 해졌다. 다른 세력이라니. 대체 어떤 놈들이 끼어들었단 말인가. 아니, 대호문이나 두천방을 노렸다면 그에 합당한 이유가 있을 것 아닌가.

"아무래도…… 대호문이나 두천방이 우리 포천회의 비밀조직이라는 사실을 누군가 알아챈 것 같습니다."

"말도 안 되는 소리!"

그건 정말로 말이 안 된다. 그런 의심을 피하기 위해 얼마나 많은 대비를 했는지 모른다. 심지어 그들에게 재정적인 지원을 하는 것도 엄청나게 조심했다.

물론 조금씩 그들의 힘에 대한 소문이 새 나갈 수는 있다. 하지만 그들의 뒤에 어떤 거대 세력이 있다는 사실은 누구도 알아챌 수 없을 거라 확신했다.

"가능성이 높습니다."

"어떤 놈이 그걸 알아차렸단 말이냐?"

"조사 중입니다."

천혈문주의 표정이 차가워졌다. 하나도 확실한 게 없다. 이런 걸 보고라고 하고 있으니 당장 목을 쳐 버려도 시원치 않을 것 같았다. 하지만 일단 한 번은 참았다.

총관은 제법 뛰어난 인재였다. 이런 인재를 쳐내면 그 틈을 메우기 위해 또 시간을 써야만 한다.

'쯧. 차라리 죽였다가 되살리면 편할 텐데.'

정말 괜찮은 인재라면 포천회주가 직접 그 일을 주관해서 생명을 빼앗았다가 되돌려 준다. 그리고 그는 죽기 싫으면 영원히 포천회를 위해 일해야만 한다.

예전 천혈문에서 되살린 몇몇이 바로 그러했다. 그리고 천혈문주는 포천회주가 자신들에게도 비밀로 하며 새로운 사람들을 죽였다가 되살리고 있다는 사실을 알고 있었다. 아니, 아는 게 아니라 그저 눈치를 챈 것뿐이었다.

'하지만 확실하지.'

천혈문주는 확신했다. 포천회주는 충분히 그러고도 남을 사람이었다. 어쩌면 그렇게 되살린 놈들도 그 혈룡귀갑대주의 강시를 위한 재물일지도 모르지만 말이다.

"후우. 일단 그놈들에 대해서는 잊어라. 개파대전이 먼저다. 거기에 모든 힘을 기울여."

"알겠습니다."

총관이 서둘러 물러가자, 천혈문주의 인상이 사정없이 일그러졌다.

"아무래도 조직 정비를 좀 해야겠어. 포천회를 우습게 알아도 너무 우습게 아는군."

천혈문주의 몸에서 진득한 살기가 흘러나왔다.

제6장
개파대전

무림맹주 검성 만호유는 흥미로운 눈으로 서찰을 읽었다.
그리고는 서찰을 가져온 군사 제갈환을 바라봤다.

"포천회라니, 이름 한번 광오하군."

"어쩌시겠습니까?"

"어쩌긴 뭘 어쩐단 말인가."

제갈환이 어색하게 웃으며 고개를 끄덕였다.

"확실히 맹주님께서 이런 초대에 응하시는 건 체면이……."

"아니, 참석하겠네."

"예?"

제갈환이 놀란 눈으로 만호유를 바라봤다.

"하지만……."

만호유가 빙긋 웃으며 서찰을 내밀었다.

"이 서찰 읽어 봤나?"

"읽어 보긴 했습니다만……."

"그런데도 아무 느낌이 없단 말인가?"

"예? 그게 무슨……."

제갈환은 만호유의 말에 다시 한 번 서찰을 읽었다. 이번에는 찬찬히 시간을 들여 글자 하나하나에 집중했다. 혹시라도 자신이 뭔가 놓친 것이 없나 의아했던 것이다.

그렇게 서찰을 읽으며 제갈환은 연신 고개를 갸웃거렸다. 아무리 봐도 별다른 특이점은 찾을 수 없었다.

'맹주께서는 대체 왜 이런 서찰에…….'

순간 제갈환의 눈이 살짝 켜졌다. 그리고 이마에서 식은땀이 흘렀다.

'이, 이건……!'

제갈환은 서찰에서 눈을 뗄 수가 없었다. 이제 그만 읽고 싶었지만 그럴 수가 없었다. 마치 서찰을 쓴 글자 하나하나의 획이 자신을 공격하는 듯했다.

'이건…… 검초!'

획 하나하나가 초식이 되어 자신을 공격했다. 제갈환은 그 초식들을 단 하나도 피할 수 없었다. 온몸을 글자의 획이 난자했다.

촤악!

제갈환은 찢어진 서찰을 양손에 들고 숨을 몰아쉬었다.

"허억! 허억!"

손날로 서찰을 둘로 쪼개 버린 만호유가 깊은 눈으로 제갈환을 바라보며 말했다.

"이제 알겠나? 내가 왜 가 보려 하는지."

제갈환은 숨을 헐떡이느라 대답할 수 없었다. 그저 고개만 몇 번 끄덕였다. 지금 당장은 그게 그가 할 수 있는 전부였다.

"정말 재미있군. 새로운 강자가 등장했어."

만호유는 이 서찰을 쓴 자가 최소한 자신에게 버금갈 거라여겼다. 그 정도 강자는 이제 혈무련주 외에는 없다고 생각했는데, 새로운 인물이 등장한 것이다.

"포천회라…… 과연 그런 광오한 이름을 쓸 자격이 있는지 내가 확실히 봐 주지."

만호유의 깊은 눈이 일순 날카롭게 번득였다.

*　　　*　　　*

포천회가 문을 연다는 소문은 빠르게 번져 나갔다. 포천회는 대부분의 문파에 소식을 넣었다. 또한 수많은 상단들도 초청했다. 그야말로 어마어마한 규모의 개파대전을 준비 중이었다.

그리고 그렇게 초청 서신을 받은 자들 중에는 금룡장주도 포함되어 있었다.

"또 제가 가라고요?"

"그래. 이젠 너도 다들 인정하는 후계자 아니더냐. 응당 네가 가야지."

"뭐, 그러죠."

금철휘가 너무 흔쾌히 대답하자, 금일청은 오히려 당황했다. 예전의 아들이라면 뺄 만큼 뺀 뒤에야 고개를 끄덕일 것 같은데, 이렇게 단박에 허락을 하다니 뭔가가 이상했다.

"의외로구나. 이렇게 쉽게 수긍을 하다니."

"뭐가 이상합니까? 응당 제가 가야 한다면서요. 그럼 가야죠."

금일청이 의심스러운 눈으로 금철휘를 보다가 슬쩍 말을 꺼냈다.

"하면, 이제 슬슬 내가 물러나도……."

"이만 가 보겠습니다."

금철휘가 벌떡 일어나 금일청의 뒷말은 듣지도 않고 휑하니 가 버렸다. 어느새 금일청 앞에 놓여 있던 서찰도 사라져 있었다. 금철휘가 가져간 것이다.

"허허. 이것 참……."

이러니 더 의심스럽지 않은가. 하지만 이내 금일청의 의심스런 눈초리는 걱정으로 바뀌었다. 금일청도 포천회가 어떤 곳인지 알고 있다. 그래서 더 걱정이었다.

"어쨌든 개파대전을 하면서 허튼짓을 하지는 않겠지만……."

포천회 때문에 금룡장이 무너질 뻔한 적이 몇 번이던가. 그 모든 일을 알고 있기에 더 걱정스러웠다. 하지만 아무리 포천회가 막 나간다 하더라도 개파대전을 하면서 이상한 짓을 하지는 않을 것이다.

금일청은 일단 그렇게 믿은 후, 다시 일을 시작했다. 아무리 금룡장의 진짜 재산을 아들에게 물려줬다 하더라도, 금룡장을 허투루 관리할 수는 없었다. 훨씬 더 많은 돈을 물려주고 싶었다.

'이 악물고 일해야지.'

이내 금일청의 눈이 수많은 장부들을 헤집기 시작했다.

"또 장원을 비우시는 거예요?"

백검화의 물음에 금철휘가 고개를 끄덕였다.

"뭐, 그렇게 됐어. 이런 기회가 흔치 않잖아. 포천회를 직접 살필 수 있는 기회인데."

"위험한 일을 생각하시는 건 아니죠? 아무리 공자님이 대단하시다고 하지만 혼자서 포천회를 상대하시는 건 힘들어요."

"걱정하지 마. 나도 그런 무식한 짓은 안 할 테니까."

솔직히 말하면 금철휘는 혼자서 다 뒤집어엎고 싶었다. 왠지 할 수 있을 것 같았다. 천령신공의 일곱 번째 단계에 올라선 이후 자신감이 부쩍 늘어났다.

'단계만 올라간 게 아니라, 그 깊이 자체가 완전히 달라진 느낌이야.'

천령신공은 정말로 굉장했다. 과연 자신이 이런 걸 어떻게 만들 수 있었는지 이해할 수 없을 정도였다. 아니, 지금 생각하면 우연에 우연이 중첩되어서 만들어진 게 아닐까 하는 느낌이 들었다.

'그저 가능성을 위한 공부일 뿐이었는데, 어느새 이렇게 되었으니……'

천령신공은 처음 만들어졌을 때는 완전치 않았다. 금철휘가 어떤 깨달음을 얻고 단계를 밟아 나가면서 계속 조절하고 만들어 나갔다. 어떻게 보면 자신의 몸을 대상으로 실험을 하며 만든 무공이었다.

한데 이제는 자신조차 가늠할 수 없을 정도의 무공이 되었다. 물론 무공 자체는 이제 완전하다. 금철휘는 그렇게 확신했다. 일곱 번째 단계에 올라서며 그 확신이 더욱 깊어졌다.

"아무튼 이번에는 저도 함께 갈 거예요."

백검화의 단호한 말에 함께 있던 세 여인이 동시에 외쳤다.

"저도요!"

"저도 갈 거예요!"

"말리지 마세요!"

금철휘는 귀찮다는 듯 손을 휘휘 저었다.

"오든지 말든지."

금철휘의 태도에 한 번쯤 발끈할 법도 하건만, 네 여인은 아무렇지도 않다는 듯 생글생글 웃기만 했다. 함께 어딘가로 갈 수 있다는 사실 자체에 기분이 좋은 것이다.

"참, 공자님."

화예지가 슬그머니 금철휘 옆에 붙으며 말을 걸었다. 금철휘는 귀찮음이 잔뜩 묻어나는 얼굴로 화예지에게 슬쩍 시선을 주었다.

대답조차 하지 않았지만 화예지는 전혀 아랑곳하지 않고 말을 이었다.

"보여 드리고 싶은 게 있어요."

"뭔데?"

"와 보시면 알아요."

화예지는 그렇게 말하며 금철휘의 팔을 휘감고 살짝 끌어당겼다.

금철휘는 팔에 힘을 딱 주고 버티며 물었다.

"꼭 봐야 돼?"

"아마 절대 후회하지 않으실 거예요."

"그래?"

금철휘의 얼굴에 고민이 살짝 어렸다. 굳이 갈 필요가 있을까 하는 마음과 호기심이 적절히 어우러진 표정이었다.

"공자님께서 제게 부탁하셨던 일이기도 해요."

"내가 부탁을 했다고?"

금철휘가 잠시 생각에 잠겼다. 하지만 아무리 생각해도 그게 뭔지 떠오르지 않았다. 아니, 부탁한 일 자체가 없었다. 포천회의 개파대전에 대해 좀 알아봐 달라고 지시를 내렸지만, 그에 대해서는 이미 보고를 받았다.

"갑자기 궁금하게 만드네. 좋아. 가자."

금철휘가 돌아서자, 화예지의 표정이 환해졌다. 그녀의 얼굴에 어린 확신이 나머지 세 여인을 조금 불안하게 만들었다.

"이리 오세요."

화예지는 여전히 금철휘의 팔을 휘감은 채로 그를 안내했다. 금철휘는 화예지가 이끄는 대로 발걸음을 옮겼다.

그리고 세 여인이 그 뒤를 조용히 따랐다.

화예지가 금철휘를 데리고 간 곳은 항주 외곽에 있는 장원이었다. 그리 크지는 않지만 관리가 제법 잘 되어 깔끔했다.

금철휘는 장원 앞에 서서 고개를 갸웃거렸다. 장원에는 백명이나 되는 사내들이 있었다. 금철휘의 감각은 이미 이런 작은 장원 정도는 순식간에 파악할 정도로 발전해 있었다.

"안에 사람이 백 명이나 있으면서 여자는 하나도 없네? 좀특이한데?"

"어머, 아셨어요? 역시 공자님이세요."

화예지가 깜짝 놀라며 감탄했다. 아무리 기감이 뛰어나다 하더라도 장원 안에 남자만 있는지, 또 몇 명이나 있는지 알아내는 건 결코 쉬운 일이 아니었다.

"일단 들어오세요."

화예지가 배시시 웃으며 금철휘를 장원 안으로 안내했다. 금철휘는 시큰둥한 표정으로 그녀를 따라갔다. 아무리 살펴도 특별한 느낌은 들지 않았다. 그저 백 명이나 되는 사내들이 장원 곳곳에 있을 뿐이었다.

화예지는 일행을 장원의 중심에 위치한 연무장으로 데려갔다. 이 장원은 특이하게도 연무장이 장원의 중심에 있었다. 그리고 연무장을 중심으로 다섯 개의 전각이 빙 둘러 있었다.

화예지를 비롯한 일행이 연무장 앞에 서자, 다섯 개의 전각에서 사내들이 하나둘 나왔다. 그리고 연무장에 도열했다. 움직임은 좀 굼떴지만 눈빛은 하나같이 살아 있었다.

"쟤들은 뭐야?"

금철휘가 눈살을 찌푸리며 묻자, 화예지가 어색하게 웃으며 대답했다.

"제가 모은 사람들이에요."

"모아? 뭘 하려고?"

"공자님께서 원하셨잖아요. 백 명."

"뭐?"

금철휘는 황당한 눈으로 화예지를 쳐다봤다. 순식간에 기억을 더듬어 가던 금철휘는 오래전 그녀에게 지나가듯 던진 말을 떠올릴 수 있었다.

예전 혈룡귀갑대에 대한 향수 때문에 지나가듯 백 명만 모으라고 했다가 고개를 저은 적이 있었다. 어차피 포기했기에 지금껏 잊고 있었는데, 화예지는 끝까지 그것을 마음에 둔 것이다.

"필요 없다고 했잖아. 이런 애들 모아 봐야……."

화예지의 표정이 금세 침울해졌다. 그것을 본 금철휘가 한숨을 푹 내쉬었다.

"설명이나 해 봐. 그냥 아무나 모은 건 아니지?"

화예지의 표정이 금세 살아났다.

"그럼요. 일단 다들 나이가 똑같아요. 체격 조건도 똑같고요. 체질까지 조사해서 최대한 똑같게 준비했어요."

화예지의 설명을 들은 금철휘의 표정이 살짝 묘해졌다.

"그리고?"

"그리고 일단 어떤 일에 필요할지 몰라서 무공은 전혀 익히지 않은 사람들로만 준비했어요. 아주 기초적인 토납법만 꾸준히 수련하고 있답니다."

"호오. 그래?"

금철휘의 눈에 금세 호기심이 어렸다. 사실 화예지는 전혀 모르고 있겠지만, 방금 전 그녀가 한 말은 예전 혈룡귀갑대와 상당 부분 비슷했다.

혈룡귀갑대 역시 다들 나이가 같았고, 체질도 비슷했다. 또한 체격도 비슷했다. 다른 건 성격뿐이었다. 그리고 각자 좋아하고 잘하는 무공의 종류 역시 그런 성격에 따라 달랐다.

만일 무공을 체격 조건이나 체질로 정했다면 다들 똑같은 무공을 익혔을 것이다.

"그리고 제일 중요한 건 바로 이거예요."

화예지는 그렇게 말하고는 도열한 백 명의 사내들을 바라봤다. 사내들의 눈이 기대감으로 번득였다.

"이분이 바로 그분이에요."

화예지의 말이 떨어지기 무섭게 백 명의 사내들이 일제히 금철휘를 바라봤다. 그리고 타는 듯한 열망이 어린 눈으로 즉시 포권을 취하며 한쪽 무릎을 꿇었다. 그들은 깊이 고개를 숙이며 동시에 외쳤다.

"주군을 뵙습니다!"

금철휘가 황당한 눈으로 사내들을 쳐다보다가 화예지에게로 시선을 돌렸다. 설명을 요구하는 표정으로 말이다.

"앞으로 이들을 어떻게 쓰든 다 공자님 마음대로예요. 백 명이나 모으느라 애 좀 먹었답니다."

화예지가 예쁘게 웃었다. 그녀의 표정에 어린 확신을 보건대, 이들은 절대 배신 같은 건 생각도 안 할 사람들이 분명했다.

'성격도 다들 비슷한 건가? 이건 혈룡귀갑대보다 더 심한데?'

신의를 주면 신의로 갚는 사람들을 백 명이나 모은 것이다. 아마 화예지가 이들에게 쏟은 공은 이루 말할 수 없을 정도로 많을 것이다.

타오르는 듯한 눈으로 자신을 바라보는 백 명의 사내들을 가만히 보고 있자니, 절로 감상에 빠졌다. 추억에 빠졌다. 마치 수십 년 전으로 돌아간 듯한 기분이 들었다. 그때도 다들 저런 눈빛으로 자신을 바라보고 있었다.

'뭐, 이 정도로 충성심을 내보이지는 않았지만.'

금철휘는 천령신공을 익히고 있기에 이들이 지금 진심인지 아닌지 충분히 알아볼 능력이 있었다. 이렇게 감정이 들끓는 상황이라면 그것이 고스란히 기운에 실리기 마련이다.

이들은 전부 진심이었다. 마음 깊은 곳에서 우러나는 충성심으로 금철휘를 대하고 있었다. 그래서 더 놀라웠다. 이런 사람들을 백 명이나 모았다니 화예지가 얼마나 대단한 능력을 가졌는지, 또 얼마나 애썼는지 충분히 알 수 있었다.

금철휘는 천령신공을 일으켜 백 명의 사내들을 하나하나 자세히 살폈다. 과연 그들에게 어떤 무공이 어울릴지, 또 정말로 혈룡귀갑대처럼 만들어도 될지를 확인했다.

'제법이로군.'

썩 괜찮았다. 다들 자질도 상당한 듯했다. 그러니 고작 백 명 모으는데 그렇게 오랜 시간이 걸린 것 아니겠는가.

"좋아. 다들 내가 거두지."

금철휘의 말이 떨어지자, 백 명의 사내들이 희열에 잠겼다.

그들은 상당한 시간 동안 주군을 기다려 왔다. 하루가 일 년 같았다. 하는 일은 간단한 토납법뿐이었다. 그리고 기초적인 체력을 키우는 것이 전부였다.

그런 단순한 생활을 몇 달이 넘게 하면서 오로지 주군만 기다렸으니 그런 열망이 생기는 게 당연했다.

"당분간 거처는 여기로 하지. 내가 요구하는 기준에 한 사람이라도 못 미치면 절대 못 나가는 걸 명심하도록."

금철휘의 말에 다들 긴장했다. 한 사람이라도 낙오되면 몽땅 버리겠다는 소리로 들렸다. 얼마나 기대했는데 그럴 수는 없지 않겠는가.

"일단 몸부터 만들어 보자고. 힘들면 언제든 그만둬도 좋아. 난 강요하지 않을 테니까."

물론 한 사람이라도 그만두면 모두를 버릴 작정으로 한 말이었다. 금철휘는 사실 굳이 이렇게 혈룡귀갑대를 다시 만들 필요도 이유도 없었다.

'추억 놀음이지.'

어떻게 보면 정말로 쓸데없는 짓을 하는 걸 수도 있다. 하지만 그래도 즐거웠다. 그리고 설레었다. 물론 이들이 예전 혈룡귀갑대처럼 강해질 거라고는 생각하지 않았다. 하지만 제법 굉장한 수준으로 이끌어 주는 건 가능했다.

'천령신공을 정말로 본격적으로 써먹어 볼 수 있겠군.'

금철휘는 최근 천령신공의 일곱 번째 단계에 오르면서 다른 단계의 수준이 예전과는 비교도 할 수 없을 정도로 깊어졌다. 그래서 새로운 쓰임새를 속속 발견하고 개발해냈다.

'잘하면 예전 혈룡귀갑대만큼이나 세상을 놀라게 할 수 있을지도 모르겠는데?'

문제는 이들이 얼마나 성심껏 쫓아오느냐 하는 것이었다. 아마 엄청나게 고통스럽고 힘들 것이다. 그걸 다 참아내면서 끝까지 붙어 있을 것인가가 관건이었다.

'지금 딱 보니까 다 따라올 것 같긴 한데……'

금철휘는 기대감 어린 눈으로 백 명의 사내들을 둘러봤다. 그리고 시선을 돌려 눈을 반짝이며 상황을 지켜보고 있는 네 명의 여인들을 쳐다봤다.

"너희들은 이제 돌아가."

"예?"

"도, 돌아가라고요?"

"왜요?"

금철휘의 표정이 살짝 굳어졌다. 그러자 네 여인이 즉시 대답했다.

"지금 갈게요."

"공자님 보고 싶어서 어떻게 해요?"

"금방 찾아 주실 거죠?"

"저희 버리고 가시면 안 돼요."

금철휘는 한숨과 함께 고개를 절레절레 저었다. 그리고 손을 밖으로 휘휘 내저었다.

네 여인들은 아쉬운 눈빛으로 금철휘에게서 시선을 떼지 못했다. 하지만 그녀들은 금철휘의 굳은 표정을 풀기 위해 발걸음을 옮길 수밖에 없었다.

"웃어 주기라도 하시면 좋을 텐데……."

네 여인이 우르르 사라지자, 금철휘는 그제야 좀 더 사내들에게 집중할 수 있었다.

금철휘는 사내들 틈으로 저벅저벅 걸어갔다. 그렇게 연무장 중심에 선 다음 천령신공을 이용해 주변의 기운을 마구 끌어들였다.

막대한 기의 유동이 일어났다. 항주 전역에 있던 기운이 모조리 금철휘에게 끌려왔다. 물론 항주 바깥에 있던 기운들이 다시 그 빈자리를 채웠지만 말이다.

금철휘는 그렇게 모은 기운을 장원에 일시적으로 가둔 다음, 손을 휘저었다. 연무장 밖에 있던 돌이나 나뭇가지들이 우수수 날아왔다.

돌과 나뭇가지들이 금철휘의 손짓에 따라 연무장 주변에 퍽퍽 박혔다. 수백 개의 나뭇가지가 반쯤 땅에 박힌 채 세워졌고, 돌멩이들은 나뭇가지를 중심으로 기이한 문양을 이루며 땅을 파고들었다.

"됐군."

금철휘의 말에 사내들이 주위를 두리번거렸다. 하지만 아무 것도 달라진 게 없었다. 사실 그들은 내심 뭔가를 기대했다. 금철휘가 하는 양을 보면 진을 설치하는 것 같았기 때문이다.

하지만 결과적으로 나뭇가지만 잔뜩 세워져 다니기만 불편해졌지 바뀐 게 하나도 없자, 고개를 갸웃거렸다. 하지만 수백 개의 돌과 나뭇가지를 손짓만으로 움직이는 것 하나만으로도 충분히 놀랄 만했다.

사내들은 놀람이 채 가시지 않은 눈으로 금철휘를 바라봤다. 그들의 눈에 어린 열망과 기대감에 금철휘는 고개를 끄덕이며 말했다.

"일단 이걸 익혀라."

금철휘가 품에서 책자 하나를 꺼내 던졌다. 사내들은 그것을 받아 한 명씩 돌아가며 찬찬히 읽었다. 제법 머리도 좋아서 암기도 빨랐다. 책자가 얇고 내용이 많지 않다는 걸 감안해도 상당히 빠른 속도였다.

"내가 다시 돌아올 때까지 어느 정도의 성취를 이루었느냐에 따라 향후 행보가 정해질 거다."

금철휘의 말에 다들 눈을 빛냈다. 사실 무공에 대해서는 잘 모른다. 하지만 금철휘가 준 무공이 대단하다는 건 짐작할 수 있었다.

"내가 생각한 기준에 못 미치면."

좌중에 긴장감이 흘렀다. 모두 눈 한 번 깜빡이지 않고 금철휘를 바라봤다.

"딱 거기까지다."

금철휘는 그 말을 마지막으로 돌아섰다. 사내들은 금철휘가 한 말의 의미를 곱씹으며 굳은 표정을 지었다.

그리고 저마다 그 자리에서 가부좌를 틀었다. 구결은 머릿속에 한 자도 빠짐없이 새겨졌다. 이제는 그것을 자신의 것으로 만드는 일만 남았다.

금철휘가 전해 준 무공은 말 그대로 몸을 만드는 신공이었다. 또한 혈룡귀갑대가 가장 처음에 익힌 무공이기도 했다. 물론 그때와는 많이 달랐다. 지속적으로 무공을 수정하고 보완했기 때문이다.

더구나 최근 금철휘에 의해 천령신공의 공능이 덧붙여져 훨씬 대단한 무공으로 변해 버렸다.

신체를 바꿔 주고, 내공의 토대를 만들 수 있는 굉장한 무공이었지만, 성취를 이루기가 어렵다는 단점이 있었다.

이것은 금철휘가 이들에게 내린 시험이었다. 이조차 통과하지 못한다면 더 이상 기대할 게 아무것도 없다는 뜻이기도 했다.

사내들은 눈을 지그시 감은 채, 구결에 몰두했다. 일단 구결을 이해하는 게 먼저였다. 그렇게 얻은 것들은 모두가 공유할 것이다. 단 한 명이라도 뒤처져선 안 된다. 그것이 금철휘가 내건 가장 중요하면서도 어려운 조건이었다.

"장사(長沙)라고 했지?"

"예. 호남이니까 조금 서두르셔야 할지도 몰라요."

"그럼 슬슬 출발하는 게 좋겠군."

"마차를 준비시킬까요?"

금철휘는 잠깐 생각하다가 고개를 끄덕였다.

"그게 낫겠군. 오늘 당장 출발하지."

"오늘 당장이요?"

화예지는 깜짝 놀랐다. 하지만 이내 크게 고개를 끄덕이고는 의미심장한 미소를 지었다.

"금방 준비할게요."

화예지의 말이 떨어지기 무섭게 근처에 모습을 숨기고 있던 금향각의 요원들이 사방으로 흩어졌다. 말과 마차를 수배하기 위함이었다.

화예지는 미소를 지울 수가 없었다. 이런 멋진 기회가 왔다는 사실이 너무나 즐거웠다.

"뭐가 그렇게 좋아?"

"공자님과 함께 여행한다고 생각하니 즐거워서 그러죠."

더 정확히는 다른 여인들이 없는 틈을 타 일찍 출발할 수 있어서 즐거운 거였지만, 뭔들 어떠랴.

"아이참. 고작 마차 하나 구하는 데 뭐 이리 오래 걸린담."

화예지의 말에 금철휘가 어이없는 눈으로 쳐다봤다. 마차를 구하기 위해 요원들이 흩어진 지 눈 몇 번 깜빡일 시간밖에 안 지났다. 한데 그 틈에 어떻게 마차를 구하고 말을 준비한단 말인가.

하지만 화예지는 정말로 마음이 급했다. 언제 나머지 세 명의 여인들이 들이닥칠지 알 수 없다. 지금 당장이라도 몰려올 수 있기에 최대한 서둘러 떠나야만 했다.

'일단 떠나기만 하면 못 쫓아오게 하는 것쯤 일도 아니지.'

화예지는 천하의 정보를 장악한 금향각의 각주다. 세 여인이 아무리 대단하다 하더라도 허위 정보를 흘리거나 해서 마차의 방향을 감추는 것쯤 일도 아니었다.

그렇게 얼마나 시간이 지났을까. 떠났던 요원들이 하나둘 돌아왔다.

"준비가 끝났습니다."

"좋았어!"

화예지가 벌떡 일어나며 그 작은 주먹을 꼭 쥐었다. 그녀는 기대감으로 꽉 차서 금철휘를 바라봤다.

금철휘는 피식 웃으며 자리에서 일어났다.

"그래. 가자. 뭐, 나중에 알아서들 하겠지."

금철휘도 대수롭지 않게 여기며 화예지를 따라나섰다. 마차는 가까운 곳에 있었고, 화예지에게는 너무나도 다행스럽게 출발하기 전까지 나머지 여인들은 돌아오지 않았다.

그렇게 항주에서 마차 한 대가 출발했다.

＊　　　＊　　　＊

"뭐? 벌써 떠났다고?"

화영이 깜짝 놀라 외치더니 분개한 표정으로 입술을 깨물었다. 설마 이렇게 뒤통수를 맞을 줄은 몰랐다.

'아니, 내가 바보였어. 충분히 이런 상황이 올 수 있다는 걸 염두에 뒀어야 하는데.'

화영은 자리에서 벌떡 일어나 밖으로 나갔다. 일단 이 사태를 나머지 두 사람에게 알려야만 했다. 만일 자신이 화예지와 같은 입장이었다면 똑같이 행동했겠지만, 일단 일이 이렇게 된 이상, 다른 두 여인과 힘을 모아야만 했다.

화영은 서둘렀지만, 사실 그렇게 서두를 필요도 없었다. 백검화와 한서연 역시 같은 소식을 듣고 한달음에 달려왔기 때문이다.

"소식 들었어?"

한서연의 말에 화영이 비장한 표정으로 고개를 끄덕였다. 그러자 백검화가 단호히 말했다.

"쫓아가야지."

백검화의 표정을 보니 잡히면 화예지를 결코 그냥 두지 않겠다는 의지가 엿보였다. 물론 화영이나 한서연 역시 추호도 그냥 넘어갈 생각은 없었다.

"일단 마차를 타고 간 모양이니까 한번 알아보죠."

화영의 말에 백검화가 고개를 끄덕이고는 한서연을 바라봤다. 한서연 역시 고개를 끄덕였다.

세 사람은 사방으로 흩어져 마차에 대한 수소문을 시작했다. 그리고 그동안 얼마나 금향각에 기대 왔는지를 깨달았다. 정보를 구한다는 건 정말로 어려운 일이었다.

그날 항주에서 떠난 마차의 수는 무려 서른일곱 대였다. 그것도 세 여인이 알아낸 것만 그랬다. 미처 파악하지 못한 마차가 있을 수도 있었다. 게다가 방향도 제각각이라 셋이서 그 모든 길을 확인하는 건 불가능했다.

다시 모인 세 여인은 심각한 표정으로 서로를 바라봤다. 이대로 화예지에게 금철휘를 맡겨 놓고 있을 수는 없었다. 뭔가 조치를 취해야만 했다.

"일단 금향각을 한번 뒤엎을까?"

백검화의 말에 두 여인이 동시에 고개를 저었다. 화예지는 금향각주다. 그런 상황조차 생각하지 않았을 리 없었다. 아마 다들 모르쇠로 일관할 것이다.

그렇다고 힘을 쓸 수도 없다. 금향각은 화예지의 것이지만, 실제로는 금철휘의 것이다. 고작 행방을 알고자 금향각의 일에 차질을 줄 수는 없었다.

"어쩌죠?"

한서연이 안타까운 눈으로 백검화를 바라보며 물었다. 하지만 그녀라고 뾰족한 수가 있을 리 없었다. 그저 고개를 저을 뿐이었다.

결국 화영이 한숨과 함께 입을 열었다.

"하아. 어쩔 수 없네요. 가는 동안은 양보하는 수밖에. 방심한 걸 인정해야죠."

"가는 동안은? 그럼 올 때는?"

"미리 포천회로 가 있으면 되죠. 모르긴 해도 마차보다는 우리가 훨씬 빠를 걸요?"

백검화와 한서연이 동시에 고개를 끄덕였다. 생각해 보니 가서 기다리면 된다. 어차피 금철휘의 목적지는 포천회가 될 테니 말이다.

"가자."

백검화가 옷을 펄럭이며 돌아서서 움직였다. 그러자 한서연과 화영이 그 뒤를 따라 황급히 몸을 날렸다.

세 여인이 항주를 떠날 즈음, 천하 곳곳에서 수많은 사람들이 포천회를 향해 길을 떠났다.

그중에는 무림맹주와 혈무련주도 끼어 있었다. 또한 천하 각지에 있는 유수의 문파에서도 거의 문주나 장로급에 해당하는 인물들이 길을 나섰다.

그렇게 포천회의 개파대전이 하루하루 다가오고 있었다.

제7장
장사로 가는 사람들

　장사로 가는 길은 순조로웠다. 화예지가 사전에 아무런 사건도 벌어지지 않도록 충분히 조치를 취해 뒀기 때문이다. 모든 것이 금향각의 힘이었다.

　화예지의 얼굴에서는 미소가 떠나지 않았다. 그녀는 정말로 행복한 표정으로 금철휘에게서 시선을 떼지 않았다.

　"뭘 그렇게 계속 쳐다봐?"

　결국 금철휘가 살짝 민망해져 핀잔을 줬지만, 그래도 화예지는 그저 싱글벙글이었다.

　"마차가 생각보다 넓죠?"

　화예지의 물음에 금철휘는 대수롭지 않은 표정으로 고개를 끄덕였다. 확실히 마차가 조금 크긴 했다. 급히 구한 마차치고는 상당히 훌륭했다.

화예지는 금철휘가 고개를 끄덕이자마자 냉큼 자리를 옮겼다. 금철휘 옆자리로 말이다. 금철휘가 뜨악한 표정으로 화예지를 쳐다봤다. 하지만 화예지는 전혀 아랑곳하지 않고 금철휘 옆에 바짝 붙었다.

"다 들었어요."

"뭘 들어?"

"공자님이 항주를 떠나 계시는 동안 그 두 여자랑 무슨 짓을 하고 다녔는지 다 들었다고요."

"딱히 짓이라고 말할 정도의 일을 한 기억은 없는데……."

화예지가 금철휘를 바라보며 빙긋 웃었다.

"그럼 그거, 저랑 해도 되겠네요?"

화예지는 그렇게 말함과 동시에 금철휘의 팔을 휘감으며 몸을 기댔다. 그녀의 머리가 금철휘의 어깨에 살며시 놓였다.

금철휘는 깜짝 놀랐지만 피하지는 않았다. 새삼스럽게 이제 와서 이런 걸 거부한다고 뭐가 달라지겠는가. 이젠 그냥 그러려니 할 뿐이었다.

"참, 요즘 유가장은 어때?"

"어떨 것 같아요?"

"글쎄. 별로 안 좋겠지?"

좋을 리가 없다. 두 달 전부터 유가장과 패천보로 보내는 돈을 딱 끊어 버렸다. 양쪽에서 거센 반발이 있었지만 금철휘는 눈 하나 깜짝하지 않았다.

그나마 패천보는 나았다. 예전 금철휘가 합비에서 벌인 일 때문에 뒤늦게라도 정신을 차렸고, 또 남궁세가와 긴밀한 연계를 하며 포천회에 대항할 준비를 했기 때문이다.

반면 유가장은 길길이 날뛰기만 했다. 하지만 그게 전부였다. 유가장이 할 수 있는 일이라고는 소주에 있는 금룡장 산하의 점포들을 괴롭히는 것뿐이었는데, 그조차도 제대로 할 수 없었다.

소주에는 영곤이 있었다. 금철휘의 특명을 받고 파견되었는데, 처음에는 화예지조차 그 목적을 알 수 없었다. 하지만 시간이 지나며 영곤이 사용한 정보망 때문에 화예지도 어렴풋이 목적을 짐작할 수 있었다.

금철휘는 유가장이 어떤 짓을 할지 뻔히 예상했다. 그래서 영곤을 보내 그것을 막도록 지시했다. 영곤은 금철휘의 명을 훌륭하게 이행했다.

처음에는 화풀이를 하려고 날뛰던 유가장도 차츰 이대로는 안 된다는 것을 깨닫고 방향을 선회했다. 어떻게든 혼자 일어서려 애썼다. 하지만 그게 갑자기 될 리 없었다.

지금의 유가장은 딱 그런 상황이었다.

"영곤이 얼마나 많은 정보망을 갖다 썼는지 소주 근방의 정보망에 구멍이 뚫릴 지경이에요."

화예지가 입술을 삐죽이며 투덜거렸다. 하지만 그저 금철휘에게 투정을 한 번 부려 보고 싶어서 한 행동이었다. 그 일에 대해서는 이미 조치가 끝난 뒤였다.

"그놈 아주 제대로 한번 해 먹는군."

금철휘는 그렇게 말하고는 고개를 갸웃거렸다. 영곤을 오랫동안 겪어 본 건 아니지만, 고작 유가장을 견제하고 그들로부터 점포를 보호하고 사람들을 대피시키고 하는 일에 그렇게 많은 요원들을 갖다 쓸 정도로 무능하지 않았다.

아니, 오히려 영곤은 상당히 능력이 뛰어났다. 무공에 대한 재능뿐 아니라, 정보에 대한 재능도 굉장했다. 그랬기에 소주로 보낸 것이다.

한데 그런 일을 벌이고 있다니 살짝 이해가 가지 않았다.

"왜 그러는지 확인은 해 봤어?"

"아뇨. 공자님께서 직접 지시를 내리셨는데 제가 어떻게 따로 확인을 하겠어요?"

금철휘는 의외라는 듯 살짝 놀란 눈으로 화예지를 쳐다봤다. 정보를 다루고 있으니만큼 뭐든 확실히 확인한다고 여겼는데, 막상 자신과 관계된 일에서 그렇게 하지 않았다고 하니 기분이 조금 묘했다.

"그나저나 포천회에 대해서는 얼마나 파악했어?"

"개파대전을 공표하면서 포천회 자체가 많이 드러나 버렸어요. 그 대부분이 예전 우리가 파악한 것들이라서 막상 새로

얻은 건 그리 많지 않아요."

"그래? 그럼 그놈들이 그걸 미리 알고 그런 식으로 대처했을 가능성도 있군."

"아마 그럴 거예요."

"하여튼 보통 놈들이 아니라니까."

"조금만 기다리시면 제가 샅샅이 파악해 드릴게요. 슬슬 길이 보일 거 같으니까요."

"그래. 기대하마. 그래도 무리하지는 마라. 시간은 아직 많으니까."

"예."

화예지는 금철휘의 마음이 보이는 것 같아 더욱 예쁘게 웃었다. 정말로 기분이 좋았다.

"그나저나 산적 하나 나타나지 않다니, 정말로 심심한 여행이야."

"심심하세요?"

"뭐, 조금."

"뭘 그리 심심해하세요? 마차 안에서 할 수 있는 일이 얼마나 많은데."

"마차 안에서 할 수 있는 일?"

화예지가 살짝 부끄럽게 웃으며 고개를 모로 비틀었다.

"남자랑 여자가 단둘이 마차에 있는데 정말 무슨 일을 할 수 있는지 모르시겠어요?"

금철휘가 자신에게 바짝 붙는 화예지를 살짝 밀며 말했다.

"이러는 건 화영이 하나로 족하다."

화예지의 눈이 화등잔만 해졌다.

"설마 화영이랑 이러고 노신 거예요?"

금철휘가 황당한 눈으로 화예지를 쳐다봤다.

"다 아는 것처럼 말하더니?"

"마차 안에서 벌어지는 일을 어떻게 알아요? 그냥 짐작만
한 거지."

금철휘가 어이없는 눈으로 쳐다보자, 화예지가 금철휘에게
가까이 몸을 붙였다.

"저하고도 해요."

"뭘?"

"화영이랑 한 거요."

"하긴 뭘 했다고 그래?"

"아무튼 해요!"

화예지가 너무 적극적으로 몸을 밀착시키자, 금철휘는 한
숨을 푹 내쉬고는 마차 문을 열고 훌쩍 몸을 날렸다. 그야말
로 순식간이었다. 문을 열고 나가고 또 문을 다시 닫는 일련
의 행동이 물 흐르듯, 그리고 지독할 정도로 빠르게 이뤄졌
다.

화예지는 그 자리에 멍하니 앉아 순식간에 사라져 버린 금
철휘의 빈자리를 바라보기만 했다.

"어떻게…… 어떻게 날 버리고 도망갈 수가 있어요!"

금철휘는 마차 지붕에 누워 화예지의 외침을 듣고는 한숨을 또 한 번 푹 내쉬었다.

"근데 이거 내가 왜 도망가야 되는 거야? 그냥 확 해 버려?"

벌떡 일어나서 중얼거리던 금철휘는 이내 고개를 젓고는 다시 누웠다.

마차가 달리며 일어나는 바람이 기분 좋게 온몸을 훑고 지나갔다. 그리고 하늘은 정말로 높고 파랬다.

*   *   *

"그 멍청한 년에게 다시 연락을 넣어라."

유가장의 총관은 장주인 유일환의 폭언에 씁쓸한 표정을 지었다. 아무리 그래도 자신의 딸에게 그런 말을 어찌할 수 있단 말인가. 한데 유일환의 아들인 유충원은 한술 더 떴다.

"똑바로 못 할 거면 연을 끊어 버리겠다고 해야겠습니다."

총관은 자신도 모르게 고개를 저었다. 사실 예전에는 이렇지 않았다. 그래도 유일환은 가문을 위해 스스로를 희생한 딸을 나름대로 안타까워했다.

한데 이제는 그런 마음조차 아예 보이지 않았다. 예전의 모습이 가식이었는지 모르지만 어쨌든 씁쓸하기 그지없었다.

"저…… 장주님. 아가씨로부터 연락이 와 있습니다."

"연락이 왔다고? 하면 어서 가져오지 뭘 기다리고 있느냐!"

유일환의 호통에 총관은 어색하게 웃으며 서찰 하나를 넘겼다.

서찰을 받아 단숨에 읽은 유일환의 얼굴이 붉으락푸르락해졌다.

"이 쓸모없는 것 같으니라고!"

유충원은 유일환이 집어 던진 서찰을 서둘러 주워 읽었다. 그의 표정도 유일환과 마찬가지로 사정없이 일그러졌다.

"어쩔 수 없다니, 이게 말이나 됩니까? 천하의 금룡장이 며느리에게 고작 금 천 냥을 아낀다고 하면 누가 믿는단 말입니까!"

유충원이 분통을 터트렸다. 총관은 옆에서 그 광경을 지켜보며 조용히 한숨을 삼켰다. 유가장에는 더 이상 미래가 보이지 않았다.

"이게 다 그 미친 뚱땡이 놈 때문이야."

"맞습니다. 그놈을 잡아 족쳐야 합니다."

대화는 거기서 단절되었다. 금철휘를 잡아 족칠 방법이 없기 때문이었다. 금철휘를 잡으려면 항주의 금룡장으로 가야 하는데, 냉정하게 금룡장에 있는 금철휘를 잡아 오기에는 유가장의 힘이 많이 모자랐다.

특히 최근 금룡장의 힘과 영향력이 훨씬 커졌다. 그런 금룡장을 상대로 싸움을 거는 건 자살행위였다.

그렇게 침묵에 잠겨 있을 때, 집무실 밖에서 시비의 목소리
가 들려왔다.

"자, 장주님. 소, 손님이 으윽, 오셨습니다."

유일환이 눈짓을 하자, 유충원이 득달같이 달려가 문을 활
짝 열었다. 열린 문으로 사내 한 명이 시비의 가슴을 꽉 움켜
쥐고 서 있는 모습이 보였다.

보통 이럴 때면 호통을 쳐야 하지만, 유일환의 얼굴은 급격
히 밝아졌다.

"하하하! 어서 오십시오! 내 심 대협의 방문을 노심초사하
며 기다렸습니다. 하하하하."

심 대협이라 불린 사내, 심정근은 시비의 가슴을 움켜쥔 손
에 힘을 더 줬다.

"아윽."

시비가 고통스런 신음을 흘렸다. 심정근의 손이 이번에는
시비의 둔부를 꽉 움켜쥐었다. 이번에도 시비는 그저 신음만
을 흘렸다. 반항은 꿈도 꾸지 못했다. 얼마 전 반항하다가
잔인하게 죽은 동료의 마지막 모습이 아직도 생생했다.

"얼굴에 상심이 보입니다. 무슨 걱정거리라도 있습니까? 제
가 비록 힘은 미력하지만 제법 할 수 있는 일이 많으니 한번
말씀해 보십시오."

심정근은 그렇게 말하며 시비의 옷 속으로 손을 넣었다. 그

노골적인 행위에 총관이 눈살을 찌푸렸다. 하지만 어쩔 수 없었다. 심정근은 절대 함부로 대할 수 없는 사람이었다.

시비의 옷자락이 하나둘 벗겨졌다. 하지만 이 자리에서 알몸이 되어 가는 시비를 신경 쓰는 사람은 단 한 명도 없었다. 심지어 옷을 벗기는 심정근조차 그러했다.

시비는 치욕으로 물든 얼굴을 아래로 떨궜다.

"자, 말씀해 보시라니까요?"

심정근의 재촉에 유충원이 냉큼 입을 열었다.

"다름이 아니라, 금룡장에 똥땡이 하나가 있는데, 그놈을 어떻게 혼내 줄까 고민 중이었습니다."

"금룡장의 똥땡이? 소장주라는 금철휘를 말하는 겁니까?"

심정근은 유충원을 보며 물었다. 유충원은 반색하며 고개를 끄덕였다.

"맞습니다. 그놈입니다. 사실 그놈이 우리 집안의 사위인데, 영 말을 안 들어 처먹지 뭡니까. 한번 치도곤을 내야 하는데, 좀처럼 기회가 안 생겨서 고민 중이었습니다."

심정근은 그 말에 크게 웃으며 알몸이 된 시비를 꽉 끌어안고는 바지춤을 내렸다. 사람들이 보는 와중에 할 수 있는 일이 절대 아니었지만, 그는 전혀 아랑곳하지 않았다.

시비는 피가 날 정도로 입술을 깨물었다. 하지만 심정근은 전혀 그녀의 마음을 헤아리지 않았다. 또한 행동과는 달리 입에서 흘러나오는 목소리는 놀라울 정도로 차분했다.

"하하하. 이거 공교롭군요. 마침 그 금룡장의 소장주가 포천회의 개파대전에 참여하기 위해 장사로 가는 중입니다."

유일환과 유충원의 눈이 동시에 번득였다. 그게 사실이라면 이건 그야말로 기회였다. 금철휘만 잡을 수 있다면 지금까지의 모든 수모를 단숨에 되갚아 줄 수 있었다. 그뿐이랴, 금룡장의 막대한 재력을 등에 업고 창천으로 날아오를 수도 있다.

"도와주십시오!"

유충원이 먼저 나서서 외쳤다. 심정근은 시비의 몸을 유린하면서 무심한 눈으로 고개를 돌려 유일환을 바라봤다. 유일환은 일순 섬뜩한 느낌에 몸을 한 차례 부르르 떨었다. 하지만 이내 고개를 끄덕이며 말했다.

"도와주십시오."

그제야 심정근의 얼굴에 미소가 어렸다. 그리고 그와 동시에 지독한 쾌락으로 물들었다.

"크으. 좋습니다. 제가 한번 나서 보지요. 향후 유가장은 우리 암천회의 비밀조직으로 거듭나게 될 것입니다."

암천회의 비밀조직이라는 말에 유일환과 유충원의 얼굴에도 희열이 떠올랐다.

그리고 총관은 그 모든 광경을 지켜보며 치를 떨었다. 이미 이들은 제정신이 아니었다.

'그리고 나도 마찬가지지.'

총관은 자조적인 눈으로 고개를 저었다. 어쩔 수 없었다. 자신 역시 유가장의 배를 탔다. 유가장이 가라앉으면 자신 또한 물에 빠져 죽을 수밖에 없었다.

욕정을 채운 심정근이 시비를 집무실 한가운데로 내동댕이 쳤다. 시비의 눈에 두려움이 어렸다.

집무실 안에 있던 세 사람은 어리둥절한 눈으로 심정근을 바라봤다. 심정근은 의미심장하게 웃으며 턱짓으로 시비를 가리켰다.

그제야 그게 무슨 의미인지 깨달은 세 명의 얼굴이 아연해졌다. 하지만 어쩔 수 없었다. 심정근이 원하는 건 함께 비밀을 만드는 것이었다.

세 사람의 뇌리에 두려움이 새겨졌다. 심정근이 시비를 데려와 희롱한 것 자체가 모두 계산된 행동이었다. 또한 이렇게 자신들 앞에서 말도 안 되는 행위를 한 것 자체가 모두 그의 의도였다. 지금 이 자리를 만들기 위한 계획이었다.

세 사람이 이를 악물고 시비에게 다가갔다. 그리고 심정근은 차가운 눈으로 그 광경을 지켜봤다. 그리고 자신의 목을 쓰다듬었다. 심정근의 목에는 가느다란 혈선이 하나 있었다.

심정근의 눈이 점점 핏빛으로 물들어 갔다.

"오늘은 여기서 머물죠?"

화영의 말에 한서연과 백검화가 동시에 고개를 끄덕였다. 어차피 이런 일을 결정하고 숙소를 정하거나 하는 일에는 화영이 제격이었다. 백검화나 한서연은 전혀 도움이 되지 않았다.

화영은 한숨을 폭 내쉬며 도시 안으로 사뿐사뿐 걸어 들어갔다. 정말로 강행군을 했기에 이제 내일만 고생하면 장사에 도착할 수 있을 듯했다.

그리고 그러려면 오늘 폭 쉬어 둬야만 했다.

그동안은 주로 노숙을 했다. 이렇게 도시나 마을에 들어가는 건 항주를 떠난 이후로 처음이었다.

"하아. 오늘은 정말 오랜만에 씻을 수 있겠네. 내일이면 공자님을 볼지도 모르는데 예쁘게 꾸며야지."

물론 하루 종일 달리면 다시 이 모양 이 꼴이 되겠지만 그래도 준비는 해 둬야 하지 않겠는가. 언제 어떻게 금철휘와 마주칠지 모르니 말이다.

화영은 도시에서 가장 화려한 객잔을 찾았다. 이 모든 것이 금철휘와 함께 다니면서 든 버릇이었다. 금철휘는 언제나 최고만을 찾았다. 그런 금철휘를 따라다니다 보니 자연스럽게 화영도 최고를 찾았다.

"이 객잔이 그나마 마음에 드네요."

화영의 말에 백검화와 한서연은 두말하지 않고 따라 들어갔다. 그녀들 역시 금철휘와 엮인 이후로 돈에 거의 구애받지 않고 살아왔다.

꽤 비싼 객잔이었는데도 손님은 상당히 많았다. 객잔 안으로 들어가니 왁자한 분위기가 느껴졌다. 밥을 먹고 술을 마시는 사람들이 득실거렸는데, 일순 그 모든 소란이 사라져 버렸다.

당연히 원인은 세 여인이었다. 한서연이나 화영은 물론이고 백검화도 비록 나이는 조금 있었지만 엄청나게 아름다웠으니 사람들의 시선을 모조리 끌어올 만했다.

이 정도면 접근하는 사람이 충분히 나올 법했지만, 세 여인의 허리춤에 매달린 검과 살짝 흘러나오는 예기가 사람들이 섣불리 다가가지 못하도록 막았다. 척 보기에도 무림인이라는 티가 확 났다.

물론 모든 사람이 그런 건 아니었다.

객잔 한쪽에 오남이녀가 앉아 있었는데 그중 남자 하나가 일어나 당당한 걸음으로 세 여인에게 다가갔다.

백검화는 귀찮은 표정이 역력했지만 먼저 나서지 않았다. 굳이 자신이 이런 일에 나설 필요가 없었다. 여기에는 한서연도 있었고 화영도 있었으니까.

"무슨 일이죠?"

이런 일에는 한서연보다는 화영이 훨씬 낫다. 화영은 자신이 알아서 앞으로 나섰다. 이런 하잘 것 없는 일로 시간을 낭비하고 싶지 않았다. 지금은 한시라도 빨리 씻고 싶었다.

"결례가 안 된다면 저희와 합석하시는 게 어떻습니까? 보아하니 포천회의 개파대전에 가시는 길 같은데, 목적지도 같으니 동행하는 것도 나쁘지 않을 것 같습니다만……."

화영은 사내의 일행을 힐끗 쳐다봤다. 그곳에 있던 사내들이 이쪽을 뚫어져라 쳐다보고 있고, 두 명의 여인들은 기분이 나쁘다는 듯 고개를 다른 쪽으로 돌리고 있었다.

그것을 확인한 화영이 피식 웃으며 대답했다.

"결례에요. 그러니 비켜 주시죠."

"예?"

"충분히 결례를 범하고 있다고요. 그러니 비켜 달라고요. 귀도 어두우신가 보죠?"

화영의 앙칼진 말에 사내가 크게 당황했다. 그리고 자신도 모르게 옆으로 비켜섰다. 화영은 그런 사내에게 가볍게 고개를 까딱이고는 휙 지나쳐 갔다.

그리고 그 뒤로 한서연과 백검화도 바람을 일으키며 휙휙 지나가 버렸다.

사내는 멍하니 그런 세 여인의 뒷모습을 바라봤다. 동료들이 한심한 눈으로 자신을 바라보고 있는 것 따위는 아예 눈에 들어오지도 않았다.

멍하니 서 있는 사내에게 동료 하나가 다가와 어깨를 두드렸다.

"뭐 하나? 자리로 돌아가야지."

동료의 말에도 사내는 시선을 돌리지 않았다. 그러자 동료가 눈살을 찌푸렸다.

"왜 그러나? 힘으로 어떻게 해 보겠다, 뭐 그런 생각이라도 하나?"

"못할 것도 없지."

사내의 말에 동료가 어이없는 눈으로 그를 노려봤다.

"자네 처지를 잊은 거 아닌가? 지금 이 순간만큼은 자네는 가문을 대표하고 있네. 가문의 이름에 먹칠을 할 셈인가?"

사내는 그제야 고개를 돌려 동료를 바라봤다. 사내의 눈은 이글이글 타오르고 있었다. 당장이라도 일을 벌일 듯한 눈빛이었다. 하지만 사내의 입에서 나온 말은 눈빛과는 전혀 달랐다.

"그래. 그랬지. 지금의 내 처지가 그랬어. 어쩔 수 없지."

사내는 여전히 이글거리며 타오르는 눈으로 돌아갔다. 사내의 동료는 불안한 눈으로 그의 등을 잠시 바라보다가 이내 고개를 저었다.

'설마 무슨 일이야 있으려고.'

세 여인은 일단 별채를 빌렸다. 최고급 객잔의 별채답게 가격이 어마어마했다. 하지만 누구도 그것을 비싸다고 생각하지 않았다. 그녀들에게 그 정도 돈은 이제 아무것도 아니었다.

별채에는 시비가 다섯이나 딸려 있었다. 그 시비들을 부려 목욕물을 준비한 뒤, 일단 목욕부터 했다.

누가 먼저랄 것도 없었다. 목욕통 세 개에 동시에 뜨거운 물이 채워졌고, 세 여인도 거의 동시에 목욕을 시작했다.

"하아. 이제 좀 살 것 같네."

화영은 기분 좋게 몸에 물을 뿌렸다. 몸에 잔뜩 묻었던 먼지가 깨끗이 씻겨 내려갔다. 뜨거운 물이 찰랑거리는 목욕통 안에 있으니 피로가 싹 풀리는 느낌이었다.

'흐음.'

화영은 눈을 가느다랗게 뜨고 백검화와 한서연을 바라봤다. 두 여인의 목욕통 역시 한방에 있었다. 별채에 있는 전각에서 가장 큰 방에 목욕통 세 개를 한꺼번에 준비한 것이다. 물론 화영이 그렇게 주문했다.

화영은 백검화와 한서연의 몸을 유심히 살폈다. 그리고 내심 고개를 끄덕였다. 얼굴은 자신이 조금 모자랄지 모르지만 몸매는 더 우위에 있다는 걸 확신했다.

"아아. 기분 좋아."

화영의 목소리는 지극히 밝았다. 백검화와 한서연은 그런 화영을 바라보며 왠지 모르게 기분이 살짝 나빠졌다. 하지만 딱히 이유를 꼬집을 수 없어서 그냥 참고 넘길 수밖에 없었다.

"흐음."

백검화가 눈살을 찌푸리며 화영을 쳐다봤다. 화영은 백검화의 시선을 느끼고는 살짝 몸을 일으켰다. 그녀의 눈부신 몸매가 고스란히 드러났다. 물이 차르르 흘러내리니 더더욱 뇌쇄적이었다.

백검화는 그것을 보고서야 자신이 왜 기분 나빴는지 깨달았다. 하지만 그것 때문에 화영을 핍박할 수는 없었다. 그런 상황이 되니 더 기분이 나빠졌다.

그리고 그 순간, 별채에 스며드는 사람들의 기척이 느껴졌다.

"감히 어떤 놈들이!"

별채에 스며든 자들의 움직임에는 거침이 없었다. 마치 이곳에 머무는 사람들이 쉽게 대처할 수 없다는 걸 알고 있기라도 한 듯했다.

"서둘러라!"

백검화의 말이 떨어지기 무섭게 한서연과 화영이 목욕통에서 몸을 뺐다. 물론 백검화도 마찬가지였다.

옷은 목욕통 옆에 개어 놓았기에 입는 건 어렵지 않았다. 다만 몸이 젖어 있어서 옷이 몸에 착 달라붙어 버렸다.

백검화의 몸에서 뿌연 수증기가 일어났다. 내공으로 물기를 말려 버린 것이다. 화영과 한서연 역시 마찬가지였다. 백검화만큼은 안 되지만 그래도 그럭저럭 물기를 없애 몸의 굴곡이 고스란히 드러나지 않을 정도는 되었다.

그렇게 만반의 준비를 끝낸 순간 방문이 활짝 열렸다. 그리고 사내 다섯 명이 들어왔다. 이 방까지 오는데 단 한 번도 다른 방을 뒤지지 않고 왔으니 세 여인이 이곳에 있다는 걸 확신했다는 뜻이다.

백검화는 방 안으로 들어선 다섯 사내를 날카로운 눈으로 노려봤다. 물론 이 상황에서도 앞으로 나서는 건 화영이었지만 말이다.

"이게 무슨 짓이죠?"

사내들은 모두 복면을 쓰고 있었다. 이건 완전히 작정을 하고 왔다는 뜻이다. 화영도 그렇게 묻긴 했지만 대답을 바란 것은 아니었다.

화영의 손이 유려하게 움직였다. 맨손이었지만 들이닥친 다섯 사내를 제압하는 데에는 아무런 문제도 없었다. 화영의 실력도 보통이 아니니 말이다.

퍼버버버벅!

사내들은 자신이 어떻게 당하는지도 모르게 날아갔다. 그들은 혈도가 완벽하게 제압당한 채로 날아가 벽에 부딪쳤다. 너무나 아파 숨도 제대로 쉴 수 없었다.

화영은 피식 웃으며 그들에게 다가가려 했다. 한데 백검화가 그것을 막았다.

"기다려라."

"예?"

"누가 또 오는구나."

"대체 누가 또……."

화영은 말을 잇지 못했다. 그녀의 감각에도 확연히 느껴지는 사람이 있었다. 거친 것을 보면 사내의 기운이 분명했다. 그리고 한 명이었다. 제법 실력이 있었지만 그뿐이었다. 그런 사내 열 명이 몰려와도 화영의 옷자락 하나 건드릴 수 없을 것이다.

"이놈들!"

어느새 다시 닫힌 문이 벌컥 열리며 사내가 뛰어 들어왔다. 사내는 안의 상황을 보고는 크게 당황했다. 자신의 예상과 달라도 너무 달랐기 때문이다.

"무슨 일이죠?"

화영이 의심스러운 눈으로 물었다. 사내는 바로 대답을 못 하고 머뭇거리다가 어렵게 입을 열었다.

"그, 그러니까 난 저, 저놈들을……."

만일 급박한 상황이었고, 사내의 등장으로 인해 위기가 해소되었다면 여인들은 그에게 고마움을 느꼈을 것이다. 하지만 상황이 이런 식으로 되고 보니, 이건 너무나 의심스러웠다.

"저놈들이 뭘 어쨌는데요?"

"그, 그러니까 저놈들이 목욕하는데 난입을……."

화영은 코웃음을 쳤다.

"흥, 우리가 목욕하는 건 어떻게 알았는데요?"

"그, 그야 목욕통이 있지 않소."

"여기 오기도 전에 알고 있었던 거 같은데, 아닌가요?"

화영은 그렇게 말하며 사내에게 한 발 다가갔다.

화영의 몸에서 뿜어져 나오는 날카로운 기세에 사내가 주춤 뒤로 물러났다. 마치 살이 쫙 갈라지는 듯한 착각이 들었다.

"설마, 뒤에서 이 모든 일을 사주한 건 아니겠죠?"

"그, 그, 그럴 리가 있겠소? 나, 나는 그저……."

화영은 사내의 반응에 다시 한 번 피식 웃었다. 자신의 속내를 전혀 감출 줄 모르는 사람이다.

"여자들이 목욕하는 곳에 다짜고짜 쳐들어왔으니 그 대가는 치러야겠죠?"

화영은 그렇게 말하며 손을 휘둘렀다. 사내가 피하려 했지만 화영의 손이 너무 빨라 피할 마음이 채 들기도 전에 일격을 허용하고 말았다.

쩌억!

"커억!"

화영의 손이 정확히 사내의 뺨을 가격했다. 사내는 허공에서 세 바퀴나 돌며 나가떨어졌다. 실로 무시무시한 따귀였다.

"크으윽!"

사내가 비틀거리며 몸을 일으켰다. 어쨌든 죽을 정도로 아프긴 했지만 정신을 잃지는 않았다. 일어선 사내의 뺨은 퉁퉁 부어 있었다. 마치 얼굴이 옆에 하나 더 붙은 듯한 모양새였다.

"이제 저 떨거지들을 데리고 꺼지세요."

화영이 차갑게 쏘아붙이자, 사내가 화들짝 놀라 쓰러진 다섯 사내를 하나하나 어깨에 둘러멨다. 그리고 부랴부랴 그곳을 떠났다.

화영은 한심한 눈으로 그런 사내의 뒷모습을 쳐다봤다.

"아까 객잔에 들어올 때도 귀찮게 하더니 끝까지 말썽이네."

사내는 아까 세 여인이 객잔에 들어올 때, 길을 막고 말을 걸던 자였다. 화영은 그때부터 어렴풋이 이와 비슷한 일이 벌어질 거라 예상했기에 짜증은 조금 났지만 전혀 놀라지는 않았다.

"어쨌든 이제 다 끝난 것 같으니 목욕을 마저 하거나 자는 게 낫겠구나."

백검화의 말에 화영과 한서연은 잠시 고민했다. 하지만 고민은 길지 않았다. 목욕할 기분이 싹 달아난 것이다. 지칠 때까지 물에 몸을 담그고 싶었지만 이제 와서 그러기도 좀 우스웠다.

"그냥 자고 내일 일찍 출발하죠."

화영의 의견에 한서연이 고개를 끄덕여 동조했다. 세 여인은 각자의 방으로 들어가 잠을 청했다. 그동안의 피로가 한꺼번에 몰려와 다들 깊이 잠들었다.

그렇게 밤이 지나갔다.

다음 날, 세 여인은 아침 일찍 객잔을 떠났다. 그리고 떠나는 객잔 입구에서 살짝 눈에 이채를 띠었다. 어제 호되게 당한 사내가 서 있었던 것이다.

사내는 세 여인을 향해 정중히 포권을 취했다.

"어젠 제가 어떻게 되었던 모양입니다. 죄송합니다."

사내의 사과에 세 여인은 흔쾌히 고개를 끄덕였다. 어차피 일을 당한 것도 아니고 응징도 했으니 기분이 나쁘지도 않았다. 또한 이렇게 기다렸다가 사과까지 하는 모습을 보니 나름 괜찮아 보였다.

"됐어요. 앞으로 조심하면 되죠. 그럼 우린 갈 길이 바빠서 이만."

화영은 가볍게 넘기고는 객잔을 나섰다. 백검화와 한서연은 벌써 나가서 화영이 나오기만을 기다리고 있었다.

화영이 합류해서 막 떠나려는데 사내가 다급히 말을 꺼냈다.

"가는 길이 같을 텐데 함께 가면 안 되겠습니까? 사죄의 의미로 가는 동안 드는 비용의 일체를 제가 책임지겠습니다."

사내의 말에 화영이 거절하려다가 무슨 생각이 들었는지 살짝 웃으며 고개를 끄덕였다.

"그럼 그러세요. 한데 우리 생각보다 돈 많이 들어요. 괜찮으시겠어요?"

"물론입니다. 모든 걸 제게 맡겨만 주십시오. 일단 마차로 이동하는 게 어떻겠습니까?"

화영이 생긋 웃으며 고개를 끄덕였다.

"그럼 그럴까요?"

백검화와 한서연이 그런 화영을 바라보며 눈살을 살짝 찌푸렸다. 이런 결정을 내린 것이 마음에 안 드는 것이다.

사내가 일행을 데려오고 마차를 구하기 위해 자리를 뜨자, 백검화가 나직이 입을 열었다.

"이게 무슨 짓이냐. 괜한 일행을 만들다니."

"재미있잖아요. 보아하니 완전히 마음을 접은 것 같지도 않은데."

"그러니 더더욱 따로 가야지."

"돈을 다 댄다잖아요. 사죄의 의미로 돈이나 좀 쓰라고 하면 되죠. 그것도 나름 재미있지 않겠어요?"

화영의 말에 백검화와 한서연이 서로를 바라보며 눈을 동그랗게 떴다. 딴에는 그 말도 맞다. 그런 파렴치한 일을 벌였으니 돈으로라도 갚는 게 옳다. 또한 아직 그 마음을 완전히 버리지 않았다면 더더욱 그러하다.

세 여인이 그렇게 나름의 상념에 잠겨 서 있을 때, 사내가 동료들은 물론이고 마차까지 구해서 열심히 달려왔다.

'경공을 쓰면 하루만 달려가면 끝인데, 괜히 마차를 타서 오래 걸리겠구나.'

그 한 가지가 마음에 안 들었다. 금철휘가 너무나 보고 싶었다. 한서연은 한숨을 푹 내쉬며 마차에 올랐다.

마차가 장사를 향해 힘차게 출발했다.

제8장
포천회

“저는 천류장에서 온 탁명운이라고 합니다.”

치졸한 짓을 저지른 사내가 먼저 나서서 소개를 했다. 그러자 사내의 동료들도 저마다 자신을 소개했다. 소개가 끝나자 다들 백검화 일행을 호기심 어린 눈으로 바라봤다.

“백검화예요.”

백검화의 소개에 좌중이 술렁였다.

“설마 여중제일고수라는 그 백검화 여협이십니까? 금룡장의……?”

“여중제일고수인지는 모르겠지만 금룡장의 백검화라면 제가 맞아요.”

좌중이 다시 한 번 술렁였다. 설마 정말로 백검화일 줄은 몰랐다. 탁명운은 가슴을 쓸어내렸다. 만일 백검화가 소문의 절반만 된다 하더라도 자신 같은 사람 백 명이 달려들어도 옷자락 하나 벨 수 없을 것이다.

그런 고수를 상대로 그런 짓을 저질렀으니 목숨이 붙어 있는 게 다행이었다.

백검화에 이어 한서연과 화영이 소개를 했지만 다들 고개를 한 번 갸웃거리고 말았다. 한 번도 들어 본 적이 없는 이름이었던 것이다. 아니, 설사 익숙한 이름이라 하더라도 지금은 큰 감흥이 없을 것이다. 백검화가 눈앞에 있으니 말이다.

마차 안은 상당히 넓었지만 일행의 수가 수인지라 살짝 비좁은 감이 있었다. 하지만 세 여인을 제외한 나머지는 그런 것을 아예 느끼지도 못했다. 다들 백검화와 함께 간다는 생각에 흥분한 것이다.

흥분한 일행은 백검화와 조금이라도 더 대화를 나누려고 애썼다. 하지만 백검화는 묻는 말에만 아주 간단히 답했다. 번번이 대화가 단절되니 그들로서도 계속 말을 걸 수가 없었다.

그렇게 분위기가 가라앉으려 할 때 화영이 나섰다. 화영은 특유의 사교성으로 좌중의 분위기를 단숨에 자신에게로 끌어왔다. 일단 그렇게 되고 나니, 화영의 매력이 점점 더 돋보였다.

마차 안에 탄 사람들은 정신없이 세 여인에게 빠져들었다. 각자 특별한 매력과 아름다움을 가지고 있었다. 사내라면 누구라도 한 번쯤 욕심을 내볼 만한 여인들이었다.

남자들이야 그랬지만 함께 탄 두 명의 여인은 조금 사정이 달랐다. 하지만 그녀들 역시 기분이 상하지는 않았다. 지금은 사내들의 관심을 받는 것보다 백검화의 눈길을 한 번 받는 게 더 기뻤다. 백검화는 그녀들에게 거의 우상이나 다름없는 존재였다. 자그마치 여중제일고수 아닌가.

마차의 속도는 그리 빠르지 않았다. 마차는 편하게 이동하려고 타는 건데 괜히 빠르게 달리면 오히려 온몸이 쑤시고 아플 테니까.

마차가 천천히 이동한 덕분에 하루 종일 달렸는데도 고작 다음 마을에 도착하는 게 전부였다. 그래도 이 정도 속도로 하루나 이틀 정도 더 가면 장사에 도착할 수 있으니 그나마 다행이었다.

마을의 규모는 제법 컸다. 마차는 마을의 중심을 관통해서 달렸다. 일단 가장 괜찮아 보이는 객잔을 찾기 위해 좀 더 속도를 줄이고 천천히 움직였다.

화영은 눈을 빛내며 밖을 내다봤다. 그녀의 눈에 객잔 하나가 들어왔다. 화영은 그 객잔을 보고는 빙긋 웃었다. 분명히 반가움의 미소였다.

"저 객잔이 좋겠네요."

화영의 말에 다들 마차 밖을 내다보려 애썼다. 가장 먼저 객잔의 현판을 읽은 것은 탁명운이었다.

"추일객잔?"

탁명운의 말에 백검화의 안색이 변했다. 추일객잔이라니. 그건 자신이 금철휘와 지분을 나눠 운영하는 객잔의 이름 아닌가. 한데 그 객잔이 왜 여기에 있단 말인가.

"정말로 추일객잔인가요?"

"예. 혹 아시는 객잔입니까?"

백검화가 슬쩍 웃으며 고개를 저었다.

"아뇨. 어쨌든 마음에 드네요. 그 객잔이 좋겠어요."

"뭐, 그러죠."

탁명운은 흔쾌히 대답했다. 그리고 마부에게 지시를 내려 마차를 추일객잔으로 향하게 했다.

마차가 서자, 안에 탄 사람들이 내렸다. 가장 먼저 내린 사람은 화영이었고, 그 뒤를 이어 백검화가 내렸다. 백검화는 마차에서 내리자마자 객잔의 모습을 확인했다. 그녀의 눈이 화등잔만 해졌다.

백검화의 심정을 다 안다는 듯 화영이 옆에 붙어서 의미심장하게 웃었다.

"똑같죠?"

"그러게. 어떻게 이럴 수가 있지? 아무래도 객잔 주인을 한 번 만나 봐야겠어."

"만나서 어쩌시게요?"

"어쩌긴. 따져야지. 추일객잔에 내가 쏟은 공이 얼마인데."

백검화는 추일객잔의 지분을 가진 뒤로 정말 엄청난 노력을 했다. 덕분에 추일객잔은 점점 성장했다. 그리고 막대한 이익을 남길 수 있었다,

한데 그렇게 애써서 만들어 놓은 모습을 그대로 가져왔으니 화가 나는 게 당연했다.

"어? 저기 기루가 하나 있네요?"

화영의 말에 백검화의 시선이 돌아갔다.

"황금……루?"

"황금루가 뭔지는 아시죠?"

백검화가 말없이 고개를 끄덕였다. 그에 대해서는 귀가 따가울 정도로 얘기를 들었다. 금철휘가 장난처럼 시작한 일인데 천하 각지에서 어마어마한 돈을 쓸어 담고 있다고 한다.

그때 황금루의 얘기를 들으며 백검화도 다짐했었다. 추일객잔도 꼭 그렇게 만들겠다고. 천하 각지에 똑같은 모습의 객잔을 세워 황금루에 버금가는 성공을 이뤄내겠다고 말이다.

그래서 추일객잔을 봤을 때 더 화가 났다. 자신이 가야 할 길을 누군가 꽉 틀어막고 있는 것 같았다.

"추일객잔을 황금루처럼 만들고 싶다고 하셨다면서요?"

"그걸 어떻게 알지?"

백검화의 눈빛이 싸늘해졌다. 그리고 과연 자신이 누구에게 그런 말을 했는지 맹렬히 떠올렸다. 기억을 더듬어 가다 보니 화예지가 떠올랐다.

"화예지로구나."

"지나가듯 말씀하셨다고 하더라고요."

백검화는 화예지를 떠올리며 이를 살짝 갈았다. 하지만 이어지는 말에 화예지에 대한 일은 아득히 먼 곳으로 날아가 버렸다.

"예지가 공자님께 슬쩍 말씀을 드리더라고요. 혹시 최근 지분에 관련해서 뭔가 확인하신 적 있나요?"

백검화는 멍하니 고개를 저었다.

"나중에 확인해 보세요. 원래는 어떻게 되어 있었죠?"

"내가 이 할을……."

"아, 그보다 공자님께서 뭔가 따로 드린 건 없어요? 무슨 패(牌)라든가……."

백검화는 화들짝 놀라며 품에서 뭔가를 꺼냈다. 황금과 옥을 섞어 정교하게 만든 패였다. 패에는 추일이라는 글이 새겨져 있었다.

이걸 받을 때는 그저 객잔을 잘 운영하라는 뜻의 선물쯤으로 여겼다. 한데 그게 아니었던 모양이다. 백검화는 멍하니 패를 바라보다가 이내 추일객잔으로 발걸음을 옮겼다.

화영이 그런 백검화의 팔을 다급히 잡았다.

"잠깐만요."

백검화가 의아한 눈으로 화영을 돌아봤다. 화영이 예쁘게 웃으며 말했다.

"매상을 올릴 기회인데 이렇게 쉽게 날려 버리면 좀 그렇잖아요."

화영이 막 지금 마차에서 내려 객잔의 모습을 살피며 고개를 끄덕이는 자들을 눈짓으로 가리켰다. 백검화는 피식 웃으며 고개를 끄덕였다. 그리고 패를 품에 넣었다.

백검화는 패가 자리한 가슴을 손으로 부드럽게 쓰다듬었다. 대체 얼마나 더 놀라게 할 셈일까? 백검화는 이 패의 의미를 끊임없이 그려 보았다.

"호오. 마을 규모가 제법 크긴 했지만 이 정도로 훌륭한 객잔이 있을 줄이야."

탁명운이 크게 감탄하며 말하자, 그의 동료들도 저마다 한마디씩 칭찬을 덧붙였다. 그만큼 훌륭한 객잔이었다. 사실 마을의 규모를 따지면 이 정도 객잔이 이곳에 있으면 안 되지만, 마을의 위치가 절묘했다.

아마 마을 규모에 비해 오가는 사람이 많을 것이다. 추일 객잔이 이곳에 세워진 이유도 그 때문이었다.

백검화는 객잔에 들어가며 그렇게 생각을 정리했다. 아마 이 자리를 구하는 것에 금향각의 힘이 개입되었을 것이다. 가진 힘을 쓰는 건 너무나 당연하다.

'아마 향후 수백 년 동안은 금룡장을 위협할 만한 상단은 나오지 않을 거야.'

아직 상계에 대해 잘 모르는 백검화조차 이런 생각을 할 수밖에 없을 정도로 금룡장의 힘은, 아니, 금철휘의 힘은 정말로 굉장했다.

"일단 별채를 하나 얻는 게 낫겠군."

탁명운은 그렇게 말하고는 점소이에게 별채를 준비하라 일렀다. 그러자 점소이가 물러가고 제법 예쁜 시비 한 명이 쪼르르 달려와 즉시 고개를 숙여 인사했다.

"제가 안내해 드리겠습니다."

추일객잔은 별채의 이용료가 눈 돌아갈 정도로 비싸다. 그렇기 때문에 이렇게 별채를 쓴다고 하면 특별한 교육을 받은 시비가 직접 안내하고 시중을 들게 되어 있다. 더구나 손님의 수에 맞춰 시비가 배정된다. 역시 다들 특별한 교육을 받은 시비들이다.

다들 시비의 안내를 받아 별채로 이동했다. 하지만 백검화는 끝까지 남아 객잔 곳곳을 유심히 살폈다. 그런 뒤에야 빙긋 웃으며 멀어져 가는 일행의 뒤로 급히 따라붙었다.

고작 하루 쉬는 거였지만, 정말로 푹 쉴 수 있었다. 역시 추일객잔은 추일객잔이었다. 백검화를 비롯한 세 여인은 정말로 흡족했다. 항주의 추일객잔과 전혀 다르지 않은 대접을 받은 것이다.

"확실히 한 번 경험이 있으니 다르네요."

한서연의 말에 백검화가 고개를 끄덕였다.

"천하를 유람하면서 천하의 모든 추일객잔을 돌아보고 싶구나."

"하시면 되죠. 우리 이번 일 끝나면 공자님 데리고 그거 해볼까요?"

화영이 요염하게 웃으며 말하자, 백검화와 한서연이 씁쓸한 표정으로 고개를 저었다. 가능하다면야 얼마나 좋겠는가. 하지만 그런 건 일단 금철휘가 목표를 이룬 뒤에나 가능했다.

'포천회를 부수는 거, 생각보다 쉽지 않을 거야.'

물론 불가능하다고 생각하지는 않았다. 분명히 가능할 것이다. 하지만 시간이 얼마나 걸릴지는 장담할 수 없었다. 한서연도 백검화도 아마 상당한 시간이 필요할 거라고 예상했다.

그녀들이 그렇게 대화를 나누고 있을 때, 객잔 입구가 살짝 소란스러워졌다. 목소리를 최대한 낮추고 있지만 무슨 일인지 그녀들의 귀에 고스란히 들려왔다.

"그게 말이 되는 가격이라 생각하느냐?"

세 여인이 일제히 입구 쪽을 바라봤다. 그곳에는 탁명운이 객잔의 점소이를 노려보고 있었다.

"아무리 별채라지만 그런 말도 안 되는 바가지를 내가 감

당할 거라 여겼느냐?"

점소이가 난감한 표정으로 대답했다.

"하지만 그것이 저희 추일객잔의 별채 이용료입니다."

"고작 하룻밤 자는데 그 정도 가격이라니. 다른 객잔의 열 배가 넘지 않느냐!"

"그만큼의 차별성을 갖추고 있지 않습니까."

점소이는 정말로 난감하고 짜증이 났다. 가격으로 시비를 벌일 거라면 어제 들어올 때 미리 물었으면 좋지 않은가. 일단 써 놓고 나중에 이러는 건 또 무슨 경우란 말인가.

"고작 시중드는 게 무슨 차별성이란 말이냐! 그런 건 다른 객잔에서도 얼마든지 하는데! 그래도 열 배는 너무 심하지 않느냐!"

그제야 점소이가 눈을 살짝 크게 뜨며 탁명운을 바라봤다.

"아! 이제 알았습니다. 아직 우리 추일객잔에 대해 잘 모르시는군요."

탁명운의 얼굴이 일그러졌다. 잘 모르긴 뭘 모른단 말인가. 객잔이 다 객잔이지, 뭐 다른 거라도 있단 말인가.

"우리 추일객잔의 별채는 좀 특별합니다. 완벽하게 비밀을 유지해 드립니다."

"뭐?"

탁명운이 한 방 맞았다는 듯 멍한 표정으로 점소이를 바라 봤다. 점소이는 그런 탁명운의 반응에 신이 나서 말을 이었다.

"설사 천하의 정보를 장악하고 있다는 금향각이라 하더라도 절대 추일객잔 별채에서 나눈 대화를 들을 수 없다는 뜻입니다. 그야말로 완벽하게 정보가 차단되는 곳입니다."

"그, 그럼……."

"예. 그게 바로 우리 추일객잔의 차별성입죠."

탁명운은 어이없어 하면서 비틀거리며 물러났다. 그리고 한 손으로 이마를 탁 짚었다. 정말 어이없이 돈을 갖다 버린 셈 아닌가. 보통 객잔도 별채는 엄청나게 비싸다. 한데 그런 보통 객잔의 열 배 값을 지불해야 하니 그 타격은 이루 말할 수 없었다.

'내가 감춰야 할 정보가 어디 있다고. 그 안에서 저 여자들을 건드리기라도 했다면 모를까.'

하긴 그런 생각을 하니 추일객잔의 방침이 이해되긴 했다. 최소한 얼마 전 그 도시에서 자신이 벌였던 일 같은 건 아예 불가능할 테니 말이다.

"후우. 알았다."

결국 탁명운은 점소이가 부른 값을 그대로 지불했다. 돈을 지불하고 나자, 점소이가 헤헤 웃으며 허리를 꾸벅 숙였다.

"감사합니다. 나중에 또 들러 주십시오. 성심을 다해 모시도록 하겠습니다."

탁명운은 그 인사말을 들으며 쓴웃음을 지었다. 말은 참 잘한다 생각하면서 말이다.

그렇게 지불이 다 끝나자, 백검화 일행이 다가왔다. 탁명운은 언제 인상을 썼느냐는 듯 표정을 싹 바꿔 부드럽게 미소지었다.

"이제 나오셨습니까? 어서 마차로 가시지요."

지출은 컸지만 그래도 보람이 있었다. 이런 미녀들과 동행하게 되었으니 말이다. 탁명운의 눈은 백검화 일행 중 화영에게 꽂힌 채 움직이지를 않았다.

'저 여자만 가질 수 있다면 뭐든 하겠는데……'

하지만 아직은 아니다. 좀 더 시간을 들여 차근차근 공략할 생각이었다. 그래도 언젠가는 자신의 품으로 들어오리라. 포천회의 개파대전이 끝나고 돌아갈 때도 동행할 수 있다면 말이다.

'무조건 동행한다.'

탁명운은 주먹을 불끈 쥐었다. 그의 결심이 고스란히 주먹에 담겼다. 그걸 강변하기라도 하듯 그의 팔뚝에 핏줄이 툭툭 튀어나왔다.

"아무래도 오늘 하루 더 묵어가야 할 듯하군요."

장사가 코앞이었는데, 날이 저물었다. 그래도 장사에서 그리 멀지 않은 곳에 있는 마을에 도착할 수 있어서 다행이었다.

마을의 규모는 상당했는데, 장사로 오가는 사람들 덕분에 웬만한 도시 부럽지 않은 상권을 가진 마을이었다.

그리고 당연하게도 이렇게 규모가 큰 마을답게 추일객잔이 있었다.

"어? 저기 또 추일객잔이 있네요?"

그 말에 탁명운의 심장이 철렁 내려앉았다.

'뭐? 또 있어? 뭐야? 그리 흔한 이름도 아닌데!'

탁명운은 그쪽으로 가지 말라고 소리치고 싶었다. 하지만 상황은 이미 끝나 버렸다. 마차는 추일객잔 앞에 멈췄고, 화영을 비롯한 세 여인은 내려서 객잔 안으로 들어가 버렸다. 아주 당연하다는 듯이 말이다.

"자네 괜찮겠나?"

동료의 걱정스런 물음에 탁명운이 힘없이 고개를 저으며 말했다.

"이런 말 하기 미안하지만 돈을 좀 융통해 주게. 내 돌아가면 꼭 갚겠네."

"융통이라니 무슨 말인가. 나도 좀 보태겠네. 자네뿐 아니라 나도 마음에 둔 여인이 있어서 말일세."

"나도 보태지."

"우리도 보태겠어요. 여중제일고수를 모시는 일인데 이쯤이야 아무것도 아니죠."

모든 동료들이 저마다 돕겠다고 나서니 눈물이 날 것 같았다. 탁명운은 고개를 숙인 채 고마움을 표했다.

"정말로 고맙네. 이 은혜 절대로 잊지 않겠네."

"은혜라니. 그런 말 하지 말게. 만일 내가 자네 같은 일을 겪으면 가만히 있을 건가?"

"고맙네. 정말 고마워."

탁명운은 그 말 외에는 더 할 말이 없었다. 그렇게 동료들의 돈을 모으니 제법 많은 양이 되었다. 그러자 마음이 정말로 든든했다.

'좋아. 한번 해 보는 거야.'

탁명운과 그의 동료들은 자신만만한 걸음으로 객잔에 들어섰다. 그리고 그대로 얼어붙어 버렸다.

"오늘 치 숙박비는 제가 냈어요. 기분 나쁘신 거 아니죠?"

환하게 웃으며 말하는 화영의 모습에 탁명운은 차마 왜 그랬냐는 말을 할 수가 없었다.

"괜히 얻어만 먹는 것 같아 미안해서요."

탁명운은 화영의 마음 씀씀이에 가슴이 떨렸다. 이런 여인을 대체 어디 가서 또 찾는단 말인가.

'한데……'

왠지 위축됐다. 추일객잔의 별채를 아무렇지도 않게 빌릴 정도의 재력을 가진데다가 백검화와 함께 다닐 정도로 대단한 가문으로 보이니 자신이 과연 저 여자에게 어울리는 남자인지 다시 생각하게 된다.

탁명운이 이러지도 저러지도 못하고 있을 때, 그의 동료 하나가 나섰다.

"우리가 사죄의 의미로 모든 경비를 대겠다고 하지 않았습니까."

화영이 미안한 표정을 지었다.

"그러니 미안하다고 했잖아요. 하면 이미 지불한 돈을 다시되돌려 받기라도 할까요?"

화영의 말에 다들 더 이상 뭐라 말을 하지 못했다. 그들은 속으로 안도와 아쉬움을 동시에 느꼈다. 참으로 묘한 기분이었다.

"자, 내일이면 장사에 도착할 수 있을 테니 어서 가서 쉬죠. 좀 씻고 싶군요."

화영의 말에 다들 어쩔 수 없는 표정으로 고개를 끄덕였다. 그리고 시비의 안내를 받아 별채로 향했다.

화영이 돈을 낸 이후로 일행의 사이는 조금 서먹해졌다. 참으로 별것 아닌 일이었지만, 탁명운 일행은 살짝 자존심이 상했다. 고작 돈 때문에 이리되니 조금 짜증도 났다.

'여비를 좀 더 준비해 왔어야 하는데.'

탁명운은 계속 그 생각뿐이었다. 탁명운의 가문인 천류장은 제법 상계에 영향력을 끼치는 가문이었다. 몇 개의 마을과 도시에 걸쳐 상권의 일부를 장악하고 있기도 했다.

당연히 돈이 많았다. 그렇기에 지금까지 돈으로 이렇게 수

모를 당한 적은 처음이었다.

'이게 다 추일객잔 때문이야.'

추일객잔이 애초에 상식적인 선에서만 가격이 책정되어 있었어도 이런 일이 벌어질 이유가 없었다. 하마터면 여비를 몽땅 날리고도 모자랄 뻔했다는 생각에 또 짜증이 났다.

별채에서 지내는 동안에는 물론이고 다음 날 출발하는 마차 안에서도 서먹서먹함이 계속 이어졌다. 아무도 입을 열지 않았고, 또 무거워진 분위기에 눌려 할 말이 있어도 되도록 꾹 참았다.

이런 분위기를 단번에 깰 수 있는 사람이 화영이었는데, 지금은 화영조차도 조용했다. 그녀는 곧 장사에 도착해 금철휘를 만날 수 있다는 생각으로 머릿속이 꽉 차 있었다.

마차 덜그럭거리는 소리만 끊임없이 울렸다. 결국 그들은 장사에 도착할 때까지 아무도 입을 열지 않았다.

*   *   *

"여기 분위기가 많이 달라졌군요."

탁명운이 눈에 이채를 띠고 주위를 둘러보며 말했다. 장사는 탁명운도 자주 오던 곳 중 하나였다. 그의 가문과 거래하는 거대한 상단 하나가 이곳에 총단을 두고 있기 때문이었다.

"어떻게 달라졌나요?"

"길이 달라질 정도입니다. 원래는 이쪽으로 쭉 뻗은 길이 있었는데 사라졌군요. 그 외에도 없던 건물이 보이고, 있던 건물은 사라지고, 하여튼 장사가 장사 같지 않습니다."

탁명운의 말에 세 여인은 눈을 빛내며 주위를 둘러봤다. 장사가 바뀐 이유는 자명했다. 포천회 때문이리라.

"일단 포천회를 먼저 찾아야겠습니다."

탁명운은 그렇게 말하며 발걸음을 옮겼다. 거처는 개파대전을 여는 포천회가 알아서 준비했을 것이다. 앞으로는 더 이상 객잔에 돈을 갖다 바칠 필요가 없었다.

탁명운이 앞장서서 일행을 안내했다. 장사에 대해 가장 잘 아는 사람이 바로 그였다. 탁명운은 대충 어디쯤 포천회가 있을 거라고 예상한 다음 그곳으로 향했다.

'역시.'

거대한 전각군이 나타났다. 어마어마한 규모의 장원이었다. 담장 너머로 높이 치솟은 무수한 전각들이 보였다.

"굉장하군요."

탁명운 일행에 섞인 두 명의 여인이 입을 떡 벌리며 말했다. 나머지 사람들도 놀라긴 마찬가지였다.

"무림맹보다도 큰 것 같군요."

한서연이 무심코 중얼거렸다. 무림맹에 가 본 적이 있으니 비교가 가능했다.

"호오. 무림맹에 가 보신 적이 있으십니까?"

한서연이 어색하게 웃으며 고개를 끄덕였다.

"예. 얼마 전에 잠깐……."

"하하하. 확실히 무림맹이 대단하긴 대단하죠. 포천회가 아무리 규모를 키워 봐야 무림맹만 하겠습니까?"

탁명운은 대화에 끼어든 동료를 슬쩍 쳐다봤다. 돈을 보태면서 한서연에게 마음이 있다고 했던 지한원이었다.

"저도 무림맹에 다녀온 적이 있습니다. 그곳에 있는 청풍각의 부각주님 초대로 말이지요."

"네에……."

한서연은 별 관심이 없었기에 그저 대충 대답하고 대화에서 빠지려고 했다. 하지만 지한원은 그녀를 그냥 그렇게 내버려 두지 않았다.

"소저께서는 무슨 일로 무림맹에 가셨는지요?"

"그냥 누굴 좀 따라갔어요."

"아, 그렇군요. 하면 그분도 저처럼 누군가 초대를 하신 것입니까?"

"뭐…… 그렇겠죠?"

한서연은 더 대화하기가 싫어서 조금 옆으로 이동했다. 하지만 지한원은 그녀를 따라 움직이며 오히려 더 바짝 붙었다. 마치 이 기회를 놓치면 큰일이라도 나는 것처럼 눈을 번득였다.

"여기서 이러지 말고 일단 안으로 들어가죠."

보다 못한 화영이 나섰다. 틀린 말도 아닌지라 일행은 일단 포천회의 정문을 찾아 담을 타고 빙 돌았다.

"정말로 크군요."

담장은 돌고 돌아도 끝이 없었다. 그렇게 반 시진을 걷고 나서야 정문에 도착할 수 있었다. 한데 정문에는 사람들이 바글바글했다.

가까이 다가간 일행은 왜 이렇게 붐비는지 알 수 있었다. 포천회에서 문을 닫은 채 아무도 안으로 들이지 않은 것이다.

"내가 이따위 대접을 받으려 여기 온 줄 알아! 내 그냥 돌아간다!"

사내 하나가 욕을 하며 문을 발로 걷어찼다.

텅!

놀랍게도 문은 내공이 가득 실린 사내의 발차기를 막아냈다. 아니, 그뿐이 아니었다. 문을 찬 사내가 다리를 부여잡고 바닥을 데굴데굴 구르며 고통을 호소했다.

호기심을 이기지 못한 누군가가 다가가 문을 쓰다듬더니 눈을 빛냈다.

"설마 무쇠로 만든 문인가?"

"흥. 무쇠면 못 부술 줄 아나? 비켜 봐라."

문을 만지던 사내가 눈살을 찌푸리며 자신을 밀치는 사람을 노려봤다. 하지만 얼굴을 확인하고는 화들짝 놀라 후다닥 인파 사이로 숨었다.

"눈이 썩지는 않았군."

앞으로 나선 사내는 패악혈마라 불리는 자였다. 별호 그대로 패악을 일삼은 마귀 같은 놈이었다. 하지만 무공이 워낙 대단해 함부로 덤비는 사람조차 없었다.

사람들은 그런 마인이나 다름없는 놈을 초대한 포천회를 이해할 수 없었다. 결과적으로 이렇게 또 패악을 부리고 있지 않은가.

패악혈마는 문 앞에 서서 양손을 들어 올렸다.

고오오오.

그의 양손에 강기가 어렸다. 사람들이 그 모습을 보며 해연히 놀랐다. 강기를 다룰 수 있을 정도의 고수니 그렇게 패악을 부리는데도 아무도 못 건드리는 것 아니겠는가.

패악혈마는 양손에 어린 강기를 냅다 문에 처박았다.

쩌어어어엉!

"크아악!"

패악혈마가 허공에 붕 떠서 날아갔다. 그의 양손은 피투성이가 되어 있었다.

그리고 놀랍게도 문은 멀쩡했다.

물이라도 끼얹은 듯 좌중이 고요해졌다. 세상에 강기를 머금은 손으로 내리쳤는데도 멀쩡한 문이라니. 그게 있을 수 있는 일인가.

"서, 설마 마, 만년한철?"

만년한철이라면 말이 된다. 만년한철은 구하기가 어렵고 가격이 비싸서 그렇지 강기로도 부수기 어려운 기물이었으니까.

하지만 대체 이렇게 거대한 문을 만들 정도의 만년한철을 어떻게 구했단 말인가. 또 어떻게 가공을 했단 말인가.

포천회의 저력이 얼마나 대단한지 가슴에 확 와 닿았다. 이곳에 있는 모든 사람들이 그러했다. 아무도 움직이지 못했다. 사람들의 시선은 흠집 하나 없이 멀쩡한 정문과 바닥에 널브러진 패악혈마 사이를 정신없이 오갔다.

"이건 뭐야?"

사람들의 시선이 일제히 목소리가 들려온 쪽으로 향했다. 그곳에는 화려한 옷을 차려입은 준수한 용모의 귀공자 한 명과 눈을 뗄 수 없을 정도로 아름다운 여인 한 명이 서 있었다.

두 사람의 등장에 가장 놀란 것은 백검화를 비롯한 세 여인이었다. 나타난 사람이 바로 금철휘와 화예지였던 것이다.

금철휘는 양손을 부여잡고 바닥에 쓰러진 패악혈마에게로 저벅저벅 걸어갔다. 그리고는 옆에 선 화예지를 보며 물었다.

"얘가 패악혈마라고?"

"예. 상종 못할 인간이에요. 여기저기 원한도 엄청나게 쌓았고요."

"그래? 그럼 원한 가진 사람들이 알아서 정리하겠네."

금철휘가 패악혈마의 단전을 발끝으로 툭 찼다.

"꺼어어어어어!"

패악혈마가 폐에서 바람 빠지는 소리를 내뱉었다. 그리고 피투성이가 된 손으로 단전을 움켜쥐고 바닥을 데굴데굴 굴렀다.

금철휘는 그 모습을 무심히 쳐다보며 말했다.

"이제 내공도 없으니 아마 고생 좀 하겠지?"

"잘하셨어요, 공자님."

금철휘의 말은 구경하는 사람들 모두가 똑똑히 들을 수 있었다. 구경꾼들 중 몇몇의 눈이 살벌하게 빛났다.

금철휘는 패악혈마의 뒷덜미를 잡아 뒤로 휙 던졌다. 패악혈마가 순식간에 멀리 날아갔다. 그리고 십여 명의 사람들이 그 뒤를 열심히 쫓아갔다.

금철휘는 일단 패악혈마를 정리한 다음 고개를 스윽 돌렸다. 백검화, 한서연, 화영을 보고는 씨익 웃으며 손을 한 번 흔들어 주었다.

그런 다음 성큼성큼 걸어 포천회 정문으로 다가갔다.

"호오. 정말로 만년한철이로군?"

금철휘는 정문을 쓰다듬었다. 그 옆에 있던 화예지도 고개를 끄덕이며 동조했다.

"정말이네요. 그런데 순수한 만년한철은 아닌 것 같은데요? 진짜는 이런 광택이 없는데 말이에요."

"그렇지? 뭔가 특수한 쇠가 들어간 것 같아."

"가격 맞추기가 어려웠나 봐요."

화예지의 말에 금철휘가 고개를 끄덕였다.

"뭐, 이 정도로 충분하다고 여겼는지도 모르지. 그래서 이렇게 부실하잖아."

금철휘는 그렇게 말하며 문 여기저기를 주먹으로 툭툭 두드렸다. 힘으로 타격을 가하는 게 아니라, 소리를 들으며 뭔가를 찾는 듯한 모습이었다.

툭툭툭.

"여긴가?"

금철휘가 씨익 웃으며 몇 번 두드린 곳을 힘차게 가격했다.

쩡!

사람들이 깜짝 놀라 금철휘를 바라봤다. 혹여 조금 전 패악혈마처럼 되지는 않나 생각한 것이다. 하지만 금철휘는 멀쩡했다.

그리고 놀라운 일이 벌어졌다.

금철휘가 가격한 부분을 중심으로 실금이 쩍쩍 가기 시작했다.

쩌저저저적!

거미줄처럼 사방으로 뻗어 가는 금이 점점 굵어졌다. 그러더니 쫙쫙 갈라졌다.

꽈르릉!

만년한철로 만들어진 문이 그대로 무너져 버렸다.

구경하던 사람들이 입을 쩍 벌렸다. 강기로도 부술 수 없었던 문이 고작 어린애 주먹질 같은 손놀림 몇 번에 무너져 버렸으니 어찌 놀라지 않겠는가.

"거 봐. 돈 아낀답시고 어설프게 만드니까 그냥 부서지잖아."

금철휘는 그렇게 말하고는 피식 웃으며 돌아섰다. 굳이 포천회에 들어갈 이유가 없었다. 안으로 들이기 싫다는데 가서 뭐 하겠는가. 포천회 말고도 지낼 거처는 얼마든지 있었다.

금철휘는 곧장 백검화 일행이 있는 쪽을 향해 걸어갔다. 금철휘가 문에서 멀어지자, 구경하던 사람들이 우르르 부서진 문을 타고 넘어 안으로 들어갔다.

그리고 일부는 조각난 만년한철을 주워 도망쳤다. 만년한철은 같은 무게의 금과 가격이 같다. 한데 밀도가 높아 실제로 금으로 바꾸면 그 부피가 열 배나 된다. 작은 조각 하나 주워다 팔아도 엄청난 금이 생기는 것이다.

게다가 만년한철은 구하기도 어렵다. 흥정만 잘하면 훨씬 비싼 값에 팔 수 있을 것이다. 만년한철을 들고 도망가는 사람들은 이거면 팔자를 고칠 수도 있다고 생각하며 희희낙락했다.

그야말로 난장판이었다. 만년한철을 조금이라도 더 가져가려는 자들과 또 정문 안으로 들어가려는 사람들로 포천회의 입구는 아수라장이 되어 갔다.

금철휘는 그 소란을 뒤로하고 백검화 일행에게 다가가 씨익 웃었다.

"고생은 안 한 모양이네."

백검화 일행은 말끔한 모습이었다. 불과 얼마 전에 객잔에서 씻고 몸단장을 한데다가 편하게 마차를 타고 왔기에 외모가 거의 흐트러지지 않았다.

"공자님. 조금 늦으신 모양이네요."

백검화가 환하게 웃으며 말하자, 금철휘가 씨익 웃었다.

"벌써 객잔 잡아 놨다. 장사에도 추일객잔 있는 거 알지?"

추일객잔이라는 말에 백검화가 환하게 웃었다. 그리고 뒤에서 영문을 모르고 금철휘와 백검화 일행을 번갈아 쳐다보고 있던 탁명운은 움찔 몸을 떨었다.

"왜 저한테 말씀도 안 하시고 그런 일을 진행하셨어요?"

"지금 말하잖아."

"그리고 지분은 왜……."

"됐다. 그냥 선물이라고 생각해. 앞으로 이걸 어떻게 더 키워내느냐는 오로지 네 노력에 달린 거야. 아직 천하에 추일객잔이 들어설 곳은 널렸거든. 난 고작 백 군데밖에 안 세웠어."

백검화가 더 말하려 할 때, 금철휘가 그녀의 말을 막고 뒤를 턱짓으로 가리켰다.

"저 사람들은 누구야? 일행이야?"

금철휘의 물음에 백검화가 고개를 끄덕이며 그들을 소개했
다.

"우연히 동행하게 된 분들이에요."

탁명운은 백검화가 자신을 소개하기 전에 먼저 앞으로 나
섰다. 그는 지금 상당히 불쾌한 상태였다. 금철휘가 등장하
자마자 한서연과 화영이 금철휘 옆으로 쪼르르 달려가 버렸
기 때문이다. 마치 금철휘의 여자라고 온몸으로 주장하는 듯
했다.

"천류장에서 온 탁명운이라고 하오."

"응. 난 금철휘."

금철휘는 가볍게 손을 들어 주며 말했다. 그 태도에 탁명운
과 지한원이 발끈했다.

"지금 이게 뭐 하는 짓이오! 우리를 무시하는 거요?"

둘이 발끈했지만 금철휘는 아예 신경도 쓰지 않았다. 사실
금철휘는 그들을 보자마자 기분이 좋지 않았다. 천령신공이
아주 자연스럽게 그들의 성향을 보여 준 것이다.

탁명운과 지한원은 뭔가 다른 꿍꿍이를 품었음이 확실했
다. 그것도 좋지 않은 의도를 가지고 있었다. 그들의 시선이
가끔 화영과 한서연에게 머무는 걸 보면 두 여인에게 흑심을
품고 접근했음이 확실했다.

그런 것이 빤히 보이는데 좋은 말이 나갈 리 있겠는가. 금
철휘는 약간 삐딱한 눈으로 두 사람을 보며 말했다.

"더 해 보지?"

금철휘의 말에 탁명운과 지한원이 발끈해서 소리치려 했다. 하지만 두 사람은 그럴 수 없었다. 한서연과 화영이 자신을 바라보는 표정을 봤기 때문이다.

"끄응. 앞으로 조심하시오."

"한 번만 더 무시하면 참지 않겠소."

둘의 엄포에 금철휘가 피식 웃었다.

"내가 뭘 무시했는지는 모르겠지만, 굳이 참을 필요 없어."

금철휘의 도발에 두 사람은 속이 부글부글 끓었다. 하지만 나서지 않았다. 굳이 지금 일을 키울 필요는 없었다. 또한 약간의 껄끄러움도 있었다.

아무리 뭔가 약점을 파악해 이뤄낸 일이라 해도 상대는 만년한철로 만들어진 문을 산산조각낸 사람이다. 자칫 덤볐다가 망신을 당하면 그야말로 나락으로 떨어진다. 다시는 기회를 얻지 못할 것이다.

탁명운과 지한원은 화영과 한서연을 힐끗 바라보며 눈치를 살폈다. 그리고 이를 갈았다. 아무리 봐도 금철휘에게 푹 빠진 모습이었다.

'그래도 결국은 내가 얻고야 만다.'

둘은 그렇게 생각하며 일단 상황을 마무리 지었다. 대충 얼버무리며 자신의 동료들 사이로 돌아갔다.

"일단 객잔을 잡거나 포천회 안으로 들어가는 게 좋을 것 같습니다."

탁명운은 금철휘에게 말할 때와는 전혀 다른 어조로 화영을 보며 말했다. 물론 화영은 그를 쳐다보지도 않았다. 대신 금철휘가 그 말을 받았다.

"포천회에 들어가 봐야 좋은 꼴 못 볼 테니까 그냥 객잔으로 가지. 따라오고 싶으면 따라오든가."

탁명운은 그 말에 또 짜증이 났다. 왜 굳이 객잔으로 간단 말인가. 저렇게 포천회의 문을 활짝 열어 놓고서 말이다. 포천회도 이렇게 된 이상 사람들을 들이지 않을 수 없을 것 아닌가.

그렇게 생각한 탁명운이 막 금철휘를 불러 세우려는 순간, 포천회 안쪽에서 요란한 소리가 났다.

콰과과광!

"으악!"

"피해!"

"도망쳐!"

쩌저저정!

탁명운은 소리치려던 그대로 입을 벌리며 소리가 들려오는 쪽을 멍하니 바라봤다.

포천회의 정문을 통해 수많은 사람들이 튀어나왔다. 그들은 하나같이 허공을 날고 있었다.

순식간에 다시 정문 앞이 아수라장으로 변했다. 팔다리가 꺾인 사람부터 피투성이가 된 사람까지 있었다. 몸이 성한 사람이 많지 않았다. 다들 어딘가 다친 채 바닥을 뒹굴었다.

그렇게 사람들이 잔뜩 날아온 다음 빠르게 도망치는 사람들이 우르르 몰려나왔다.

그리고 그들의 뒤로 수백 수천의 검기 다발이 쏟아져 나갔다.

"으아악!"

"저리 비켜!"

도망치던 사람들이 서로를 밀치며 옆으로 몸을 굴렸다. 데굴데굴 굴러 피했지만 온몸에 검기를 뒤집어쓴 사람들이 부지기수였다.

처참했다. 포천회 정문 앞은 말 그대로 피바다가 되어 있었다. 사람들이 흘린 피와 신음이 가득했다.

"이, 이게 대체 어찌 된 일이지?"

탁명운은 그렇게 중얼거리며 슬그머니 입을 다물었다. 만일 포천회 안으로 들어가자고 말했다면 낭패를 당할 뻔했다. 정말 아슬아슬한 순간이었다.

탁명운은 그렇게 물러나 화영의 눈치를 살폈다. 화영도 포천회를 쳐다보고 있었다. 화영뿐 아니라 나머지 여인들도 눈을 동그랗게 뜬 채 아수라장이 된 곳을 보고 있었다.

하지만 단 한 명, 금철휘는 그곳이 아닌, 탁명운을 보고 있었다. 탁명운은 순간 섬뜩한 기분이 들었지만 이내 마음을 가라앉혔다. 어쨌든 잘 넘어갔으니 된 것 아닌가.

'그나저나 정말 기분 나쁜 놈이로군.'

탁명운은 금철휘를 보며 눈살을 찌푸렸다. 나중에 기회를 봐서 정말로 제대로 한번 혼내 주지 않으면 직성이 풀리지 않을 것 같았다.

그렇게 구경하는 사이 포천회의 문을 통해 예기를 뿌리는 무사 열 명이 천천히 걸어 나왔다. 그들은 문 앞을 막고 서서 바닥에 쓰러진 사람들을 노려봤다. 그들의 눈에 담긴 살기에 다들 화들짝 놀라 황급히 일어나 뒤로 물러섰다.

"문을 부순 놈은 앞으로 나서라."

무사들 중 하나가 말했다. 나직한 목소리였지만 마치 귓가에 대고 말하는 것처럼 크게 들렸다. 내공이 가득 담겼기에 몇몇 무공이 낮은 사람들은 고막이 터져 버렸다.

아무도 나서지 않자, 열 명의 무사들이 성큼 앞으로 걸었다. 그들의 몸에서 흘러나오는 무거운 기세가 사람들의 마음을 사정없이 짓눌렀다.

사람들이 갑자기 두리번거리며 누군가를 찾았다. 문을 부순 금철휘를 찾은 것이다. 하지만 아무리 찾아도 금철휘는 보이지 않았다.

금철휘는 무사들이 등장하기 직전 네 여인만 싹 데리고 아무도 모르게 빠져나간 것이다.

다들 당황했다. 그리고 두려움에 떨었다. 포천회에서 나온 무사들이 자신을 가만두지 않을 것 같았다.

가장 당황한 사람은 탁명운 일행이었다. 그들은 함께 있던 금철휘와 여인들이 언제 어떻게 사라졌는지 아예 보지도 못했다. 그저 귀신에 홀린 것 같았다.

한데 포천회 무사들의 기세가 온몸에 쏟아지니 덜덜 떨면서 이 상황을 어떻게 벗어나나 고민했다.

장내의 상황은 암울하기 그지없었다. 하지만 그 암울함은 금세 사라졌다. 포천회 무사들이 기세를 거두고 다시 원래 자리로 돌아간 것이다.

열 명의 무사가 정문 앞에 가만히 서서 은은한 기운을 흘날렸다. 마치 개파대전 당일이 되기 전에는 누구도 들이지 않겠다고 온몸으로 말하는 듯했다.

포천회 앞에 있던 사람들이 눈치를 살피며 하나둘 물러가기 시작했다. 그리고 어느 순간, 그들은 우르르 달려서 도망쳤다. 꼭 늦으면 죽을 것 같았다.

그리고 도망치는 무리 안에는 탁명운 일행도 섞여 있었다.

제9장
혈무련주

　탁명운은 숨이 턱 끝에 차올랐다. 그렇게 정신없이 달리다 보니 어느새 포천회가 보이지 않을 정도로 멀리 왔다.

　"허억. 허억. 다들 괜찮은가?"

　그제야 동료들이 떠올라 고개를 돌리니 용케 쫓아온 동료들이 보였다. 그들 역시 탁명운과 마찬가지로 숨을 헐떡이고 있었다.

　그들은 한동안 숨을 고르고 운기를 하며 체력을 채웠다. 그렇게 몸을 추스르고 나니, 정신도 맑아졌다.

　정신을 차리고 나니 가장 먼저 포천회가 떠올랐다. 생각만으로도 몸이 덜덜 떨려 왔다.

"포천회가 그렇게 극악무도한 놈들일 줄은 몰랐네. 안 그런가?"

"그러게 말일세. 생각만 해도 가슴이 떨리는군."

"그나저나 한 소저는 잘 피했는지 모르겠군. 갑자기 안 보여서 당황했는데, 이제는 좀 걱정이 되는군."

"그리 걱정되면 찾아보면 될 것 아닌가."

대충 그렇게 결론을 내린 그들은 한서연 일행을 찾기 위해 움직였다. 가장 처음 가 보려고 생각한 곳은 추일객잔이었다. 만일 제대로 도망쳤다면 추일객잔으로 갔을 것이 분명했다.

추일객잔을 찾는 건 어렵지 않았다. 추일객잔은 이미 장사의 명물이 되어 있었다. 그 비싼 가격 하나만으로 장사에서 거의 모르는 사람이 없을 정도였다.

추일객잔 앞에 도착하니 어렵지 않게 찾던 사람들을 볼 수 있었다. 아직 객잔에 채 들어가기 전이었던 것이다.

"한 소저!"

지한원이 가장 먼저 외치며 몸을 날렸다. 그는 한서연을 거의 끌어안을 듯 달려들었다.

한서연은 자신을 덮치는 지한원을 보고는 옆으로 한 걸음 걸었다. 워낙 절묘한 순간에 움직였기에 지한원은 그대로 허공을 끌어안고 바닥을 뒹굴 수밖에 없었다.

쿠당탕!

"크윽!"

지한원은 한편으로는 부끄럽고 또 한편으로는 어이가 없었다. 후다닥 일어나서 한서연을 바라보니, 담담한 표정으로 자신을 보고 있었다.

"무, 무사하셔서 다행이오."

한서연은 대답도 하지 않고 고개만 살짝 까딱였다. 그리고 금철휘를 바라봤다.

지한원은 그 모습을 보니 가슴속에서 천불이 나는 것 같았다. 금철휘를 노려봤지만 금철휘는 아예 눈길조차 주지 않았다. 그래서 더 화가 났다. 자신이 계속 보잘것없는 사람이 되어 가는 것 같았다.

상황이 더 복잡해질 수 있었지만, 탁명운이 적절한 순간에 나서서 일행을 데리고 객잔 안으로 들어갔다. 아직 시간은 많았다. 언제든 기회를 만들어 금철휘를 박살낼 수 있을 거라 믿었다.

"대체 포천회는 무슨 생각인 걸까요?"

"글쎄."

"만년한철로 문을 만든 거야 그렇다 치고 사람들을 그렇게 공격해서 다치게 하면 결국 전 무림을 적으로 돌릴 수도 있을 텐데요."

"그럴 수도 있겠지. 어쩌면 혈무련처럼 될 수도 있고."

혈무련은 정파를 표방하고 있지만 사실상 사파에 훨씬 가

깝다. 어쩌면 포천회도 그런 식으로 흘러갈지 모른다. 그렇게 되면 혈무련과 마찬가지로 수많은 문파들과 갈등을 이어 갈 수밖에 없다.

"그리고 대체 왜 내부를 공개하지 않는 걸까요? 보통 이런 경우에는 사람들을 안으로 들여서 숙소를 제공하는 게 당연하잖아요?"

"뭔가 노리는 바가 있겠지."

"설마 함정을 준비하고 있는 건 아니겠죠?"

"네 생각에 그놈들이 개파대전을 왜 여는 것 같아?"

"양지에서 천하를 지배하려는 것 아닐까요?"

"그렇지. 그럼 개파대전을 하면서 함정을 준비하면 어떻게 될까?"

"그렇군요. 그런 일은 벌어지지 않겠네요."

금철휘와 화예지의 대화는 나머지 세 여인들이 상황을 정리하는 데 큰 도움을 주었다.

"포천회는 오대세가와 싸우지 않았나요? 이렇게 당당히 모습을 드러내면 곤란하지 않을까요?"

화영이 의아한 눈으로 묻자, 금철휘가 고개를 저었다.

"오대세가와 싸운 건 포천회가 아니라 암천회야. 아마 끝까지 우기겠지. 딱히 증거도 없고. 그리고 포천회는 오대세가를 쳐낼 가능성이 높아."

"그럼 싸움이 커질 텐데요?"

"진짜 원하는 게 그것일 수도 있지."

금철휘의 의미심장한 말에 화영은 소름이 쫙 돋았다. 어쩌면 포천회는 천하를 전란의 구렁텅이에 몰아넣기 위한 준비를 하고 있을지도 모른다.

'만일 정말로 그렇게 되면⋯⋯.'

그럼 정말로 끔찍한 일이 벌어질 것이다. 천하가 피에 잠길 것이고, 수많은 사람들이 나락에 빠질 것이다. 하지만 그래서는 포천회도 얻을 것이 없었다. 포천회도 걸레짝처럼 너덜너덜해질 테니 말이다.

'포천회주가 과연 누굴까?'

금철휘의 뇌리는 온통 포천회주로 꽉 차 있었다. 과연 포천회주가 개파대전에 모습을 드러낼 것인지도 궁금했다.

보통은 회주가 모습을 드러내는 게 정상이다. 인사라도 해야 하는 것이다. 하지만 포천회주는 왠지 그렇게 하지 않을 것 같았다. 이건 순전히 금철휘의 감이었다.

"그건 그렇고⋯⋯."

금철휘는 고개를 돌려 백검화와 한서연을 쳐다봤다. 두 여인은 금철휘와 눈이 마주치자 흠칫 놀랐다.

"왜 그러세요?"

"일행이라고 우기던 그 떨거지들은 뭐야?"

"아아. 그 사람들이요?"

화영이 나서서 쭉 설명을 했다. 금철휘는 가만히 설명을 듣고 있다가 눈살을 찌푸렸다.

"그러니까 그 떨거지 놈들이 그따위 짓을 하고도 멀쩡히 걸어 다닌단 말이지?"

금철휘의 눈빛에 어린 스산함에 네 여인이 화들짝 놀랐다. 설마 금철휘가 이런 일로 이렇게까지 화를 낼 줄은 몰랐다.

"그놈들도 추일객잔에 방 잡았지?"

탁명운 일행은 별채로 따라오지 않고 방을 따로 잡았다. 추일객잔이 비록 상당히 비싼 객잔이긴 하지만 일반 객실은 별채를 빌리는 것과는 비교도 할 수 없을 정도로 쌌다.

"나 잠깐 산책 좀 하고 올게."

"저희들도……."

네 여인이 따라나서려 하자, 금철휘가 단호히 손을 내밀어 막았다.

"나 혼자 다녀올게. 쉬고 있어. 목욕도 좀 하고."

금철휘의 말에 네 여인이 살짝 얼굴을 붉혔다. 자신들이 한창 목욕을 하고 있는 와중에 금철휘가 돌아오면 참 괜찮은 그림이 나오겠다는 생각이 들었다.

"그럼 다녀오세요."

네 여인이 살갑게 웃으며 인사를 했다. 금철휘는 씨익 웃으며 인사를 받고는 밖으로 나갔다.

탁명운과 지한원은 심각한 표정으로 마주앉아 있었다.

"그 금철휘라는 놈을 어떻게 했으면 좋겠나?"

"마음 같아서야 아주 박살을 내버리고 싶지. 하지만 방법이 없지 않나."

"방법이야 만들면 되지."

"방법을 만들어?"

"그놈은 혼자일세. 머릿수로 밀어붙이면 장사 없는 법일세."

"하지만 그놈은 만년한철로 이루어진 문을 박살낼 정도의 고수 아닌가. 우리가 상대할 수 있겠나?"

"자네는 그 장면을 보고도 그런 말을 하나? 힘으로 부순 게 아니야. 문의 약점을 찌른 거지. 만일 약점만 안다면 나도 그쯤은 할 수 있네. 물론 자네도 마찬가지고."

"그야 그렇겠지만……."

"일단 사람을 더 모아 보세. 우리 둘만으로는 왠지 좀 불안하니까."

"그놈을 백검화와 떨어뜨려 놓는 것도 문제일세."

"그야 기회를 봐야지. 분명히 따로 떨어지는 순간이 있을 걸세. 그 순간을 놓치지 않으려면 미리 준비를 해 둬야지."

잠시 고민하던 탁명운이 결심을 굳힌 듯 고개를 끄덕였다.

"좋네. 각자 한번 알아보세."

"우리 가문을 이용하면 아마 쉽게 사람을 구할 수 있을 걸세. 정 안되면 사령당에 의뢰라도 넣으면 되지 않겠나?"

"사령당! 그거 좋은 생각이군."

사령당은 천하에서 가장 유명한 자객조직이다. 당연히 의뢰금도 엄청나다. 그들에게 의뢰하면 상대가 누구든 손을 봐줄 수 있을 거라 믿었다.

탁명운과 지한원은 희희낙락한 얼굴로 술잔을 부딪쳤다.

그리고 멀리 떨어진 곳에서 둘의 대화를 고스란히 들은 금철휘가 피식 웃었다.

"사령당이라…… 이렇게 또 얽히는군."

사령당은 예전에도 금철휘를 노린 적이 있었다. 물론 보기좋게 실패했지만 말이다.

"자, 그럼 저놈들이 준비를 끝낼 때까지 조금 기다려 볼까?"

금철휘가 즐겁게 미소 지으며 근처에 적당히 자리를 잡고 앉아 술잔을 기울였다.

장사가 시끌벅적해졌다. 수많은 무림인들이 장사로 몰려들었다. 절반 정도는 포천회의 개파대전에 참여하기 위해 온 사람들이었지만, 나머지는 그저 혹시 모를 떡고물이 없나 기웃거리기 위해 온 사람들이었다. 그리고 점점 그런 사람들이 늘어나고 있었다.

혈기왕성한 무림인들이 몰려 있으니 당연히 시비도 많았고, 싸움도 자주 벌어졌다. 심지어는 목숨을 잃는 사람까지 나왔다.

하지만 포천회는 그 모든 일을 그저 방관하기만 했다.

처음에는 수많은 사람들이 포천회를 성토했지만, 그래도 포천회가 움직일 생각을 하지 않자, 이내 포기해 버렸다.

몇몇 정파의 인물들이 나서서 치안을 바로잡으려 했지만 역부족이었다. 인원도 모자랐고, 이곳에 모인 무림인의 수가 너무 많았다. 게다가 사파 성향이 짙은 무인들이 곳곳에서 말썽을 부렸다.

금철휘는 장사에 세워 둔 황금루 최상층에 앉아 밖을 내다보면서 나직이 혀를 찼다.

"쯧쯧, 또 싸우는군."

"정말 큰일이에요. 이대로라면 장사라는 도시 자체가 무너질 수도 있을 것 같아요. 대체 포천회는 무슨 생각인 걸까요?"

"글쎄."

"이대로라면 그들의 기반이 되는 장사가 완전히 쑥대밭이 될 테고, 결국 미래가 사라지는 셈일 텐데 왜 방관하는지 모르겠어요."

"뭔가 생각이 있겠지. 포천회의 기반이 장사에만 있는 것도 아닐 테고. 그나저나 개파대전이 얼마나 남았지?"

"이제 사흘 남았어요. 아마 그동안은 지금까지보다 훨씬 난장판이 될 확률이 커요."

"그렇겠지."

금철휘는 창에서 돌아서서 자리에 앉았다. 그리고 술 몇 잔을 마신 뒤, 화예지를 보며 물었다.

"여기 황금루에는 찝쩍대는 떨거지 없지?"

"있긴 하지만, 어렵지 않게 물리쳤어요."

황금루는 기녀들이 예쁘기로 천하에 소문이 자자하다. 당연히 무공을 익힌 사파 무림인들이 들어와 강짜를 놓고 행패를 부리곤 했다.

하지만 황금루에 있는 기녀들은 다들 무공을 익혔다. 그것도 금철휘가 직접 내려 준 무공이었다. 제아무리 고수가 오더라도 조금 버티는 정도는 충분히 할 수 있었다.

그리고 그렇게 버티는 동안 황금루를 보호하는 진짜 고수들이 와서 처리하면 끝이다. 황금루를 보호하는 무사들의 실력은 상당했기에 지금까지 별 어려움 없이 파락호들을 처리할 수 있었다.

"문제는 오늘부터예요."

"오늘?"

"사파의 거두들이 움직이고 있어요."

"사파의 거두라……."

금철휘는 턱을 쓰다듬으며 중얼거리다가 물었다.

"백검화보다 강한 사람도 있나?"

"한 명이요."

"호오. 있긴 있나 보네?"

백검화는 금철휘를 만난 이후로 상당히 무공이 늘었다. 그렇지 않아도 여중제일고수 소리를 들을 정도로 강했는데 거기서 더 강해졌으니 이제 십대고수가 온다 할지라도 능히 물리칠 수 있을 정도가 되었다.

한데 그런 백검화보다 더 강한 고수가, 그것도 사파에 있다니 흥미가 생겼다.

"누군데? 나도 이름만 들으면 알 수 있을 정도의 고수인가?"

"그럼요. 모르는 사람이 없는 고수인데. 혈무련주가 올 것 같아요."

"혈무련주?"

혈무련은 스스로 정파의 기치를 내걸고 있긴 하지만 하는 짓은 완전히 사파였기에 다들 사파라고 인정하는 곳이었다. 게다가 혈무련주는 어쩌면 무림맹주보다 더 강할지도 모른다는 소문이 돌 정도로 강력한 고수였다.

"웬만한 자들이라면 백검화보고 나서서 처리하라고 할 생각이었는데, 상대가 혈무련주라면 얘기가 좀 달라지겠군."

금철휘는 잠시 고민하다가 고개를 한 번 저었다.

"아니지. 꼭 혈무련주가 사고를 친다는 보장은 없잖아? 그래도 명색이 혈무련주인데."

"공자님. 상대는 사파에요. 혈무련주라는 자리가 갖는 무거움보다는 자기 기분에 더 충실한 사람이랍니다."

"그렇겠지. 그럼 그럴 때는 백검화를 보내. 아마 좋은 경험이 될 거야."

아마 정말로 큰 도움이 될 것이다. 물론 이길 수는 없다. 당금 무림에서 정말 제대로 된 무위를 가진 몇 안 되는 사람 중 하나니 말이다.

'그러고 보니 무림맹주도 그랬지? 제법이었어.'

금철휘가 판단하기에 무림맹주나 혈무련주 정도라면 예전 진짜 제대로 된 무인들이 살아 있을 때의 무림에서도 충분히 십대고수의 수좌를 차지할 수 있을 거라 여겼다.

백검화는 냉정하게 판단해서 그런 십대고수에는 아직 미치지 못한다. 하지만 혈무련주나 무림맹주와 생사를 결하는 혈투를 한 번 겪고 나면 분명히 뭔가를 얻을 수 있을 것이다.

'그렇게 진짜 십대고수가 되는 거지.'

금철휘의 입가가 슬쩍 올라갔다. 그 표정이 어찌나 짓궂어 보였는지 화예지가 고개를 절레절레 저으며 한숨을 내쉬었다.

"참. 그 떨거지들은 어쩌고 있지? 사령당에 의뢰를 넣긴 했나?"

금철휘의 말에 화예지가 정말 어이없는 표정을 지었다. 생각할수록 황당했기 때문이다.

"그놈들 사령당에 어떻게 의뢰를 넣는지도 모르고 있던데요?"

"뭐?"

어이없기는 금철휘도 마찬가지였다. 당당하게 사령당을 애기하기에 정말로 그 정도 능력은 있는 줄 알았다. 한데 이제 보니 그저 쭉정이에 불과한 놈들 아닌가.

"그래서 어쨌어?"

"어쩌긴요. 정보원들 시켜서 은밀히 접근시켰죠."

"그리고 사령당에 대한 정보를 넘겨줬다?"

"넘겨준 게 아니라 팔았어요."

"팔아?"

"금향각이 움직였는데 정보료는 받아야죠."

화예지의 당당한 말에 금철휘가 크게 웃었다.

"하하하핫! 맞아. 정보료는 받아야지. 한데 그놈들 보아하니 돈도 많지 않은 것 같던데 사령당에 의뢰를 넣을 수 있기는 한가? 정보료까지 빼앗겼으면 더 힘들 것 같은데?"

화예지가 가슴을 쭉 폈다.

"제가 누군가요? 공자님의 여자 아니겠어요?"

금철휘가 그 말에 눈살을 찌푸리며 뭔가를 말하려 하자, 화예지는 다급히 품에서 서류 한 장을 꺼내 내밀었다.

"이게 뭐야?"

"보시면 아시잖아요."

"차용증?"

금철휘가 서류를 쭉 읽고는 황당한 눈으로 화예지를 쳐다봤다.

"설마 그놈들에게 돈을 빌려준 거야? 사령당에 의뢰 넣으라고?"

"예. 아주 화끈하게 빌려줬어요. 공자님 능력이 보통이 아니잖아요? 그래서 특급 자객 몇 명을 사도 너끈할 정도로 안겨줬죠."

"허어. 나 잡으라고 돈을 준 거네?"

화예지가 예쁘게 웃으며 금철휘의 팔을 휘감았다.

"에이, 고작 특급 자객 몇 명으로 공자님을 어떻게 할 수 없다는 건 제가 더 잘 알아요. 그래도 이 정도는 되어야 그놈들이 한 짓에 대한 응징이 되지 않겠어요?"

금철휘는 결국 고개를 끄덕이고 말았다.

"그래. 네 말이 옳다. 처리가 아주 깔끔하긴 한데…… 그놈들 언제쯤 습격할지는 모르지?"

화예지의 눈이 초승달 모양으로 예쁘게 휘었다.

"당연히 알죠?"

"알아? 당연히? 그놈들 사령당인데?"

화예지가 금철휘의 가슴에 머리를 살짝 기대며 말했다.

"저 화예지에요. 금향각주라고요. 우리 금향각이 알아내지 못할 일은 없답니다. 어때요? 든든하죠?"

금철휘는 감탄하며 고개를 끄덕였다.

"그래. 정말 든든하다."

금철휘는 자신에게 몸을 기대오는 화예지를 쳐다봤다. 오늘따라 말로 형언할 수 없을 정도로 예뻐 보였다. 마음이 슬그머니 움직였다.

금철휘는 화예지가 휘감은 팔을 슬쩍 빼서 그녀의 어깨에 둘렀다.

화예지는 금철휘가 팔을 뺄 때는 말도 못하게 서운했지만 이내 자신의 어깨를 감아 오니, 깜짝 놀라 금철휘를 바라봤다. 그녀의 마음이 기쁨으로 물들었다.

금철휘는 화예지를 쳐다보다가 갑자기 눈이 마주치자 흠칫 놀랐다. 화예지가 지그시 눈을 감았다.

금철휘는 자신도 모르게 자신의 입을 화예지의 입술에 살짝 갖다댔다.

화예지가 금철휘를 강하게 끌어안았다. 그다음을 원하는 것이다. 하지만 그 순간 방문이 벌컥 열렸다.

화예지가 깜짝 놀라 금철휘에게서 후다닥 물러났다. 사실 죄지은 것도 없는데 자신이 왜 이러나 싶었다. 반면 금철휘는 그 자리에 그대로 앉아서 문을 연 사람을 쳐다봤다.

"둘이 뭐하고 있었어요?"

문을 연 사람은 화영이었다. 화영은 의심스러운 눈초리로 두 사람을 번갈아 쳐다봤다. 물론 괜히 한 소리였다. 조금 전에 문을 열면서 화예지가 금철휘에게서 떨어져 나가는 모습을 똑똑히 봤다.

그전에 둘의 입이 붙어 있던 광경까지도 말이다.

화영은 당당하게 금철휘를 바라보며 말했다.

"공자님."

"왜?"

"저도 해 주세요."

"뭘?"

화영은 배시시 웃으며 사뿐사뿐 금철휘에게 다가갔다. 그리고 얼굴을 금철휘 앞으로 쑥 내밀었다. 금철휘는 흠칫 놀랐지만 전혀 움직이지 않고 화영을 쳐다봤다. 둘의 눈이 마주쳤다. 화영이 예쁘게 웃으며 눈을 지그시 감았다.

조금 전 화예지 때와 같은 상황이다. 금철휘가 잠시 머뭇거렸다. 옆에서 화예지가 눈을 동그랗게 뜨고 보고 있었기 때문이다. 하지만 결국 화예지와 똑같은 결과가 나왔다. 이번에는 화영이 얼굴을 앞으로 쭉 내밀며 자신이 금철휘의 입술을 덮쳤기 때문이다.

"그, 그만!"

화예지의 외침에도 화영은 아랑곳하지 않고 금철휘를 끌어안았다. 화예지가 했던 것과 똑같았다. 화예지는 얼굴을 새빨갛게 물들인 채 다시 소리치려 했다. 하지만 이번에는 그럴 필요가 없었다.

"지금 이게 무슨 짓이에요!"

백검화였다. 하지만 화영은 화예지처럼 후다닥 멀어지지 않앉다. 천천히 손을 떼고 금철휘 옆에 가만히 앉아 있었다.

"전 예지가 하는 걸 그대로 따라 한 것뿐이에요."

화영의 뻔뻔한 말에 화예지가 입을 떡 벌렸다. 백검화와 한서연의 시선이 일제히 화예지에게 쏟아졌다.

"아, 저, 저는⋯⋯."

딱히 반박할 말이 없었다. 화영의 말처럼 화영은 자신이 하던 걸 그대로 따라 했을 뿐이었다.

화예지가 말을 제대로 하지 못하자, 이번에는 백검화가 금철휘에게 다가갔다.

"차별하지 않으실 거죠?"

백검화는 그렇게 말하고 금철휘를 덮쳤다.

금철휘는 이제 될 대로 되라는 심정으로 백검화의 입을 받아들였다. 그리고 내친김에 한서연에게 손짓을 했다. 한서연의 몸이 허공에 둥실 떠오른 채 금철휘에게 휙 날아갔다.

한서연은 깜짝 놀랐지만 이내 모든 것을 금철휘에게 맡겼다. 어느새 백검화가 떨어져 나갔고, 금철휘가 한서연을 안아 들었다.

그렇게 한서연의 입술까지 탐한 금철휘는 자리에서 벌떡 일어났다. 어쨌든 이제 네 여자 모두에게 공평하게 입을 맞춰 줬으니 됐다고 생각했다.

"재밌게들 놀아."

금철휘는 그 말을 남기고 창문을 통해 훌쩍 몸을 날렸다.

워낙 창졸간에 벌어진 일이라 아무도 그것을 제지하지 못했다.

"하아. 정말…… 이렇게 차려진 밥상에 왜 손을 안 대시는 건지 모르겠다니까."

화영이 투덜거리자 나머지 세 여인이 얼굴을 붉히면서도 고개를 끄덕였다. 금철휘가 원한다면 뭐든 할 각오가 되어 있는데, 아무것도 하지 않으니 참으로 기분이 묘했다.

화영이 눈을 빛내며 세 여인을 둘러봤다.

"우리 다음에는…… 아예 꽁꽁 묶어 놓고 할까요?"

화영의 말에는 백검화조차 기겁을 했다. 그녀들은 고개를 절레절레 저었다. 그리고 속으로 생각했다. 화영을 제일 조심해야겠다고. 물론 백검화와 한서연은 화예지를 한 번 째려봐 주는 것도 잊지 않았다.

"우리도 오늘 술이나 마시죠?"

화예지의 제안에 다들 반색했다. 이런 날 술이라도 마시지 않으면 또 잠들기 전까지 한숨만 쉴 테니까.

황금루의 최상층에서 네 여인의 술판이 벌어졌다. 술판은 계속 이어졌고, 또 밤이 찾아왔다.

*　　　*　　　*

"크흐흐흐. 여기 그렇게 예쁜 년들이 많다며?"

"내가 직접 두 눈으로 확인한 사실이니 그냥 믿고 따라오기만 해. 큭큭큭큭."

"만일 내 눈에 차지 않으면 다 모가지를 뽑아 버릴 테니까 그렇게 알아."

"아, 걱정 붙들어 매라니까?"

세 명의 노인이 황금루로 들어서고 있었다. 한눈에 보기에도 흉악한 모습이었고, 몸에서 풍기는 기운도 예사롭지 않았다.

원래는 웬만한 기루의 기녀만큼이나 예쁜 시비들이 나서서 맞이해야 하지만, 아무도 나서지 못했다. 본능적인 두려움이 든 탓이었다.

"뭐야? 손님이 왔는데 아무도 안 나오는 거야?"

노인의 외침에 황급히 기녀들이 나섰다. 시비가 못하면 기녀가 하는 수밖에 없다. 황금루의 기녀들은 기본적으로 무공을 익히기 때문에 그래도 노인들의 기운에 어느 정도 버틸 수가 있었다.

"어서 오십시오. 일단 안으로 모시겠습니다."

기녀들의 인사에 노인들이 그제야 기분이 좀 풀린 듯 켈켈거리며 웃었다.

"오늘은 아주 진득하게 즐겨야겠어. 여기 있는 술과 요리를 몽땅 다 내와라."

노인들은 그렇게 외친 뒤에야 안내하는 기녀의 뒤를 따랐다. 일단 방에 들어간 노인들은 적당히 자리를 잡고 앉았다.

수많은 시비들이 술과 음식을 날랐다. 그리고 기녀들이 노인 옆에 앉았다.

노인들은 한동안 질펀하게 술을 마셨다. 그리고 옆에 앉은 기녀들은 너무나 곤혹스러워서 무진 고생을 해야만 했다. 노인들은 전혀 기녀의 사정을 봐주지 않았다. 옷을 훌렁훌렁 벗기고 자기가 하고 싶은 대로 했다.

하지만 기녀들은 끝까지 꾹 참고 노인들의 시중을 들어주었다. 노인들이 먹고 마신 요리와 술만 해도 엄청났다. 그리고 그에 비례해서 노인들이 지불해야 하는 금액도 점점 어마어마하게 불어났다.

그렇게 시간이 흘러갔다. 노인들은 이제 본격적으로 기녀를 품고자 했다. 그 분위기를 눈치챈 기녀들이 노인들에게 물었다.

"이제 자리를 파할까요?"

"그래. 슬슬 방으로 들어가야지."

"예. 잠시만 기다려 주세요."

황금루는 이렇게 자리를 파하면 즉시 계산을 하고 기녀들의 화대를 미리 받는다. 만일 기루에서 자고 아침에 일어나면 아침 식사는 그냥 제공하는 식이었다.

황금루의 총관이 나타나 노인들에게 공손히 허리를 숙였다. 황금루에는 총관도 여인을 쓰는데 웬만한 기녀 못지않게 아름다웠다. 가끔 사람이 모자랄 때는 기녀 대신 방에 들어가기도 했다.

그런 아름답고 기품 있는 여인이 공손히 허리를 숙이니 노인들의 기분이 더 좋아졌다.

몇 마디 일상적인 인사말이 오갔다. 그리고 총관이 계산서를 내밀었다. 지불해야 할 돈을 적어 놓은 종이 한 장이었다. 직접 얼마라고 말하면 천박하다고 싫어하는 손님들이 있어서 생각해낸 황금루만의 방도였다.

종이를 받아 든 노인이 무심한 눈으로 총관을 쳐다봤다.

"이게 뭐냐?"

"지금 지불하셔야 할 금액입니다."

"돈?"

노인들의 말투와 표정에 총관은 즉시 분위기를 파악했다. 이 노인들에게는 지불할 돈 따위는 없을지도 모르며, 혹은 돈이 있다 하더라도 절대 줄 생각이 없다는 것을 알아챘다.

"지금 우리에게 돈을 내라, 뭐 그따위 얘기를 한 게냐?"

총관은 대답하지 않았다. 하지만 암암리에 노인들을 상대할 준비를 했다. 막을 수 없겠지만 준비를 충분히 해 두면 어떻게든 살아남을 수는 있을 것이다.

총관뿐 아니라 기녀들도 대비를 했다. 단전에 잠든 내력을 깨우고 언제든 몸을 날려 피할 수 있도록 준비했다.

그들이 보기에 이 세 명의 노인은 설사 황금루의 호위무사

들이 온다고 해도 쉽게 상대할 수 없을 정도로 강한 자들이
었다.

황금루가 정신없이 움직였다. 일단 총관이 전음으로 문밖
에 대기 중이던 시비에게 알리고, 그 시비가 황금루 전체에 이
일을 알렸다. 황금루의 호위무사들이 움직였고, 그 보고가 황
금루 최상층으로도 들어갔다.

이 일련의 일이 순식간에 이뤄진 것이다.

노인들은 느긋한 모습으로 총관을 보며 서 있었다. 손에
들었던 종이는 이미 찢어서 버린 지 오래였다.

"이제 할 수 있는 건 다 한 게냐?"

노인의 물음에 총관이 바짝 긴장했다. 노인들이 자신이 전
음을 보내고 황금루의 호위무사들을 움직이는 걸 다 알면서
도 그냥 지켜봤다는 건 알고 있었다. 그건 그만큼 자신감이
넘친다는 뜻이었고, 또 그 정도로 강하다는 뜻이었다.

"일단 넌 이리 와라. 우리를 상대할 놈들이 오기 전까지 네
가 우리 상대를 좀 해 줘야겠다. 세 명의 남자를 동시에 받아
본 적은 없겠지? 오늘 그 경험을 시켜 주마. 아마 아주 짜릿
할 거야. 큭큭큭큭."

총관은 노인들의 번들거리는 눈빛에 소름이 오싹 돋았다.
여기 더 있으면 큰일 난다는 생각이 번득 들었다. 총관이 즉
시 몸을 날려 방에서 나가려 했다. 하지만 노인들의 반응은
총관의 생각 이상이었다.

턱!

총관의 눈에 경악이 어렸다. 어느새 노인이 다가와 자신의 팔뚝을 잡은 것이다.

"다, 다들 일단 나가!"

총관의 명령이 떨어짐과 동시에 기녀들이 문밖으로 몸을 날렸다. 하지만 노인들은 미동도 하지 않았다. 처음 말했던 대로 총관만을 범할 생각이었다. 노인들의 눈에 핏발이 섰다. 그리고 입가에 음흉한 미소가 어렸다.

"자아, 시간이 얼마 없을 테니 빨리 즐겨 보자꾸나."

노인이 그 말을 하며 손을 한 번 움직이자, 총관의 옷이 완전히 발기발기 찢어져 버렸다. 속곳마저 그렇게 되어 버려 총관은 순식간에 알몸이 되었다.

금방이라도 노인들의 하물이 총관을 꿰뚫을 것 같았다. 총관은 너무 당황하고 부끄러워 눈물이 났다.

그리고 그 순간, 누군가가 호통을 쳤다.

"이 버러지 같은 놈들! 이게 무슨 짓이냐!"

노인들의 눈빛에 살기가 일렁였다. 노인들은 총관을 옆으로 치우고 고개를 돌려 자신에게 호통을 친 간 큰 놈을 쳐다봤다.

서른 살 정도로 보이는 사내였는데, 눈빛이 붉은 걸 빼면 아무것도 아닌 놈이었다. 노인들이 보기에는 애송이에 불과했다.

"살기 싫으냐?"

노인 중 하나가 그렇게 말하며 노려보자, 사내가 피식 웃었다.

"내가 할 말을 대신해 주니 편하군."

"흥, 이 버러지가 어디서 그따위 말을."

노인 하나가 더 참지 못하고 몸을 날렸다. 단번에 목을 꺾어 버릴 심산이었다. 하지만 노인은 그러지 못했다.

사내가 손을 들어 노인의 손을 잡았다. 둔탁한 소리와 함께 노인의 눈이 당황함으로 물들었다.

"이, 이놈이?"

"일단 손의 죄를 먼저 물어야겠군."

우드득!

"끄어어!"

노인의 눈이 돌아갔다. 어마어마한 고통이 손을 통해 밀려왔다. 그리고 손가락뼈를 시작으로 뼈가 하나하나 부러져 나갔다.

뚜둑! 뚜둑! 뚜두두둑!

노인의 팔 하나가 연체동물처럼 흐느적거렸다. 사내는 그지경이 되어서야 손을 놔주었다. 사내의 시선이 나머지 두 노인에게로 향했다.

"안 올 건가? 그럼 내가 가지."

말이 끝남과 동시에 사내의 몸이 두 노인 사이에 서 있었다. 노인들은 채 반응도 하지 못한 채 사내에게 목을 제압당했다.

사내는 노인들의 목을 양손에 각각 하나씩 움켜쥔 다음 높이 들어 올렸다. 노인들이 다리를 바둥거렸다. 얼굴은 시뻘게졌다. 하지만 그런 몸짓도 그리 오래가지 않았다. 사내가 손을 가볍게 비틀어 버린 것이다.

우둑! 우둑!

두 노인은 목이 꺾인 채로 절명했다. 사내는 양옆으로 노인들을 휙휙 던진 뒤 가볍게 탁탁 손을 털었다.

그리고 고개를 돌려 구석에서 몸을 웅크리고 있는 총관을 바라봤다. 사내의 입가에 부드러운 미소가 걸렸다.

"버러지들은 내가 처리했으니 안심하셔도 좋소."

사내의 말에 총관이 고개를 끄덕이며 감사를 표했다.

"가, 감사합니다. 저, 전 옷을 입어야 하니 이만……."

이만 물러가 달라는 부탁이었다. 하지만 사내는 어리둥절한 표정을 지으며 말했다.

"옷? 왜 옷을 입으려는 거요?"

"예?"

총관이 놀란 눈으로 사내를 바라봤다. 그리고 사내의 눈에 떠오르는 정염의 불꽃을 보고는 몸을 부르르 떨었다.

"이 버러지들이 하려던 것, 나 혼자 할 수 있다오. 아마 한 번 겪으면 다시는 날 떠나지 못할 거요."

사내가 부드럽지만 욕정 어린 미소를 지으며 총관에게 다가갔다. 총관은 절망 어린 표정으로 사내를 바라봤다.

왠지 조금 전 노인들이 하려던 짓보다 이 사내가 하려는 짓이 훨씬 더 무서울 것만 같았다.

사내가 막 총관의 몸에 손을 대려는 순간, 한 여인이 방으로 들어섰다.

"거기까지만 하죠."

사내가 손을 멈추고 고개를 돌렸다. 그의 눈이 화등잔만 해졌다.

"호오. 이거 정말 놀라울 정도의 미녀 아닌가."

문 앞에 선 여인은 백검화였다. 백검화는 차가운 눈으로 사내를 노려봤다. 그녀의 표정에 살짝 긴장감이 나타났다가 사라졌다.

사내의 몸에서 풍기는 기운이 심상치 않았다. 척 보기에도 자신보다 강한 듯했다. 하지만 싸우기도 전에 기세에서 밀릴 수는 없었다. 백검화는 일단 사내를 노려보며 말했다.

"여기서 소란 피우지 말고 나가서 한판 붙는 게 어때요?"

사내가 피식 웃었다.

"네가 강한 건 알겠다. 한데 과연 내가 따로 나가서 널 상대할 만한 가치가 있을까?"

백검화가 눈살을 찌푸렸다. 그러자 사내가 혀로 입술을 살짝 핥으며 말했다.

"내가 이기면 내 여자가 돼라. 그럼 따라 나가 주지."

백검화가 이를 악물었다. 그리고 결연한 표정으로 고개를 끄덕였다.

"좋아요. 나가죠."

"호오. 정말인가?"

백검화는 대답하지 않고 몸을 돌렸다. 그리고 근처에 있는 기녀에게 총관을 챙기라 부탁했다.

"안 갈 건가요?"

백검화는 슬쩍 돌아보며 사내에게 그렇게 말하고는 훌쩍 몸을 날렸다. 그녀의 몸이 창을 통해 밖으로 나갔다.

그러자 사내가 묘한 미소를 지으며 백검화의 뒤를 따랐다.

두 사람이 사라지자, 근처에 있던 사람들이 정신없이 움직였다. 치워야 할 시체가 세 구였다. 또 알몸인 총관에게 옷을 가져다줘야 했다. 또 다른 손님들이 동요하지 않게 조치를 취해야 했다.

잠시 소란스러웠지만, 이내 황금루는 평소대로 돌아갔다. 마치 아무 일도 없었던 것처럼 말이다.

백검화는 황금루에서 한참 떨어진 곳으로 향했다. 일단 최대한 주변에 아무것도 없는 공터를 찾았다. 괜한 피해를 사람들에게 주지 않기 위함이었다.

"대체 어디까지 갈 셈이지?"

사내의 싸늘한 목소리가 귓가에서 들려왔다. 백검화는 입술을 깨물었다. 사내가 다가오는 기척도 느끼지 못했다. 확실히 자신보다 한참 윗줄에 있는 고수였다.

"거의 다 왔어요."

백검화는 그렇게 응수하고는 속도를 더 높였다. 사내가 피식 웃으며 그 뒤를 따랐다.

이내 두 사람은 장사 외곽에 있는 커다란 공터에 도착했다. 이곳이라면 아무리 거칠게 싸워도 괜찮을 것 같았다.

"원하는 장소가 여긴가?"

사내는 그렇게 말하며 주위를 둘러봤다. 인적이라고는 아예 없었다. 더구나 한밤중이라 무공을 익힌 사람이 아니라면 코앞에 있어도 알아보지 못할 정도로 어두웠다.

"괜찮군. 끝난 다음에 이 자리에서 한번 일을 치르는 것도 나쁘지 않겠어. 내 여자가 된 기념으로 몸에 지울 수 없는 흔적을 남겨 주지."

사내가 욕정으로 가득 찬 눈으로 백검화의 온몸을 훑었다. 백검화는 사내의 시선이 지날 때마다 그 자리에 소름이 쫙쫙 돋는 것 같았다.

스릉.

백검화가 더 참지 못하고 검을 뽑았다.

"어디 재롱 한번 볼까?"

사내가 백검화를 향해 손가락을 까딱였다. 오만한 태도였지만 사내가 하니 그것이 너무나 자연스러웠다. 백검화도 그 것을 오만하게 여기지 않았다.

백검화가 몸을 날리며 검을 휘둘렀다. 새하얀 검강이 채찍처럼 요동치며 사내를 향해 날아갔다.

사내는 그저 손을 가볍게 드는 것만으로 그것을 막아냈다.

쩌엉!

검강이 산산이 부서졌다. 사내는 득의한 표정으로 백검화를 쳐다봤다. 하지만 그 순간 묘한 위화감을 느꼈다. 백검화의 표정이 전혀 변함없었기 때문이다.

촤라락!

부서진 검강의 조각들이 모조리 꽃으로 피어났다. 그리고 날카로운 꽃잎을 회전시키며 사내에게 날아갔다.

"호오. 이건 좀 괜찮군."

사내가 드디어 자신의 무기를 뽑았다.

쩌저저저저정!

커다란 도 한 자루가 허공을 유영하며 꽃잎을 모조리 박살 냈다.

사내가 도를 어깨에 척 걸치고는 백검화를 보며 입을 열었다.

"최소한 넌 내가 누군지 알 자격이 있군."

사내는 그렇게 말하며 백검화를 향해 도를 겨눴다.

"혹시 혈무련이라고 들어봤나?"

사내의 말에 백검화의 눈이 커다래졌다.

"설마, 혈무련주?"

"호오. 혈무련이라고만 했는데 척 맞추는 걸 보면 머리도 제법 돌아가는 모양이군."

백검화의 표정이 굳었다. 설마 혈무련주일 줄은 몰랐다.

'과연 내가 혈무련주를 상대할 수 있을까?'

백검화는 투지를 불태웠다. 조금 전 상대해 본 바에 따르면 혈무련주가 확실히 자신보다 한 수 위였다. 하지만 아예 상대도 안 될 정도로 차이가 나는 건 아닌 듯했다.

'해볼 만하다!'

백검화는 눈을 빛내며 검을 세웠다.

"호오. 투지가 마음에 드는군. 좋아. 어디 계속 재롱을 떨어 봐. 어차피 내 여자가 되어야 하니 죽이지는 않으마."

혈무련주가 성큼 앞으로 걸었다. 그 한 걸음이 백검화와의 사이에 있던 거리를 싹 없애 버렸다.

백검화는 지체 없이 검을 휘둘렀다.

쩌저저정!

도와 검이 단숨에 수백 번이나 격돌했다.

백검화는 이를 악물었다. 내공이 달렸다. 물론 초식도 조금 밀렸다. 하지만 그건 어떻게든 해 볼 수 있었다. 내공이 가장 큰 문제였다. 혈무련주는 아예 내공이 줄어들지도 않은 것처럼 보였다.

하지만 사실 혈무련주도 겉으로는 여유를 보이지만 속으로는 깜짝 놀란 상태였다. 그의 내공도 절반 이하로 줄어들었다. 이대로는 내공이 모자라 초식을 제대로 펼치기 어려울 듯했다.

'대체 누구이기에 고작 이 나이에 이 정도 무위를 가졌단 말인가.'

꽈앙!

두 사람은 거대한 폭발과 함께 약속이라도 한 듯 뒤로 물러섰다. 검강을 강제로 폭발시킨 것이다. 물론 그렇게 시도한 사람은 백검화였다. 이대로라면 진원지기까지 쓸 것 같아 시간을 둔 것이다.

쉬오오오!

백검화의 주위로 기운이 휘몰아쳤다. 일단 가볍게 내공을 운기해 바닥난 기운을 급한 대로 보충했다.

혈무련주의 표정이 급격히 굳었다. 백검화가 내공을 보충하는 속도가 너무 빨랐다. 자신은 절대 저렇게 못한다. 혈무련주는 다급히 도를 휘둘렀다.

콰우우!

거대한 도강이 백검화를 향해 날아갔다. 백검화는 운기를 멈추고 즉시 몸을 비틀며 검을 휘둘렀다.

쩌저정! 꽝!

도강을 흘려 방향을 비튼 백검화는 검을 연달아 찔렀다.

쉭쉭쉭쉭!

꼬챙이 모양의 검강 수십 개가 앞으로 쏟아져 나갔다.

혈무련주가 이를 악물고 도를 휘둘렀다.

쩌저저정!

"젠장!"

검강을 막으려면 막대한 내공을 소모할 수밖에 없다. 피했어야 하는데 백검화가 날린 검강이 너무 빨랐다.

백검화가 그 사이에 숨을 한 번 더 고르고는 달려들었다. 이젠 백검화도 상황을 대충 예상했다. 모든 부분에서 자신이 조금씩 모자라지만 회복이 훨씬 빨랐다. 이건 잘만 이용하면 최고의 강점이 될 수 있었다.

쉬아악!

검강을 머금은 검이 혈무련주의 목을 노리고 날아갔다. 혈무련주는 도를 들어 그것을 막았다.

쩡!

강렬한 기파가 사방으로 퍼져 나갔다. 땅거죽이 동심원을 그리며 갈라져 솟구쳤다.

또다시 검과 도의 격돌이 시작되었다.

쩌저저저정!

이번에는 혈무련주의 안색이 창백해졌다. 내공이 급격히 줄어들어 점점 힘이 부쳤다.

반면 백검화는 아직도 여력이 남아 있었다.

"이익!"

꽈앙!

이젠 반대로 혈무련주가 강기를 폭발시키며 물러났다.

백검화는 물러난 상태로 또 운기를 했다. 짧지만 강력했다. 어마어마한 기의 소용돌이가 일어났다.

쉬아아악!

이번에는 혈무련주도 운기를 했다. 조금이라도 기운을 채우는 게 낫다고 판단한 것이다. 하지만 그럴 틈이 없었다. 백검화가 자신의 운기를 중단하고 달려든 것이다.

"이런 끈질긴 년!"

백검화는 혈무련주의 폭언에도 전혀 신경 쓰지 않고 검을 휘둘렀다.

쩌저저저저정!

혈무련주의 입가에서 핏줄기가 흘렀다. 혈무련주의 안색이 강시처럼 창백해졌다.

꽈앙!

다시 한 번 강기가 폭발했다. 혈무련주가 진기가 손상되는 걸 각오하고 한 것이다.

백검화는 여유롭게 뒤로 쭉 물러났다가 다시 달려들 준비를 했다. 하지만 그녀는 이내 피식 웃으며 몸을 바로 세웠다.

혈무련주가 등을 보인 채 달아나고 있었다. 속도는 확실히 빨랐다. 하지만 보아하니 내공이 달려 진기가 손상되고 있음이 분명했다.

"후우우."

백검화는 납검하며 호흡을 골랐다. 소모된 진기가 빠르게 채워졌다. 그녀의 입가에 빙긋 미소가 어렸다. 사실 이 운기법은 금철휘로부터 배운 것이었다.

본래 익히고 있던 내공심법과 충돌하지 않으면서 유사시에 빠르게 진기를 보충할 수 있는 수법이었는데, 자주 쓰면 몸에 무리가 가는 단점이 있었지만, 상당히 유용해서 열심히 익혀 두었다.

"아니, 그분이 가르쳐 준 거라서 열심히 했지."

만일 금철휘가 직접 가르쳐 주지 않았다면 이렇게 성취가 높지 않을 것이다. 그리고 그랬다면 지금 이곳에서 낭패를 당한 것은 혈무련주가 아니라 자신이었을 테고 말이다.

"다행이야."

백검화는 가슴을 쓸어내렸다. 그리고 몸을 날려 다시 황금루로 향했다. 그럴 리는 없겠지만 혹시라도 혈무련주가 황금루로 가서 행패를 부리면 정말로 곤란하니 말이다.

제10장
전야

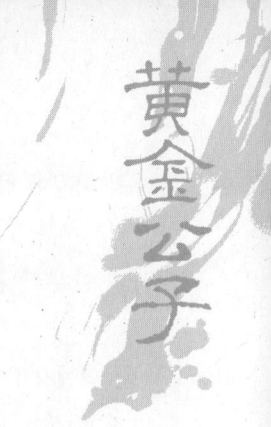

"혈무련주 이겼다며?"

금철휘의 물음에 백검화가 황당한 눈으로 바라봤다.

"그걸 어떻게 아셨어요?"

"다 아는 수가 있지."

금철휘가 씨익 웃으며 제대로 대답해 주지 않자, 백검화가
입술을 삐죽였다.

"뭐예요? 그게?"

"그런 게 있다고만 알아 둬."

백검화는 고개를 갸웃거렸다. 대체 금철휘가 어떻게 알았는
지 알 수가 없었다. 혈무련주와의 대결에서 이겼다는 사실조

차 아무에게도 말하지 않았다. 게다가 그가 혈무련주라는 걸 아는 사람도 아마 자신뿐이리라.

'아무리 금향각이라도 거기까지 알 수 있을 리가 없는 데……'

화예지가 말한 것도 아니라면 대체 어떻게 알 수 있단 말인가. 백검화는 반신반의하며 물었다.

"혹시 예지가 말해 준 건가요?"

금철휘가 고개를 저었다. 이 일은 화예지도 아직 모른다. 화예지가 아는 건 백검화가 어떤 남자 고수와 싸우기 위해 어딘가로 갔다가 돌아왔다는 사실 뿐이었다.

"그나저나 내가 예전에 가르쳐 준 심법, 꽤 쓸 만하지?"

금철휘의 말에 백검화가 살짝 얼굴을 붉히며 고개를 끄덕였다. 그녀는 금철휘를 빤히 바라보다가 말했다.

"고마워요."

"고맙긴. 내 사람 지키는 일에는 아무것도 안 아낀다는 거 알잖아."

백검화는 그 말에 가슴이 두근거렸다. 금철휘가 말하는 내 사람이라는 것이 자신이 원하는 것과는 많이 다른 의미라는 걸 알지만 그래도 가슴이 저릿저릿해지는 건 어쩔 수 없었다.

"그래도 이제 혈무련주까지 이겼으니 거의 천하제일에 근접한 셈인가? 직접 싸워 보니 어때? 무림맹주보다 혈무련주가 조금 모자라지?"

"그, 글쎄요. 무림맹주랑은 아직 손을 안 섞어 봐서……."

"뭐, 나중에 기회 되면 한번 싸워 봐. 확실히 도움이 될 테 니까. 이번 싸움도 제법 도움이 됐지?"

백검화는 무거운 표정으로 고개를 끄덕였다. 자신에게 모 자란 점 여러 가지를 확인했다. 이제 죽을 정도로 수련해서 그것들을 모두 극복해낼 것이다.

'아마 다음에 만나면 순수한 실력만으로도 이길 수 있을 거야.'

백검화는 주먹을 꼭 쥐며 투지를 불태웠다. 할 일이 많았다. 추일객잔도 운영해야 하고, 무공도 수련해야 한다. 그리고 금 철휘를 쫓아다니는 세 여자를 강하게 만들어 줘야 한다.

"그나저나 다른 애들은 다 어딨어?"

"오늘 포천회를 개방한다고 해서 보러 갔어요."

"포천회를 개방해? 오늘? 개파대전은 모레 아닌가?"

"오늘부터 미리 개방한다더군요."

금철휘가 씨익 웃으며 백검화를 쳐다봤다.

"넌 왜 안 갔어?"

"그래서 이렇게 공자님을 혼자 독차지할 수 있게 되었잖아 요?"

"나도 거기 갈 거라고는 생각 안 한 거야?"

백검화가 빙긋 웃었다. 그 미소가 참으로 아름다워 금철휘 는 또 가슴이 흔들렸다.

"저만의 특별한 감이라고 해 둘게요."

"감이라……."

감이라는 말을 들으니 또 천령신공이 떠올랐다. 요즘 금철 휘는 천령신공에 점점 더 빠져들었다. 천령신공을 수련하는 게 재미있었다. 만일 여덟 번째 단계에 오르면 과연 어떤 일을 할 수 있을지 벌써부터 기대되었다.

'꼬맹이를 고수로 만드는 것도 가능할까?'

왠지 될 것 같았다. 여덟 번째 단계는 사람을 마음대로 주 무르는 경지다. 무쇠 같은 피부와 단단한 근육을 만들어 주 고, 엄청난 기운을 단전에 심어 주면 최소한 몸은 고수가 되 지 않겠는가.

물론 아직은 상상만 하고 있다. 실제 여덟 번째 단계에 올 랐을 때, 과연 어떤 일이 가능할지는 가 보지 않으면 모른다.

"좋아. 우리도 가 볼까?"

"지금이요?"

"지금 안 가면 못 보잖아. 가서 무슨 짓을 해 놨는지 좀 봐 야지."

금철휘는 그렇게 말하며 자리에서 일어나 곧장 밖으로 나 갔다. 백검화가 허겁지겁 그 뒤를 따랐다.

포천회는 황금루와 제법 멀리 떨어져 있었다. 하지만 금철 휘와 백검화는 경공을 써서 금세 도착했다. 거리가 한산했다.

모든 사람들이 포천회로 몰려간 듯했다.

"정말 굉장하네요."

"처음에 과도할 정도로 힘을 써서 문을 막은 것이 사람들의 궁금증을 폭증시킨 거지."

"확실히 그러네요."

포천회의 정문도 한산했다. 이미 사람들은 몽땅 장원 안으로 들어간 지 오래인 듯했다. 아직도 드문드문 찾아오는 사람들이 있긴 했지만 그 수는 한 시진에 열 명도 채 안 될 정도로 적었다.

"일단 가 볼까?"

금철휘는 백검화를 데리고 포천회 정문으로 향했다. 하지만 걸음을 옮기면 옮길수록 느낌이 이상했다. 아니, 뭔가 이질적인 느낌이 금철휘의 천령신공을 건드렸다.

결국 금철휘는 걸음을 멈췄다. 백검화가 의아한 눈으로 금철휘를 바라봤다.

"왜 그러세요?"

"이상하지 않아?"

"예? 뭐가요?"

"못 느끼겠어? 기감을 가다듬어 봐."

"기감이요?"

백검화는 고개를 갸웃거리면서도 금철휘의 말대로 기감을 최대한 예리하게 가다듬었다. 하지만 아무리 기감에 집중해도 느껴지는 게 아무것도 없었다. 그저 장원 안에 사람들이 엄청나게 많구나, 하는 정도였다.

금철휘는 백검화의 반응을 보고 지금 이 느낌은 천령신공에 국한된 거라고 확신했다.

'그렇다는 건 무공이 아무리 높아도 알아차리기 어렵다는 뜻인데……'

금철휘는 꺼림칙했지만 일단 천령신공을 펼쳐 포천회 전체를 아울렀다. 오로지 그곳에만 집중했기에 훨씬 더 정확히 볼 수 있었다.

뭔가 꺼림칙하고 기묘한 위화감이 느껴지긴 하지만 딱히 이상한 점을 찾을 수 없었다.

'좀 더 가까이서 살펴야 하나?'

금철휘는 아직 천령신공의 성취가 모자라다고 판단했다. 조금 더 깊어져야 지금 이 위화감의 정체를 정확하게 파악할 수 있을 것 같았다.

"공자님?"

백검화가 금철휘를 부르자, 금철휘가 그녀를 보며 씨익 웃었다.

"이제 됐다. 가자."

금철휘가 성큼성큼 걸어가자, 백검화가 얼떨떨한 표정으로 그 뒤를 따랐다. 일단 정문을 넘어서자 묘한 기파가 두 사람을 덮쳤다.

금철휘와 백검화는 반사적으로 기막을 펼쳐 그것을 막아냈다. 한데 그 기파는 두 사람이 펼친 기막을 그대로 통과했다.

백검화는 깜짝 놀라 당황한 표정으로 손을 휘둘러 다가오는 기파를 때렸다. 당연히 허공을 휘젓는 거나 다름없었다. 백검화의 손이 기파에 닿자, 순식간에 그 기운이 그녀의 몸으로 스며들어 갔다.

금철휘는 즉시 천령신공을 펼쳤다. 지금 믿을 건 그것뿐이었다. 이 기파가 어떤 건지는 모르겠지만 포천회에서 나온 것이니만큼 몸에 좋은 건 결코 아니리라.

금철휘를 중심으로 천령신공의 기운이 부챗살처럼 쫙 펴져 나갔다. 천령신공에 닿은 포천회의 기운이 물에 닿은 눈처럼 스러졌다.

동시에 백검화의 몸에 스며들었던 기운도 몽땅 녹아 버렸다.

백검화는 찝찝한 표정으로 기운이 스며들었던 팔을 계속 쓰다듬었다.

"정말 기분 나쁜 기운이네요."

"기분 나쁜 게 문제가 아닌 것 같은데?"

"예?"

"아무래도 이놈들 뭔가 이상한 짓을 벌이는 거 같아."

"이상한 짓이요?"

"일단 가 보지."

금철휘가 서둘러 움직였다. 백검화는 그 뒤를 따르며 자신의 몸에 스며들던 이상한 기운에 대해 생각해 봤다.

그 기운에 잠식된 부분과 그렇지 않은 부분은 확실히 달랐다. 마치 다른 사람의 몸을 갖다 붙인 것 같은 느낌이었다. 만일 천령신공이 아니었다면 그런 차이를 채 느끼기도 전에 온몸을 잠식당했을 것이다.

백검화는 새삼스러운 눈으로 앞서 달려가는 금철휘를 바라봤다. 그 묘한 기운을 그렇게 단번에 없애 버릴 줄은 몰랐다. 정말로 대단했다.

그렇게 한창 날아가듯 이동하던 두 사람은 수많은 사람들이 모여 있는 장소에 도착했다. 그곳에는 장사에 왔던 모든 무림인을 모아 놨다고 해도 과언이 아닐 정도로 많은 사람들이 바글거리고 있었다.

금철휘는 최대로 천령신공을 펼치며 그곳을 유심히 살폈다. 이미 주변에 그 기묘한 기운은 없었다. 벌써 사람들의 몸을 잠식한 것이다. 또한 천령신공으로 사람들의 몸을 훑어도 소용이 없었다. 그 기운은 이미 소임을 다하고 사라졌다.

'대체 이놈들이 뭐 하는 거지?'

사람들은 자신이 그런 기운에 당했는지도 모르는 듯했다. 그저 모여서 포천회가 제공하는 술과 음식에 푹 빠져 있었다. 포천회는 수백 명의 기녀들까지 동원해 사람들을 대접했다.

수천 명에 달하는 사람들이 한 공간에서 술과 요리를 즐기는 모습은 그 자체로 장관이었다.

금철휘는 그 안에서 한서연과 화영, 화예지를 찾았다. 워낙 아름다웠기에 찾는 건 어렵지 않았다. 이 와중에도 그녀들에게 수작을 거는 사내들이 수두룩했기에 세 여인 주변에는 엄청난 수의 사내들이 몰려 있었다.

"일단 여기서 빼내야겠군."

금철휘는 서둘러 세 여인이 있는 곳으로 향했다. 너무 북적거려서 똑바로 이동하기가 어려웠지만 금철휘에게는 아무런 문제도 되지 않았다.

귀혼보를 펼쳐 사람들 사이를 유영하는 금철휘의 모습은 마치 유령 같았다.

"나 빼고 여기서 뭐하고 있어?"

금철휘의 말에 한서연을 비롯한 세 여인이 깜짝 놀라 바라봤다. 그리고 이내 반색을 했다. 사람들에게 너무 시달려 짜증이 나려던 참이었다. 아마 금철휘가 이렇게 적절한 시기에 나타나지 않았다면 폭발했을지도 모른다.

"공자님! 대체 왜 이제 오신 거예요!"

"맞아요! 얼마나 기다렸는데!"

"정말 너무해요!"

금철휘는 세 여인의 반응에 황당한 표정을 지었다.

'애들이 단체로 뭘 잘못 먹었나? 왜 이래?'

뿐만이 아니었다. 세 여인에게 추근대던 사내들이 금철휘의 등장에 다들 눈에 쌍심지를 켰다.

"넌 뭐야? 왜 우리 소저들에게 함부로 하는 거냐!"

"이 버러지 같은 놈, 그냥 확 눌러 죽여 주랴?"

금철휘의 표정이 더 황당해졌다. 이런 놈들 눌러 죽이는 건 일도 아니다. 하지만 반응이 너무 이상했다.

"아무래도 안 되겠군. 일단 가자."

금철휘의 손이 뱀처럼 구불거리며 움직였다. 두 손으로 세 여인의 손을 한꺼번에 쥐었다. 누구도 금철휘가 출수하는 것을 보지 못했고, 어떻게 그녀들의 손을 잡았는지 못 봤다. 그것은 세 여인 역시 마찬가지였다.

"이, 이거 놔요!"

"뭐 하시는 거예요!"

"정말 이러시긴가요!"

금철휘가 눈살을 찌푸리며 말했다.

"앙탈 그만하고 가자."

금철휘의 몸이 그 자리에서 사라져 버렸다. 물론 손에 쥐고 있던 세 여인 역시 한꺼번에 사라졌다.

근처에 있던 사람들은 어리둥절한 모습으로 멍하니 있다가 이내 분통을 터트렸다. 그리고 그 분통은 금세 싸움으로 번졌다.

다행히 싸움은 길지 않았다. 엄청나게 강한 사람 하나가 싸움터에 뛰어든 것이다. 그는 포천회의 무사였다.

금철휘는 세 여인을 백검화에게 던진 뒤, 포천회의 무사들이 곳곳에 있는 것을 파악하고는 유심히 살폈다. 확실히 그들이 분위기를 조절하고 있었다.

조금 전만 해도 싸움이 더 커지는 분위기였는데 갑자기 난입해서 순식간에 싸움을 끝내 버렸다. 분란을 적당한 수준에서 조절한 것이다.

"이놈들 대체 뭘 원하는 거지? 아직도 분명히 뭔가 원하는 게 있는데?"

금철휘의 말에 백검화가 얼른 나섰다.

"그보다 얘들이 더 급한 것 같은데요?"

백검화의 말에 고개를 돌려보니 세 명이 동시에 검을 뽑고 있었다. 그녀들은 금철휘를 노려보고 있었다.

금철휘는 그 모습에 크게 고개를 끄덕였다.

"확실히 여기가 제일 시급하네."

말이 채 끝나기도 전에 금철휘가 움직였다.

금철휘의 몸이 땅으로 푹 꺼졌다가 세 여인 사이에서 쑥 솟아났다.

채채챙!

금철휘의 손이 빛살처럼 움직인다 싶더니 이미 뽑혔던 세 여인의 검이 다시 검집으로 되돌아갔다. 세 여인이 황당한 눈으로 금철휘를 바라보는 순간 금철휘의 손가락에서 세 줄기 지풍이 날아갔다.

쉭쉭쉭!

세 여인이 그대로 움직임을 멈췄다. 마혈을 제압한 것이다. 그녀들은 당장 이걸 풀라고 소리치려 했지만 목소리도 나오지 않았다. 아혈까지 제압당한 것이다.

"자, 일단 가자. 포천회는 좀 나중에 조용히 찾아와서 은밀한 곳을 둘러봐야겠어."

금철휘는 그렇게 말하며 세 여인을 차곡차곡 포개서 어깨에 짊어졌다. 그리고 훌쩍 몸을 날렸다.

극에 다다른 귀혼보가 펼쳐졌다. 금철휘의 모습이 그 자리에서 그대로 사라졌다. 그리고 백검화도 그곳을 떠났다.

그들이 떠난 자리에 다섯 명의 무사들이 속속 도착했다.

"대체 어디로 간 거지?"

"나도 못 봤다. 갑자기 사라졌어."

"어쩌지?"

"상부에서 관심을 가지던 여자들이었는데, 골치 아프군."

그들은 잠시 우왕좌왕하다가 이내 고개를 저었다.

"어쩔 수 없지. 일단 기다려 보자고. 대법에는 확실히 걸렸을 테니 아마 모레 개파대전에는 분명히 다시 찾아올 테니까."

"그게 낫겠군. 일단 돌아가자고. 감시해야 할 사람이 너무 많아."

"젠장할, 무림인 놈들! 개미 떼처럼 많기도 하군."

다섯 무사는 투덜거리며 그 자리를 떠났다.

거대한 공터에서 벌어지는 잔치는 점점 절정을 향해 치달아갔다. 모든 사람들이 흥청망청했다. 그리고 그들 주위로 기묘한 기운이 일렁이기 시작했다.

금철휘는 황금루 최상층으로 스며들었다. 이럴 때를 대비해 창문을 활짝 열어 놨기에 아주 간단히 들어갈 수 있었다. 백검화도 그 뒤를 따라 조용히 창문을 타 넘었다.

일단 어깨에 짊어진 세 여인을 침상에 던진 금철휘는 고개를 한 번 돌려 목을 풀어 준 뒤 지풍을 날렸다.

쉭쉭쉭!

세 가닥 지풍이 세 여인의 혈도를 때렸다.

"이 죽일 놈!"

"죽어라!"

"하압!"

혈도가 풀리자마자 세 여인이 금철휘에게 달려들었다. 흡사 금철휘를 아예 못 알아보는 사람들 같았다.

금철휘는 가볍게 손을 저어 세 여인의 공격을 막아냈다. 그리고 손바닥으로 셋의 등을 툭툭 두드렸다.

"흐윽!"

"큭!"

세 여인이 동시에 주저앉았다. 그리고 한동안 움직이지 못했다. 몸 내부가 진탕해 움직일 수가 없었다.

"가만히 기다려라. 좀 살펴보게."

금철휘는 그렇게 말하며 천령신공을 일으켰다. 일단 한서연부터 집중적으로 살폈다. 모든 역량을 다해 집중하는 것이기 때문에 거의 무방비 상태나 다름없었다.

백검화는 조용히 금철휘 옆으로 다가가 긴장한 눈으로 주위를 경계했다. 단번에 금철휘의 상태를 알아본 것이다.

'내 생각보다 공자님이 우리를 깊이 마음에 새기신 모양이구나.'

보통은 이렇게 자신의 안위를 나중으로 미루지 않는다. 한데 금철휘는 지금 그렇게 하고 있다. 즉, 어떤 면에서 자신보다 이들을 더 생각해 주고 있다는 뜻이기도 했다.

금철휘의 등 뒤로 은은한 황금빛 후광이 비쳤다. 그 후광은 점점 세력을 늘려 이내 금철휘의 몸 전체를 감쌌다. 마치 황금으로 이루어진 사람 같았다.

백검화는 자신이 금철휘를 지켜야 한다는 사실조차 잊은 채 멍하니 그 모습을 바라봤다. 참으로 경이로운 광경이었다.

황금빛 기운이 금철휘의 몸에서 천령신공의 흐름을 타고 움직였다. 자연스럽게 한서연의 몸도 황금빛으로 뒤덮였다.

"흐으윽."

한서연이 신음을 흘리며 고통스러운 듯 몸을 뒤틀었다. 하지만 그것도 잠시, 이내 그녀는 평온한 표정으로 지그시 눈을 감고 잠들어 버렸다.

그제야 그녀의 몸을 뒤덮었던 황금빛 기운이 사라졌다. 또한 금철휘의 몸을 휘감은 황금빛도 사라져 버렸다.

"되, 된 건가요?"

"뭐, 대충."

금철휘는 그렇게 대답하곤 피곤한 표정으로 얼굴을 비볐다. 상당히 힘든 작업이었다. 한서연을 장악한 기운은 완전히 그녀와 동화되어 버렸다. 이를 없앤다는 건 그녀가 가진 모든 기운을 없앤다는 뜻이었다.

진짜 그렇게 해 버리면 그녀는 죽을 수밖에 없다. 살아가는 데 필요한 기운까지도 몽땅 사라져 버리기 때문이다. 그래서 금철휘는 그것을 다시 원래의 기운으로 바꾸는 작업을 했다.

기운을 마음대로 다루는 건 천령신공의 네 번째 단계다. 하지만 이번 일에는 필요로 하는 깊이가 엄청났다. 금철휘는 자신의 모든 역량을 동원하고서야 간신히 한서연을 고칠 수 있었다.

"이거 만만치 않은데?"

금철휘는 그렇게 말하면서도 다시 천령신공을 일으켰다. 두 번째는 좀 더 수월했다. 금세 황금빛에 휩싸였고, 두 번째 대상인 화예지도 황금빛에 휩싸였다.

화예지는 한서연보다 시간이 조금 더 걸렸다. 금철휘에게 걸린 부하가 상당했기에 더 힘겨웠다.

그리고 세 번째인 화영은 그보다 훨씬 더 힘들었다.

백검화는 옆에서 그 모습을 모두 지켜보면서 안타까움에

떨었다. 하지만 다른 한편으로는 금철휘의 행동에 정말로 감격했다. 자신이 같은 일을 겪어도 똑같이 해 줄 거라는 믿음이 생겼다.

"이거 좀 힘드네."

금철휘가 뒤로 물러나 의자에 주저앉았다. 온몸이 땀으로 푹 절어 버렸다. 그만큼 많은 심력을 소모한 것이다.

백검화는 조용히 금철휘에게 다가가 그의 머리를 가만히 끌어안았다. 그녀의 풍만한 가슴에 얼굴이 푹 파묻혔지만 금철휘는 움직이지 않았다. 움직이기가 너무 귀찮았다.

"이제 쉬세요. 제가 목욕물 준비해 드릴게요."

"아무래도 그래야 할 것 같아."

백검화는 금철휘에게서 떨어져 그를 가만히 바라봤다. 그녀의 눈빛이 촉촉이 젖어 들었다.

"제가 목욕 시중들어 드릴까요?"

금철휘가 피식 웃으며 손을 한 번 내저었다.

"됐다. 목욕물이나 준비해 줘."

"예."

백검화가 예쁘게 웃으며 대답하고는 밖으로 나갔다.

금철휘는 침상에 누워 고른 숨소리를 흘리며 잠든 세 여인을 가만히 쳐다봤다.

"내가 좀 변하긴 변했어."

예전 같으면 자신의 안위를 도외시하고 여인들을 구하려

달려들지 않았을 것이다. 언제나 자신이 우선이었고, 목숨이 우선이었다.

한데 지금은 그렇지 않았다. 이 여인들을 위해 잠깐이나마 자신을 버렸다. 아마 백검화를 위해서도 같은 상황이라면 그렇게 할 것 같았다. 이젠 확신할 수 있었다.

"그나저나 포천회 놈들, 대체 뭘 어쩌려는 속셈이지?"

일단 천령신공으로 기운의 정체를 파악해서 뒤바꿨기에 그 기운이 어떤 작용을 할지는 대충 알 수 있었다. 하지만 고작 그걸로 뭘 하겠단 말인가.

"일단 성격을 괴팍하게 바꾸는 걸로 싸움을 일으키는 건 포천회가 계획했다기에는 너무 쪼잔하고…… 남은 건 기운을 극도로 활성화시키는 건데…… 이걸로 대체 뭘 할 수 있는 거지?"

기운이 극도로 활성화되면 기의 수발이 훨씬 편해지고 급격해진다. 하지만 그건 오히려 무인들에게는 더 좋은 상태라고 할 수 있다. 단기적인 관점에서 보면 말이다.

금철휘의 표정이 점점 심각해졌다. 아무리 생각해도 알 수가 없었다. 이대로라면 성격 변화를 이용해 서로 싸움을 붙이는 것 외에는 생각할 수가 없다.

'기운을 활성화시킨 상태에서 싸우게 한다? 그래서? 그걸로 뭘 할 수 있다는 거지?'

금철휘는 고개를 갸웃거렸다. 그리고 결심을 굳혔다. 아무래도 직접 잠입해서 알아보는 것 외에는 답이 없었다.

"오늘 밤 당장 가 봐야겠어."

개파대전은 이제 이틀 남았다. 오늘 밤을 넘기면 뭔가를 더 하기가 어려워진다. 아니, 오늘도 이미 늦었다. 사실은 더 일찍 잠입해서 포천회가 무슨 속셈을 가졌는지 알아봤어야만 했다.

'그랬다면 오늘 일은 막을 수 있었을지도 모르는데.'

그 기괴한 기운은 천령신공에 닿으면 그대로 사라져 버렸다. 그러니 금철휘가 미리 알고 마음만 먹었다면 포천회가 사람들에게 그 기운을 덧씌우는 건 거의 불가능했을 것이다.

"뭐, 이미 늦은 걸 어떡해. 앞으로 잘하면 되지."

금철휘는 긍정적으로 생각하기로 했다.

그렇게 대충 생각을 정리하고 계획을 세웠을 때, 침상에 누운 세 여인이 뒤척였다.

"으음."

그녀들은 치료받은 차례대로 깨어났다. 가장 먼저 한서연이 눈을 떴다.

한서연은 눈을 깜빡거리며 지금 이 상황이 어떻게 된 건지 파악했다. 눈앞에 보이는 건 잠든 화예지와 화영이었고, 자신도 침상에 함께 누워 있었다.

그녀의 뇌리로 그간 있었던 기억이 주르륵 지나갔다. 한서연의 얼굴이 새빨갛게 달아올랐다.

"내, 내가 왜 그런!"

한서연이 자리에서 벌떡 일어났다. 그리고 주위를 두리번거렸다. 이곳이 황금루의 최상층이라는 걸 알아내는 데에는 그리 오래 걸리지 않았다. 또한 앞에 앉아서 자신을 쳐다보고 있는 금철휘를 발견하는 것도 금방이었다.

일단 금철휘에게 한 짓은 기억나는데, 그 이후는 기억에 없었다. 마지막 기억이 금철휘의 손에 등짝을 맞고 쓰러진 것까지였다.

"저…… 죄, 죄송해요."

금철휘가 손을 내저었다.

"됐다. 어차피 제정신도 아니었잖아."

"그, 그래도……."

한서연은 너무나 부끄러웠다. 그리고 미안했다. 그래도 자신이 마음을 준 사람이다. 한데 아무리 상태가 이상해졌다고 해도 그런 폭언을 하고 덤벼들다니, 절대로 해선 안 될 짓이었다.

"미안할 것 없다니까. 그 기운에 당하면 다 그렇게 돼."

"그 기운이요?"

"설마 아예 못 느낀 거야?"

한서연이 눈을 동그랗게 뜨고 고개를 끄덕끄덕했다.

금철휘는 그 모습이 너무 귀여워 피식 웃었다.

"역시 포천회 그놈들 뭔가 묘한 짓을 꾸미고 있어."

한서연 정도 되는 고수가 알아차리지 못했다면 다른 무인들 역시 마찬가지일 것이다.

'한데 거기 무림맹주나 혈무련주가 있었던가?'

금철휘는 고개를 저었다. 그들이 있었다면 몰랐을 리 없다. 그들이 가진 기운은 이미 금철휘가 확실히 파악하고 있다. 만일 있었다면 포천회에 들어가기도 전에 알아차렸을 것이다.

'그나마 다행인 건가?'

무슨 음모를 꾸몄는지 모르니, 아예 안 당하는 게 낫다. 생각해 보면 무림맹주나 혈무련주가 그 기운에 당해 성격이 괴팍해지면 자칫 정사대전이나 다름없는 큰 전쟁이 일어날 수도 있었다.

"공자님, 목욕물 준비됐어요."

금철휘는 목소리가 들려온 쪽으로 고개를 돌렸다. 그리고 황당한 표정을 지었다.

백검화가 커다란 목욕통을 들고 서 있었다. 그녀는 방 안으로 들어와 한가운데 그 목욕통을 놓았다. 통 안에는 김이 모락모락 나는 뜨거운 물이 가득 채워져 있었다.

"나보고 여기서 목욕을 하라고?"

백검화가 고혹적인 미소를 지으며 고개를 끄덕였다.

"제가 도와 드린다니까요?"

"쟤들은?"

금철휘가 턱으로 한서연이 있는 쪽을 가리키자, 백검화의 눈매가 살짝 올라갔다.

"내보내야지요."

그녀의 말이 끝나기 무섭게 화예지가 눈을 떴다. 그리고 한서연과 같은 과정을 거쳐 금철휘 앞에 섰다.

그녀는 분위기가 왠지 이상한 것 같아서 제대로 말도 꺼내지 못하고 금철휘와 백검화의 눈치를 살폈다.

그렇게 시간이 좀 더 흐르자, 화영도 눈을 떴다. 화영 역시 같은 과정을 거쳤다.

금철휘는 자리에서 벌떡 일어나 목욕통으로 걸어갔다. 그리고 목욕통을 번쩍 들고 창으로 몸을 날렸다.

다들 황당한 눈으로 그걸 지켜봤다. 목욕통이 창보다 훨씬 컸다. 이대로는 목욕통이 박살 나고 방 안은 온통 물바다가 될 수밖에 없었다.

하지만 금철휘는 전혀 아랑곳하지 않고 창으로 돌진했다. 그리고 뒤이어 벌어진 광경에 네 여인의 눈이 화등잔만 해졌다.

마치 금철휘를 위해 길을 열어 주는 것처럼 창이 커졌다. 둥 그렇게 휘며 크게 확대된 창을 통해 금철휘가 무리 없이 목욕통을 들고 나갔고, 그 즉시 창이 원래대로 돌아왔다.

"뭐, 뭐지? 저게?"

"그, 글쎄요."

백검화는 황당한 눈으로 창을 바라보다가 그곳으로 다가갔다. 그리고 창을 손으로 쓰다듬고 두드려 봤다. 아무리 확인해도 창은 창이었다. 그리고 벽은 벽이었다. 절대 그런 식으로 늘어날 만한 재질이 아니었다. 차라리 부서지면 모를까.

"우리 공자님 정말 너무하시네."

"그리고 너무 대단하기도 하시고요."

"너무 대단해서 다가가기가 힘드네요."

네 여인은 저마다 푸념을 늘어놓으며 금철휘가 사라진 창을 통해 밖을 바라봤다.

물론 잠시 후, 백검화의 싸늘한 한기가 방 안을 가득 채웠고, 그날 세 여인은 정말 한 단계 무공이 상승할 정도로 지독한 수련을 했다. 백검화의 무시무시한 검격을 눈으로 확인하면서 말이다.

목욕을 끝낸 금철휘는 홀가분한 표정으로 황금루를 나섰다. 일단 밤이 되기를 기다렸다가 포천회를 한 번 둘러볼 생각이었다. 구석구석 확인하다 보면 분명히 뭔가가 나올 듯했다.

"가만있자, 시간이 너무 뜨네?"

아직 밤이 되려면 최소한 세 시진은 있어야 할 듯했다. 세 시진이면 제법 긴 시간이다. 그 시간 동안 뭘 할까 고민하던 금철휘는 그냥 장사 곳곳을 돌아다녀 보기로 결정했다.

왜 그런 결정을 내렸는지는 모른다. 한데 그냥 그러고 싶었다.

금철휘는 장사를 돌아다니며 사람들을 구경하고 또 전각들도 구경했다. 그렇게 얼마나 돌아다녔을까. 금철휘의 시선을 사로잡는 것들이 몇 가지 있었다.

"음? 느낌이 좀 이상한데?"

요즘 금철휘는 자신의 감을 절대 무시하지 않았다. 천령신공이 일곱 번째 단계에 오른 뒤로 감이 엄청나게 날카로워졌다.

그 감이 금철휘에게 이곳을 잘 살피라고 말하고 있었다. 금철휘는 유심히 눈앞에 있는 건물들을 확인했다.

하지만 아무리 살펴도 알 수 없었다. 금철휘는 결국 포기하고 다시 걸음을 옮겼다. 그리고 얼마 가지 않아 또 감이 머리를 두드렸다.

그렇게 몇 번을 반복하며 그런 일이 벌어지자, 금철휘의 표정이 심각해졌다. 금철휘는 가만히 생각하다가 퍼뜩 뭔가가 떠올랐다.

"어쩌면……."

금철휘의 몸이 위로 쭉 솟구쳤다. 그렇게 하늘 높이 올라간 금철휘는 그 상태에서 아래를 내려다봤다. 장사가 한눈에 다 보였다.

"호오. 이거 굉장한데?"

하늘에서 보고서야 알 수 있었다. 장사 자체가 거대한 진을 이루고 있었다.

"포천회, 정말 겪으면 겪을수록 우습게볼 곳이 아니란 말이야."

금철휘는 그렇게 중얼거리면서 정신없이 진을 분석했다. 일단 진법에 대한 지식이야 상당했기에 차근차근 분석하면 얼마든지 어떤 힘을 발휘하는 진인지 알아낼 수 있었다. 문제는 시간이었다.

금철휘는 일단 천령신공을 펼쳤다. 천령신공이 금철휘의 뇌리에 스며들어 뇌를 극도로 활성화시켰다.

평소에는 뇌를 완전히 쓰지 않고 일부분을 잠재워 둔다. 너무 많은 생각을 한꺼번에 하면 정신적으로 피곤하기 때문이다. 하지만 천령신공이 발전하면서 활성화시키는 부분이 점점 커져 갔다. 많은 양의 정보를 한꺼번에 처리해야 하기 때문이다.

어쨌든 지금은 그렇게 재워 둔 모든 뇌를 깨웠다. 그리고 맹렬히 진을 분석했다.

전각과 그 아래에 흐르는 지맥을 이용해 설치한 진이었다. 발상 자체도 상상을 초월했지만 그 성능을 생각하니 더 소름이 끼쳤다.

"그 괴상한 기운을 덧씌운 이유를 이제야 알겠군."

그 모든 것이 바로 이 진법을 위한 거였다. 그리고 당시 모인 사람의 숫자 정도면 정말 무시무시한 일이 벌어질 것이다.

사람들의 내공을 빨아들여 그것을 구동력으로 삼는 진법이었다. 즉, 괴상한 기운 때문에 내공이 활성화된 사람들의 내공이 진을 움직이는 힘이었다.

활성화되었기에 훨씬 더 간단히 내공을 뽑아낼 수 있고, 그것을 이용해 이 진을 구동하면 진 안에 갇힌 모든 사람들의 정혈을 빨아들여 한 군데로 보내게 될 것이다.

물론 그때 활성화된 내공도 몽땅 보내게 된다. 바로 포천회의 중심에 있는 전각으로 말이다.

"대체 저 전각에 뭐가 있는 거지?"

이 진의 구조와 목적상, 그 모든 힘이 바로 저 전각 안으로 모일 것이다. 과연 그 거대한 힘을 받아들일 수 있는 사람이 존재할까?

그것은 지금의 금철휘라도 결코 쉽지 않은 일이었다. 그만큼 어마어마한 기운이다. 자그마치 장사 전체에 살고 있는 모든 사람들의 정혈을 갈취한 기운이니 말이다.

"이놈들이 그런 생각을 하고 있었단 말이지?"

금철휘는 일단 포천회로 가서 저 중심의 전각에 뭐가 있는지 확인하기로 했다. 그리고 난 다음 장사 전체에 깔린 진을 조금 손볼 생각이었다. 그 정도 지식은 있으니 충분하다.

진이 이 정도로 거대하다는 것은 강점과 약점을 동시에 가지게 된다.

일단 규모가 크기에 움직이는 기운의 양이 막대하다는 장점이 있다. 또한 진이 도시 전체에 걸쳐서 깔려 있기에 그것을 위장하는 것도 간단하다.

반면 진이 모종의 이유로 변경되어도 그것을 알아차리기가 쉽지 않다. 금철휘가 노리는 것이 바로 그 점이었다. 진을 부수지 않으면서 흐름만 살짝 비틀어 놓으면 전혀 다른 결과를 얻어낼 수 있다.

금철휘는 일단 뇌가 활성화되었을 때 진을 완벽하게 분석해 두기로 했다. 금철휘의 눈이 정신없이 장사 전역을 훑었다.

                    *   *   *

금철휘가 그렇게 장사에 깔린 포천회의 음모를 들쑤시고 다닐 때, 그를 노리는 자들도 은밀히 움직이고 있었다.

유가장주 유일환은 아들인 유충원과 함께 장사에 들어섰다. 두 사람은 심정근과 함께 왔다. 그리고 앞으로 심정근으로부터 받게 될 힘을 가지고 왔다. 아직 완전히 장악하지 못했기에 이렇게 심정근의 도움을 받을 수밖에 없었다.

"정말이지 든든하기 그지없습니다."

유일환은 자신의 뒤를 따르고 있는 서른 명의 사내들을 연신 돌아보며 흐뭇함을 감추지 못했다. 볼 때마다 가슴이 뿌듯해졌다.

그 서른 명의 사내들이 바로 심정근이, 즉, 암천회가 유가장에 내려 준 힘이었다. 유일환은 그들이 얼마나 대단한 힘을 가지고 있는지 익히 알기에 정말이지 세상을 다 얻은 것만 같았다.

암천회가 유가장에 약속한 것은 이들만이 아니었다. 그들은 무공도 약속했다. 그들이 제시한 무공은 자그마치 혈룡귀갑대가 쓰던 무공이었다.

만일 그것을 제대로 익힐 수만 있다면 유가장이 오대세가 못지않은 성세를 구가하는 건 일도 아니리라.

"목표가 어디쯤 있는지는 알아보셨습니까?"

유일환이 조심스러운 어조로 물었다. 자칫 추궁으로 들릴 수도 있기에 더 신경을 썼다. 물론 심정근은 유쾌한 표정으로 대답했다.

"이미 알아 뒀으니 걱정할 것 없습니다. 목표의 주요 동선까지 몽땅 파악했습니다."

"아, 그렇습니까? 그렇다면 정말 식은 죽 먹기겠군요."

"분명히 그럴 겁니다."

심정근은 그렇게 말한 후, 다시 묵묵히 몸을 날렸다. 일단 계획대로 이들을 이용해 금철휘를 제거한 뒤, 금철휘의 첫째 부인으로 있는 유혜련을 뒤에서 조종할 것이다.

결국 금룡장은 포천회의 손으로 들어갈 수밖에 없을 것이다. 심정근은 이번 기회에 포천회주에게 단단히 눈도장을 찍을 거라고 다짐했다.

'정말로 아프군.'

심정근이 목에 난 가느다란 혈선을 또 쓰다듬었다. 대법이 잘못된 건지 요즘 통증이 점점 심해지고 있었다. 이러다가 덜컥 목이 잘리는 건 아닌지 두려움이 왈칵왈칵 밀려오곤 한다.

그 두려움을 없애려면 대법을 다시 받는 수밖에 없다. 그리고 포천회주는 아무런 조건이나 대가 없이 그것을 해 줄 사

람이 아니었다. 최소한 이 정도 공은 세워야 말이라도 꺼내 볼
수가 있다.

'잘 될 거다. 무조건 잘 될 수밖에 없어.'

이미 유혜련을 임신시킬 준비도 끝났다. 그리고 그 씨를 뿌
릴 사람은 바로 자신이 될 것이고 말이다.

"자, 서두릅시다. 개파대전이 시작되기 전에 도착해야 좀 더
수월하게 일을 끝낼 수 있지 않겠습니까?"

심정근이 그렇게 말하며 의미심장하게 웃었다.

탁명운은 안절부절못했다. 과연 사령당에 제대로 의뢰가
들어갔는지 그리고 그들이 정확히 의뢰를 완수할 수 있을지
걱정이 이만저만 아니었다.

지한원도 마찬가지였다. 두 사람이 힘과 돈을 모아 행한
일이지만 결과가 어찌 될지 모르니 불안하기 그지없었다.

"의뢰가 접수되었으면 되었다고 연락이 있어야 할 것 아닌
가. 이놈들 너무하는 것 같지 않나?"

"내 말이 그 말일세. 이놈들 설마 돈만 날름 먹고 도망가는
건 아니겠지?"

"그럼 사령당의 이름에 먹칠을 하게 되는 셈인데 설마 그렇
게까지 하겠나?"

"하지만 들어간 돈이 워낙 크지 않나."

"우리에게야 크겠지만 그놈들에게는 푼돈에 불과할 걸세.

그 정도 의뢰를 한 달에만도 수십 건씩 처리할 텐데. 안 그런가?"

"자네 말이 맞네. 그나저나 정말 속이 바짝바짝 타는군."

두 사람이 이리저리 서성이고 있을 때, 그림자 하나가 방 한구석에 스르륵 솟아났다. 그림자는 이내 흑의를 입은 사내가 되었다.

"의뢰를 내일 실행할 예정이오."

사내의 말에 탁명운과 지한원은 화들짝 놀라 뒤로 펄쩍 뛰었다. 상당히 우스꽝스러운 행동이었지만 둘은 그런 걸 생각할 겨를이 없었다.

"누, 누, 누구요!"

흑의인은 무감정한 말투로 말했다.

"사령당에서 왔소. 장사에 금룡장 대표로 포천회의 개파대전에 참석한 금철휘의 목숨은 내일 사라질 거요."

그제야 탁명운과 지한원의 안색이 환해졌다.

"그게 정말이오?"

흑의인은 그 말에 대꾸도 하지 않고 다시 그림자가 되어 바닥으로 스며들었다.

"허어. 과연 사령당이로군."

"완전히 귀신이 따로 없어. 이 정도면 안심해도 되겠군. 그렇지 않나?"

"동의하네. 이제야 앓던 이가 사라지겠군."

두 사람의 뇌리에 아름다운 자태의 여인이 떠올랐다. 화영
과 한서연이었다. 금방이라도 두 여인이 자신에게 안길 것 같
아 한껏 기분이 좋아졌다.

*   *   *

금철휘는 밤이 되자 은밀히 포천회의 담장을 넘었다. 귀혼
보를 쓰는 금철휘의 모습을 발견할 수 있는 사람은 포천회
내에 한 명도 존재하지 않았다.

'이거 분위기가 더 이상해졌군.'

낮에 왔을 때와 또 분위기가 달랐다. 포천회 내부에 흐르
는 기운 자체가 달라졌다. 물론 그 기운은 금철휘에게 아무
런 영향을 미치지 못했다. 천령신공을 뚫지 못했으니까.

'아무래도 천령신공은 포천회의 천적인 모양이야.'

포천회주가 되살린 자들의 뇌리에 있던 괴상한 영혼의 기운
을 정화시키고 소멸시킨 것도 천령신공이었다. 지금까지는 포
천회와 관계된 것들에는 천령신공이 가히 천적이나 마찬가지
작용을 해 왔다.

'앞으로도 계속 그럴지는 알 수 없지만, 그래도 든든하군.'

포천회가 가진 힘이 보통이 아니라는 사실을 하나하나 확
인할 때마다 조금씩 불안감이 쌓였는데, 천령신공만 떠올려
도 그런 불안감쯤은 아예 고개를 들지 못했다.

금철휘는 천령신공을 넓게 퍼트리며 포천회의 중심부로 빠르게 다가갔다.

포천회의 중심부에 위치한 전각은 아주 규모가 작았다. 그런데도 지키는 사람은 엄청나게 많았다.

금철휘는 잠깐 고민했다. 일단 전각 주변을 지키는 자들이야 별것 아니었다. 그들의 눈을 속이고 안으로 들어가는 건 일도 아니었다.

문제는 전각 안에 들어가서였다.

'전각에 뭔가 수작을 부려 놨군. 천령신공으로도 뚫어 볼 수가 없어.'

고민은 길지 않았다. 일단 부딪혀 보기로 했다. 극성의 귀혼보를 꿰뚫어 보려면 웬만한 수준으로는 어림도 없었다. 물론 포천회 내에는 생각보다 대단한 강자들이 많아서 완전히 안심할 수는 없지만 말이다.

금철휘가 곧장 몸을 날렸다. 극성의 귀혼보가 펼쳐졌다. 전각을 겹겹이 둘러싸고 있는 무사들의 사이사이를 비집고 들어가 이동했다.

"갑자기 웬 바람이 이렇게 부는 거야?"

전각을 지키는 무사 중 하나가 투덜거렸다. 하지만 바람보고 불지 말라고 할 수는 없지 않은가. 무사는 이내 경계에 집중했다. 그들이 지키고 있는 이 전각은 정말로 중요했다. 제대로 지키지 못하면 정말로 큰일 난다.

금철휘는 몇 겹으로 둘러싸인 무사들의 경계를 뚫고 전각에 도착했다.

'경계가 정말로 삼엄하군.'

금철휘가 아니라면 아마 누구도 이곳을 뚫기 어려우리라. 금철휘는 그렇게 생각하며 이리저리 움직이며 전각의 외관을 살폈다. 안으로 몰래 들어갈 만한 구석이 있나 확인해 보는 것이다.

'없군.'

전각을 샅샅이 뒤졌지만 겉으로는 들어갈 만한 구멍이 하나도 없었다. 오로지 정면에 난 문이 전부였다. 심지어는 창문도 없는 전각이었다.

'무식한 놈들. 전각을 완전히 통짜로 만들어 놨잖아?'

게다가 전각을 이루는 대부분의 물질이 무쇠였다. 이런 전각을 만들려면 돈도 돈이지만 들어가는 노력이 정말 엄청나다. 금철휘는 새삼 포천회의 저력을 떠올렸다.

사실 금철휘가 한 짓은 그보다 더했다. 향화루를 만년한철로 뒤덮어 버리지 않았던가. 하지만 금철휘는 자신이 한 무식한 짓은 전혀 생각하지 않았다. 이미 그 일은 잊은 지 오래였다.

금철휘의 몸이 물 흐르듯 움직여 전각의 정문으로 향했다. 정문을 지키는 무사는 무려 일곱. 다들 다닥다닥 붙어서 문을 가로막고 있었다. 안으로 들어가려면 그들을 지나쳐야 하는데, 문을 당겨 열어야 하기에 들키지 않고 들어가는 것이 불가능했다.

하지만 금철휘는 전혀 걱정하지 않았다. 사실 꼭 문으로 들어갈 필요도 없었지만 그게 더 편하기에 문을 선택한 것뿐이었다. 다른 곳으로 가면 귀혼보를 멈춰야 하기에 들킬 위험이 높았다.

금철휘가 일곱 무사를 훌쩍 뛰어넘었다. 그리고 아래로 떨어져 무사들과 부딪치기 직전에 문과 벽의 틈으로 몸을 밀어넣었다.

머리카락이나 간신히 들어갈까 말까 한 틈이었지만 금철휘가 다가가는 순간 그 틈이 활짝 입을 벌렸다. 마치 스스로 구멍을 만들어 주는 듯했다.

금철휘는 그 구멍으로 쏙 들어갔고, 그 즉시 틈이 다시 좁혀졌다. 아무도 그것을 보지 못했다.

전각 안으로 들어간 금철휘는 깜짝 놀랐다. 수백 명이나 되는 사람들이 꼿꼿이 서서 자신을 바라보고 있었기 때문이다.

하지만 이내 산 사람이 아니라 죽은 시체라는 것을 알아채고 안도했다.

'다행히 들키지 않고 여기까지 왔군. 그나저나 정말 포천회 상종 못할 놈들이로군.'

수백 구의 강시가 일정한 진형을 유지한 채 곳곳에 서 있었다. 이곳에 집중되는 기운을 받는 건 바로 저 강시들인 모양이었다.

하지만 금철휘는 이내 고개를 갸웃거렸다. 아무리 계산을 해도 고작 이 정도 강시로는 그 막대한 기운을 다 받아낼 수 없었다. 만일 기운이 폭주라도 하는 날에는 장사 자체가 날아가 버릴 것이다.

'포천회가 그걸 모르지는 않을 텐데?'

금철휘는 속으로 그렇게 중얼거리다 문득 강시들이 이룬 진형의 중앙에 뭔가가 있는 것을 발견했다. 그리고 직감적으로 바로 그것이 정답이라고 확신했다.

'찾았다.'

금철휘는 천천히 그것을 향해 걸어갔다. 그리고 그것을 확인한 금철휘의 눈이 점점 커졌다.

〈다음 권에 계속〉

Ha Ji Eun popula Literature

오만한 자들의 황야

망각의 모래바람 사이를 떠도는 유령들,
그 이름 붙일 수 없는 참혹에 바치는
열네 악장의 진혼곡

하지은 장편소설
『오만한 자들의 황야』

dream
books
드림북스

한국콘텐츠진흥원
한국콘텐츠 진흥원 선정 지원 작품

익사이터

『영웅 & 마왕 & 악당』의 작가 무영자의 최신작
자칭 세계제일의 추색탐험전문가, 카잔!
교수대에 목이 걸려도 박장대소하는 괴짜의 이야기!

TYPE-S
무영자 판타지 장편 소설
FANTASY STORY & ADVENTURE

dream
books
드림북스

天劍帝

천검제

『절대천왕』, 『암천제』, 『천풍전설』의 작가!
장담 신무협 장편소설

『천검제』

세상을 뒤엎는 한이 있어도
아버지의 죽음에 관여한 자들 모두 용서치 않으리라!

dream
books
드림북스

용중신권

湧天龍拳

권용찬 신무협 장편소설
ORIENTAL FANTASYSTORY & ADVENTURE

『칼』, 『철중쟁쟁』, 『신마협도』의 작가!
권용찬 신무협 장편 소설

『용중신권』

서른셋 늦깎이 무인 강건.
군중의 기대를 담은 그의 주먹이 새로운 강호를 열리라!

dream
books
드림북